谨以此书向改革开放40周年献礼

改革开放以来，一大批优秀企业家在市场竞争中迅速成长，一大批具有核心竞争力的企业不断涌现，为积累社会财富、创造就业岗位、促进经济社会发展、增强综合国力作出了重要贡献。营造企业家健康成长环境，弘扬优秀企业家精神，更好发挥企业家作用，对深化供给侧结构性改革、激发市场活力、实现经济社会持续健康发展具有重要意义。

——《中共中央 国务院关于营造企业家健康成长环境
弘扬优秀企业家精神 更好发挥企业家作用的意见》

张果喜

当代赣商

江西省民营经济研究会　组撰

刘文利　著

江西人民出版社
Jiangxi People's Publishing House
全国百佳出版社

果喜实业集团有限公司厂区

目录

概述

一

20 世纪 50 年代初，他出生于江西省余江县农村的一个贫寒农家，曾为求得能吃饱饭的基本生活，历经了沉重而艰辛的年少与青年岁月。

14 岁那一年，他进入当时的社队企业（人民公社时代，公社或生产大队办的集体所有制企业）——余江县邓埠农具修造社，从学徒工干起，5 年后他成了修造社的木器车间主任，还光荣地入了党。

然而，70 年代初邓埠农具修造社走到了风雨飘摇、难以为继的境况。

在那特殊的年代里，他心怀谋得生存出路的强烈信念，振臂一呼，向木器车间的职工们（几乎都是来自于本地农民的工人）喊出了"要吃饭的跟我来"这句感召人心的话。之后，他带领 21 位自愿从邓埠农具修造社分离出来的农民兄弟，办起了余江工艺雕刻厂。

在改革开放初期，他成了全国第一位农民亿万富翁。

鉴于他在创办企业过程中的非凡胆识和气魄，为社会公益事业所作出的杰出贡献，1993 年 6 月，根据中国科学院紫金山天文台的提名推荐，国际小行星委员会特别将国际编号为"3028 号"的小行星以他的名字进行命名。

由此，他成为中国企业家群体中誉冠世界级殊荣的"摘星第一人"！

20 世纪 90 年代，他继而以工艺雕刻厂为基础，大胆朝着企业多元化方向发展，一步步成就了在全国乃至国际上都颇有影响的"稻田里的商业帝国"。

著名的美国《时代周刊》杂志，曾刊文对他进行报道，并将他誉为"中国的艾柯卡"（艾柯卡，美国著名企业家，20 世纪 80 年代被誉为"美国商业偶像第一人"，曾先后担任福特汽车公司总裁、克莱斯勒汽车公司总裁）。

在一路风雨兼程、砥砺前行的岁月进程中，他极富传奇色彩的创业过程，堪称是"精装版"的中国民营企业发展历程。

他，就是张果喜。

在中国改革开放的宏伟进程中，尤其是在中国民营经济和江西民营经济发展历程的纵向时间坐标大主轴上，张果喜可谓是具有标志性意义的典型代表人物之一。

1973 年，21 岁的张果喜被任命为余江县邓埠农具修造社木器车间的车间主任。但是，让他没有想到的是，这一年的余江县邓埠农具修造社，走到了濒临关闭的边缘。

张果喜接过这副沉重的担子，实际上也就意味着是接过了一份沉甸甸的责任——他首先就是要想方设法让木器车间的职工们能有碗饭吃。

在跑遍余江及周边地方却怎么也找不到什么好路子的情况之下，张果喜最后带着几个人去了上海"碰运气"。不曾想到，张果喜在上海雕刻艺术厂果真幸运地找到了机会——生产雕花樟木套箱，然后通过上海工艺品进出口公司进行销售。

然而，由于邓埠农具修造社没有钱等原因，不同意木器车间进行雕花樟木套箱的生产。

"好不容易找到了活路，不能就这样眼睁睁地错失机会！"在焦虑痛苦的思索中，张果喜最后萌生出了一个大胆的想法——自己带领木器车间里愿意跟着一起干的职工，另起炉灶来单干!

"要吃饭的跟我来!"终于在那一天，张果喜以毅然决然的勇气，振臂一呼，喊出了这句后来广为人知、激荡人心的话。最后，木器车间的80多名职工中，有21人决心跟着张果喜去闯出一条生存之路。

就这样，张果喜带着21名职工从余江县邓埠农具修造社分离出来，开始创办工艺雕刻厂。

那是"宁要社会主义的草，不要资本主义的苗"的年代;那是一个"铁桶"般严密的计划经济年代，生产什么，购买什么以及销售什么，都要国家下达行政指令性计划。在计划指标之外，以商品方式进行的物品流通便属于"非法"。

可想而知，张果喜带领21名职工，要在这样的现实境况里去闯出一条路来，那将注定充满艰辛坎坷。

1973年9月16日，张果喜带领着从邓埠农具修造社木器车间分离出来的21位职工，在几间低矮破旧车间的大门外，挂起了一块"余江工艺雕刻厂"的简陋厂牌。

在那个特殊的年代，连个人做点小买卖都属于"投机倒把"，个人办私营企业就更是不可能的。最终，余江工艺雕刻厂采取挂靠集体的方式得以创办，厂子全部由张果喜个人投资，个人自负盈亏。张果喜用三句话总结这个"三不像"企业，就是"不是国家的,挂靠是集体的,投资是个人的"。

张果喜怎会想到，当挂起余江工艺雕刻厂厂牌的那一刻，他人生前行的方向由此而出现了重大分水岭。

那时，尽管张果喜自己也尚不知余江工艺雕刻厂将来能走多远，但他坚信一点，往前走、大胆闯，就或许最终能带领大家闯出一条谋生之路来。

正是心怀这样坚定的信念，在"余雕"于"铁桶"般的计划经济体制中为寻得一条出路的艰难过程中，面对一个又一个困难，张果喜有过焦虑、有过叹息甚至还曾有过徘徊犹豫，可是，他却从来不曾有过丝毫退缩与放弃的念头。

没有办厂资金，张果喜说服父亲卖掉了自家的祖屋。

…………

苦心人，天不负。

最终，余江工艺雕刻厂生产的 20 只雕花樟木套箱一炮打响，一下子赚到了一万多块钱。

这一切来之不易，张果喜百感交集，格外珍惜。从此，他全身心地投入，决心一定要把余江工艺雕刻厂办好，搞出点"名堂"来！

可让张果喜始料不及的是，当余江工艺雕刻厂渐渐红火起来、名气慢慢传开之后，社会上对他个人办工厂和雕刻厂"赚了很多钱"的非议也随之而起。更让张果喜难以接受的是，有关部门对他个人的调查和批判也随之而来。

但靠着心中的信念，张果喜坚持了下来。

二

时光向前，每一波时代的潮汐都孕育着式微与崛起的悄然交替。

历史的年轮行进到了 1978 年。这一年 12 月召开的党的十一届三中全会，做出了改革开放这个关乎当代中国命运抉择的重大决定。一个崭新时代的宏伟大幕，由此而拉开！

华夏大地，乍暖还寒中，春风万里遍江南。

1979 年的春天里，在苦闷迷茫中蛰伏已久的张果喜，耳闻目睹的一切让他充满了欣喜与激动。

反应敏锐的张果喜意识到，党和国家的政策开始在变，外面的世界在变，百废待兴的国家开始在变……

这是张果喜心底多么热切的期盼呵！

1979 年的秋天，张果喜再一次走出余江县，迫不及待地奔向了上海。

是的，他迫不及待奔向上海，正是为着自己已敏锐意识到的"机会好像已经来了"的商机而去的！

这一次，崭新开端的时代如此眷顾张果喜。

在上海工艺品进出口公司，张果喜与让他为之振奋不已的一个机会不期而遇——余江工艺雕刻厂获得了生产向日本出口佛龛工艺品的外贸商机。

重新振奋精神的张果喜，从此将全部的精力与热情投入其中，带领余江工艺雕刻厂全厂员工，夜以继日地展开工艺攻关。结果，"余雕"生产出的第一批佛龛，以无可挑剔的品质，赢得了上海工艺品进出口公司和日本客商的充分肯定和高度赞誉。

随后，出口佛龛产品的订单源源不断而来，余江工艺雕刻厂一派红火，生机盎然！

不到三年的时间，余江工艺雕刻厂的佛龛工艺产品，就占据了日本佛龛工艺品近 70% 的市场份额。与此同时，漆器等工艺品也在日本具有了相当的市场份额。

围绕出口日本的佛龛工艺品这一主导产品，辅以漆器等工艺品，余江工艺雕刻厂奇迹般地壮大崛起。

而在这一过程中，张果喜深具胆识魄力和远见卓识的商业智慧，也开始逐步显现出来，他敏锐而果敢的商业眼光豁然开阔。

到 20 世纪 80 年代末，余江工艺雕刻厂不仅将五大类共 2000 多个品种的雕刻工艺品成功打入东南亚、北美、西欧和中国香港等几十个国家和地区，还建立起了国内以上海为轴心、沿沪宁铁路沿线辐射京津地区的家具生产和销售网络。

在改革开放后的第一个十年里，余江工艺雕刻厂奇迹般崛起为国内同行业中规模最大、实力最强的木雕联合企业。

上世纪80年代中期,当社会上以一万元收入作为跨入先富者行列的标准,绝大多数人对"万元户"心生无限羡慕的时候,张果喜的个人资产,已高达3000万美元。他成了名副其实的亿万富翁!

伴随财富滚滚而来的同时,巨大的社会声誉也随之而来。

一位普普通通的农民,就这样与巨额的财富和惊人的创造力,奇迹般地联系在了一起。这在当时的人们看来,简直不可思议,令人惊叹不已。

几乎是在一夜之间,张果喜迅速成了全国妇孺皆知的人物。

地处赣东北的小小余江县,出了一位农民出身的亿万富翁。在财富观念开始为整个社会所公开认可、推崇的上世纪80年代,张果喜的名字连同他的余江工艺雕刻厂,带给人们的是一种前所未有的心灵震撼!

绝不仅仅如此,张果喜和余江工艺雕刻厂带给整个社会的,更多的是一种创业致富的榜样力量,是可学可鉴的成功经验。

在余江工艺雕刻厂的影响和带动下,江西余江和不少地方纷纷将雕刻产业作为当地乡镇企业发展的方向之一。

而为推动余江及江西其他地方雕刻企业及行业的发展,张果喜和余江工艺雕刻厂总是倾尽全力。在社会公益慈善事业方面,张果喜也是慷慨而为。

从一份关于改革开放后江西乡镇企业发展的资料中,人们看到,从1985年至1990年的5年,江西各地诞生了近200家雕刻厂。其中,乡镇所办的雕刻厂占到80%左右,其业务和市场模式与余江雕刻厂大体相同,销售模式大多也是"克隆"余江雕刻厂。

敢为人先,白手起家闯出企业发展新天地!

张果喜成了改革开放过程中涌现出的典型先进人物,江西省优秀厂长(经理)、全国百名优秀厂长(经理)、省(部)级劳动模范等各项殊荣纷至沓来。而余江工艺雕刻厂,也先后被评为"全国轻工业出口创汇先进企业(金龙腾飞奖)"、"国家星火示范企业"。出口的木雕漆器(佛龛),相继获得"国家星火科技二等奖"、"中国实用新技术（泰国曼谷展）金奖"、"首届全国轻工业博览会金奖"……

展翅腾飞，余江工艺雕刻厂逐渐蜚声海内外。

在国际上，"余雕"工艺品以其品类之丰富、占据国际市场份额之明显优势，而被外商誉为"天下雕刻第一家"！

在国内，"余雕"是雕刻工艺同行业中首屈一指的企业。

在江西省内的民营企业当中，"余雕"更是具有举足轻重的地位。江西省经委、体改委、轻工厅等部门连续7年联合组织开展"全省集体企业学余雕"活动，将"余雕"作为典型榜样在全省推广学习。

与此同时，"余雕"也成了中国向外展示改革开放成果的窗口企业之一。

1988年，作为中国改革开放过程中涌现出的成功民营企业典范，外交部组织68个国家的驻华使节和夫人到"余雕"参观考察。

从负重前行的艰难岁月一路而来，张果喜以非凡的胆识勇气和执着坚定的信念，完成了自己命运的巨大转变，更书写了他人生事业的精彩开篇！

三

改革开放大潮奔涌向前。宏大时代不断呈现给张果喜的是更为激越的人生事业目标和更为远大的事业发展蓝图。

1993年，鉴于张果喜声名卓著的影响力，也基于他为社会福利、教育等社会公益事业所作出的积极贡献，经中国科学院紫金山天文台提名，国际小行星命名委员会将我国发现的、国际编号为"3028号"的小行星，正式命名为"张果喜星"。

张果喜由此成为中国企业界获此殊荣的第一人，被誉为"中国企业家摘星第一人"。

"人生为一件大事而来！"

赢得人生事业巨大成功和耀眼光环的张果喜，胸中开始逐渐展现出更为广远的未来事业空间。

其实，1990年，当张果喜以余江工艺雕刻厂为龙头，组建了集工、贸为一体的江西果喜实业集团有限公司时，他就开始萌发了以"调整产业结构、扩大发展规模、提高整体素质、再塑企业形象"为内容的"二次创业"宏大构想。

1992年邓小平同志的南方谈话，在全国再次掀起了民营经济快速发展的热潮，也为张果喜和他的企业指明了更加清晰的发展方向。

张果喜在冷静分析企业发展的内外部环境之后，清醒地意识到，要使企业在强手如林的现代竞争中占有一席之地，保持长盛不衰，必须利用企业多年来积累的资金和管理经验，再上新项目，拓宽发展领域，为企业赢得更为广阔的空间。

"在突出主业、做好主业的前提下，渐进式实施企业适度多元化。"为此，张果喜开展了以"调整产业结构，扩大发展规模，提高整体素质，再塑企业形象"为内容的"二次创业"。

由此，果喜集团也开始踏上了现代化管理、多元化经营、集约化发展的创新奋进之路。

"企业今天的核心竞争力，也许就是明天应对被淘汰的能力。所以，必须站在市场和科技的前沿，拿出世界最为领先技术的产品。"

按照长期、中期、近期项目发展规划，张果喜瞄准高新技术、旅游、金融、资源等领域，不断调整产业结构，以余江县为集团总部，先后在深圳、东莞、厦门、上海、海南等地新上了化工合成材料、高科技电机、酒店旅游、高档保健酒、房地经营与开发、金融保险等一批具有发展前景的项目。

一个个产业的先后崛起，逐渐汇聚而成了果喜集团强大的产业集群。

而且，张果喜坚持审时度势，在发展中调整，在调整中提高，始终以一流的目标和不断创新的理念，推动着果喜集团一个又一个产业项目，不断向着纵深发展。

历经"二次创业"的坚实发展，果喜集团在纵横捭阖的驰骋过程中，一步步成就起了令人瞩目的商业辉煌。而总部始终位于江西余江县的果喜集团，也被人们誉为"稻田里的商业帝国"。

实施转型升级战略，以跨越式步伐迈向新的发展愿景。

2013年，果喜集团站在企业新一轮战略发展的高度，制定了企业未来发展的战略规划，沿着"资源、金融、旅游、实业"四大产业格局，掀起了又一轮快速发展的新高潮。

…………

纵观张果喜人生奋进的足迹，其事业稳步发展的历程，人们惊讶地发现，他总是如此准确地把握着宏大时代的前行脉搏。

深度解读张果喜的创业感悟、经营哲学和商道智慧，无不尽显素朴真挚而又饱含深邃哲思。而这些深刻体现并深深融入到了果喜集团企业文化中的商业精神、商道智慧，又更赋予了张果喜本人和果喜集团以独具一格的品格魅力。

独具一格的企业家和企业品格魅力，不仅贯穿于张果喜数十年如一日的博大公益慈善情怀之中，还深刻体现于果喜集团三十多年间从未间断的社会公益慈善之举上。

最初是在家乡余江县，张果喜在赚到第一个100万元的时候，他就毫不犹豫地拿出了22万为余江县中学扩建校舍、兴建科技大楼。此后多年中，他又陆续慷慨出资，在余江县兴建了"果喜大桥"、"果喜大道"、县电视塔、县福利院……

随着企业不断壮大发展，张果喜个人及其企业的公益慈善之举，开始遍及江西和全国各地，他捐资建立"江西果喜教育奖励基金"，资助全国"烛光工程"，大力支持"希望工程"，积极支援抗洪救灾……

"厂富不忘社会忧"。为带着余江全县更多的人致富，张果喜利用自己厂里的技术优势和木雕资源，支援全县 14 个乡镇办起了木雕厂，还创办了全国第一家木雕技工学校和残疾人雕刻技术培训班，共为社会培养技术人才 2 万余名，这些木雕技工现分布于全国各地……

早在上世纪末、本世纪初，张果喜就被媒体誉为"中国最慷慨的富豪"之一。

新世纪以来，在捐资助学、修桥铺路、社会救灾及光彩扶贫等社会公益事业义举中，张果喜以个人或企业名义，总是一次次慷慨而为。

"人生是短暂的，要无愧于时代，要以自己对社会的贡献衡量自己的价值。"始终倾情倾心于社会公益慈善事业，正是张果喜对于自己这人生格言的默默践行。

与此同时，这也是他对党的改革开放政策由衷感恩之情的深情表达！

第一章
负重前行的年少岁月

　　走进张果喜那负重前行的年少岁月，让人心有万端感慨，更有深刻感悟。

　　或许，年少时历经的种种生活艰辛和人生困苦，对于后来有大成者而言，往往是宝贵的人生财富。

　　长久以来，具有广泛深厚影响力的江西民营企业家张果喜，在向人们呈现出其朴实真诚品格的同时，又始终向人们传递着他那巨大的人生精神张力。

　　尤其是作为改革开放全国和江西最早一批民营企业家中的代表者之一，张果喜身上由商道品格、商业智慧和商道精神所凝聚而成的企业家精神特质，对社会公众而言更是具有深厚的认同感与感召力。

　　而在张果喜这种人生精神张力与企业家精神特质的感召力当中，又因为他在那样特殊的年月里，从走上办厂之路的一开始，面对种种令人难以想象的藩篱却依然选择了坚定前行，又使得人们无不心怀敬意。

出身贫寒农家的张果喜，幼年因丧母而"过继"给姨夫姨母，在不幸却温情的时光里度过了童年。

后来，因十年动乱而辍学，少年张果喜曾为求得基本的温饱进入社队企业当木匠学徒工，在艰苦的岁月里长久负重前行。

选择了学木匠手艺后，刚过 14 岁的张果喜进入了余江县邓埠农具修造社木器车间，当了一名普通学徒工。

从进厂当学徒工的那一天开始，少年张果喜一心想的，就是踏实勤恳地学手艺，将来靠着吃苦耐劳和过硬的木匠手艺，去挣得好生活。

为此，在邓埠农具修造社木器车间，他没日没夜挥汗如雨般地锯木头，日复一日，年复一年。结果，把肾都累坏了，在很长一段时间出现血尿情况，几乎每周一次。

人生之中苦难与磨砺的艰辛曲折，有时是一笔珍贵的人生财富。

或许，正是那段负重前行的艰辛年少岁月，磨砺出了张果喜作为一位成就事业者所具备的个性品格，由此也赋予了他写就自己传奇般人生事业开篇的巨大人生张力。

对此，在张果喜内心深处，他真切的感受又何尝不是那样深切。

第一节　温情怀想的苦难童年

社会公众对于成功者的人生与事业，总是有着这样的独特视野——在他们那些曾丝毫未受人关注的寻常岁月，有着哪些不为人知的经历？在这些经历的背后，又显示出了怎样与众不同的个性特征或是精神品格？

因为人们坚信，在每一位成功者那些看似寻常平凡的经历背后，都有着成就他们后来引人注目的人生与事业的某种必然性。

在改革开放大潮中，那些于人生困境中艰难起步的传奇企业家，他们所开创的绝不仅仅是属于个人的辉煌事业，他们写就的，也是一部部属于整个时代的传奇创业史。

在那些跌宕起伏、催人奋进的创业传奇中，总有一种打动人心、让人心怀崇敬的力量，如此扣动着人们的心扉。

正因为如此，或许又是出于共通的某种深思，人们似乎总想找到这样的答案——那些原本极为平凡而普通的人们，在那样的人生窘境里，究竟是什么力量赋予了他们百折不挠、一步步走向创业之路的巨大勇气？

为找寻那本真的力量，也为再现时光印证下的本真，我们沿着张果喜年少岁月的艰难脚步，重回那段久远的往昔岁月。

以这样的观察视野，回溯往昔的时光，走近张果喜从童年到少年的岁月。在那段时光里，人们所看到的，是他不幸却被慈爱温暖着的童年，还有年少的张果喜向着成长岁月行进的最初出发点，从一开始就是负重的艰辛前行。

1952 年 7 月 2 日，一个极为平常普通的日子。

这一天，在江西省余江县马荃镇（当时为马荃人民公社）洪岩村舍头毛家村小组一户姓毛的贫苦农民家里，伴随着一阵响亮的婴儿啼哭声，这户毛姓农家的一个男孩呱呱坠地了。

这个新出生的男孩，已是这户毛姓人家的第七个孩子。

刚生下来时，这个男孩又黑又瘦小，看上去羸弱得让人感到心疼。然而，这男孩那阵阵的啼哭声，倒是十分响亮，仿佛又分明能让人感受到他那顽强的生命力。

按余江当地农村的传统习俗，孩子出生满月了，便要为其先取个乳名。

在那样贫苦艰难的年月里，绝大多数农民们几乎全部的心思都在能让一家人吃得饱肚子这件比天还大的事情上，对于给孩子取名，在很多农家，那实在是一件随便得不能再随便的事情了。有不少人家在给孩子取乳名时，就是随口一声唤作"石伢子""春妮子""冬娃子"或是"大牛""二狗"这类的乳名而已。

待到毛姓人家这第七个孩子要取乳名的时候，有亲友看着这孩子黑瘦弱小的模样，与余江当地农村人家做的一种糯米汤团——"果伢"有几分相像。于是，就随口以"果伢"唤作了他的乳名。

于是，毛姓人家这个出生刚满月的男孩，也就便有了这样一个"土得掉渣"的乳名。

可谁又能想到，就是这个生于贫寒农家，出生时黑瘦羸弱、严重缺乏营养，被随口叫作"果伢"的男孩，在 30 多年后，竟会成为全国几乎家喻户晓、在世界上都颇具知名度的"新中国第一位农民亿万富翁"！而且，他的名字还被国际小行星组织用来命名一颗新发现的小行星！

…………

这个在那艰难困苦年月里，出生于余江县农村一户贫苦农家的男孩，就是张果喜。

他本应姓毛，至于后来改为姓张，名果喜，那是在他 2 岁时，因过继给姨母家做儿子，也因此随之改为跟姨父姓张。

孩子的降生，为这个清贫的毛姓农家增添了一份短暂的喜悦气氛。

然而，在那样艰难贫苦的年月里，对于一个前面已有六个孩子、几近家徒四壁的农家来说，又新添一个孩子，也就等于是又多了一张吃饭的嘴。一家人的窘困境况，也就更甚了。

张果喜的生父生母都是老实巴交的农民，他们夫妇俩为人特别诚善忠厚，勤劳能吃苦。在洪岩村舍头毛家村小组的所有农户中，其时，张果喜家里可以说是生活境况最为困难的一户人家了。在张果喜出生后，这个有着七个孩子的贫寒农家，一家人的全部生活来源，都靠着张果喜的生父和生母在生产队里终年辛苦劳作挣工分的那点所得。

但在那样的年月里，全国几乎每一个农村的情形都是如此。公社下面以生产大队为单位，每个大队下面又分为若干生产小队。生产小队的社员们一起集体上工，每日挣取工分，累积到年底进行一次算账。在那时绝大部分中国农村里，一位社员一天所挣的工分不过几角钱而已，累积到年底抵扣一年的口粮。至于口粮之外的一年收入，往往是一年劳作下来却几乎分不到几个钱。而家庭劳动力薄弱的农家，甚至辛苦劳作一整年下来，到年底还要倒欠生产小队的钱粮。

想靠在生产小队里挥汗如雨劳作来养活一家老小，这样的想法是徒劳的。

于是，为了让一家老小能吃饱穿暖，张果喜的生父除在沉重的生产队劳作之外，还起早贪黑地兼着干起了理发、杀猪、做豆腐的活计，而张果喜的生母，也同样是日夜操劳。可尽管如此想方设法，如此劳苦，一家人能饭饱衣暖的期盼却仍然是一个遥远的奢望。

其时，就是条件好一些的农村，农民一年到头劳作，能求得一家人的温饱生活已实属不易了，更何况在余江县这样的农村就更是艰难了。

在张果喜还没有出生时，他家里就时常出现口粮不济的情况，一家人的生活过得异常贫寒。

那样困苦的年月里，一场突如其来的疾病，对于一个贫寒农家的人而言往往是有可能致命的。

这样的不幸，却在1953年突然降临到了张果喜的家中。

由于长期过度劳累加上生活清贫，张果喜的生母在这一年突然生了一场大病，卧床不起。

在连饭都吃不饱的年月，对于一户家徒四壁的农家来说，哪里来的钱去送亲人进医院治病。可有病还总得要医治，唯一的办法，就是去向当地的"土郎中"讨个偏方，照着那偏方到田间山野去挖草药来煎服罢了。这样的医治，很大程度上就靠"碰"了。如果这偏方草药的药力意外碰对了，那病也会"奇迹般"地好起来，如果碰不对，那病人的病情就会一天天严重起来。

令人无限伤感的是，张果喜的生母在吃了很长一段时间的草药后，病情非但丝毫不见好转，反而越来越严重了。

最终，张果喜的生母不幸撒手人寰。

不到2岁的张果喜，就这样突然失去了母亲。

生母眷念怜爱几个孩子尤其是幼子"果伢"，她想到家中生活如此艰难，担心孩子将来养不活。于是，在临终之前，她将自己的妹妹、妹夫唤到床前，怀着深深的眷念与不舍，在气若游丝之际，把不到2岁的幼子"果伢"和一个4岁多的女儿托付给了他们。

生母的所托，也就是将自己这两个孩子过继给自己的妹妹和妹夫。

张果喜的姨父姨母家，是余江县城的一个普通职工人家，姨父在余江县农机厂做铸工，姨母是街道的一名普通干部。

这样，在过继到姨父姨母膝下后，年幼的张果喜就来到余江县城里的姨父姨母家中生活。

按照余江县当地的传统风俗，一个孩子在过继到养父母家中之后，这个孩子是要跟随养父姓的。

因为姨父姓张，所以，在过继给姨父姨母做儿子之后，张果喜自然也就改成姓张了。姨父姨母以"果喜"二字为继子之名，按照张果喜的领悟理解，是寓"果子熟了，大家都喜欢"之意。这名字之中，充满了姨父姨母对继子张果喜的喜欢之情，也充满了他们期望继子张果喜长大后得人喜欢、受人尊重之深情。

姨父姨母都是极为善良宽厚的人，因为他们膝下无子女，因此对养子张果喜十分疼爱。

"不到两岁时我的生母就去世了，这是我童年的不幸，但养父养母却给了我与亲生父母一样的父爱和母爱，这让我每当怀想起时，感到自己的童年又是无比温暖的。"在张果喜对于童年岁月的那些记忆之中，自己是在姨父姨母真挚的父爱母爱中一天天长大的。

充满温情与厚爱的童年时光岁月，永远珍藏在张果喜的情感深处。

养父养母对张果喜视为己出，而童年的张果喜，在时光的悄然流逝中，早已在最纯真的情感深处将养父养母亦视为至亲至敬的父母。

对于张果喜的未来人生之路，养父养母一开始就寄予了殷切的期望。

养父养母心中所期的是，能尽他们最大的努力和能力，将养子张果喜培养成为一个有出息的人。而且，在他们眼里，养子张果喜不仅乖巧懂事，而且十分聪明，悟性强，可以预见，长大后会是一个有出息的人。

在养父养母的观念里，孩子要想成为一个有出息的人，那首先是得要有文化，这就是要读书，将来才能成为一个靠笔杆子吃饭的有体面工作的人。

是的，养父养母想让养子张果喜将来成为一个吃"文化饭"、做"公家事"的有出息的人！在他们朴实而传统的观念里，有文化、做"公家事"的人，也是受人尊重的人。

实现这个期盼的途径，在那时，自然也就只有通过读书这条渠道了。

于是，在张果喜到了该上学的年纪时，养父养母就把张果喜送到了学校去念书。

年少的张果喜，对读书好像有着天生的喜欢，也很快就在学习上表现出天资聪颖的一面来。

加之，他读书十分用心，所以在念小学期间，张果喜的学习成绩一直十分优秀，深得老师们的喜爱。

这些让养父养母感到颇为欣慰。

而童稚年岁的张果喜仿佛已在心中朦胧地懂得，养父养母在自己身上寄予了"好好读书将来成为有文化有出息、做'公家事'的人"这一殷切的希望。

在幼年丧母的不幸中，却又在养父养母给予的温情中，张果喜不知不觉度过了他的童年时光。

第二节　人生的第一次选择

在年岁的渐长中，张果喜也越来越懂事。

来自养父养母无限温暖的父爱母爱，抚慰了张果喜心中渐渐懂得的对生母逝去的心伤，让他在专心读书的年少时光里悄然成长。

14岁那年，张果喜以优异的成绩高小毕业，顺利地升入了初中读书。

然而，始料不及的是，在张果喜初中一年级刚念一个学期不久，"文化大革命"的狂潮就席卷了整个余江县几乎所有的中小学校。

与全国其他地方的学校情形一样，在"文化大革命"开始后不久，张果喜所在的初中学校也开始"停课闹革命"了。

一开始，学校里整天尽是贴"大字报"，搞"大批判""红卫兵大串联"等这些活动，学校老师靠边站，成了"臭老九"，学校处于瘫痪状态。接下来，学校就全面停课了。

在"读书无用论"的鼓噪之下，几乎所有学校里的学生不再读书，而是"学军""学农""学工"。学军，参加军训、越野、防空、军事演习；学农，到农村生产队、校办农场参加农业生产各种义务劳动；学工，到工厂、校办工厂当学徒劳动。此外，就是参加各种所谓的"大会战"：什么水稻插秧大会战、秋收大会战、"八三工程"大会战、修河渠大会战、修梯田大会战等等。再后来，还有"群情振奋"的学生上街游行，搞揪斗，"破四旧"。

…………

眼前这些现实中乱哄哄的景象，让少年张果喜的内心渐渐感到无比的迷惘，随后，厌倦与失望的情绪一天天从他心底生发而起。

于是，少年张果喜产生了弃学回家的念头。

不再继续读书了——其实也是没书可读了，那也就意味着，曾经一直向往的"将来靠笔杆子吃饭"的想法要成为泡影了。

少年心中曾经的美好梦想，就这样被现实无情地击碎。

在好长一段时间里，少年张果喜终日沉默少语。他仿佛感觉到，自己内心里好像被什么东西给堵住了，而且被堵得那样严严实实。

与此同时，少年张果喜还时常会莫名地感到一种来无踪去无影迷茫的情绪，自己也还常常会自然而然地陷入一种烦乱的沉思中去。

其实，那是一种与生理年龄极不相符的心灵所思，更是一位少年在朦胧中对人生未来的隐隐焦虑。

多年以后，谈起年少时自己对眼前的现实与人生未来的深思，张果喜十分感慨地说，他庆幸自己当时没有裹挟进那样的氛围当中去，更庆幸在那样迷茫的少年岁月里，自己心里开始悄然萌发出了"要对自己的未来人生负责"的深深思考。

一个涉世不深的少年，就这样第一次在心灵深处完成了对于自己人生前路的朦胧之思呵！

也许，这是那个年代赋予少年张果喜的最初精神特质——对于自己的人生之路，每在迷茫的十字路口时，他从来就不会随流盲从，而是有自己的想法和主见。

而这种精神特质，又或许恰恰是给予张果喜日后走出一条不同寻常人生与事业之路的强大力量——当现实的境况扼住自己人生前行的脚步时，那就要靠自己的努力去走出困境！

"不能再继续这样下去了！"后来，张果喜越来越觉得，自己大好的年少时光，不能就这样一天天虚度了。

"不读书了，那今后自己去干什么呢？将来自己怎样在社会上生存立足呢？一个人总得要有门吃饭的手艺才行。"

从来没有去设想过自己将来人生之路怎样走的少年张果喜，在有一天，这样突然之间，开始如此严肃地面对这样的思考。

随后，一个想法在张果喜心里逐渐萌发——"既然读不成书了，那自己还不如去学一门手艺，将来靠手艺吃饭！"

心里的决定就这样做出了。

"一开始，不敢跟养父养母讲自己的这个想法，我不是害怕遭到他们的反对，而是怕他们会失望和难过。"张果喜内心深处其实不忍的，是怕养父养母得知他已无心向学的真实想法了，会心生出无限的失望来。张果喜深知，善良忠厚的养父养母，一直在不易的生活处境中节衣缩食送自己念书，就是殷切地期盼他将来能做个靠笔杆子吃饭的有出息的文化人。

少年张果喜内心深处对于长辈的孝道，如此让人心生感怀。

然而，张果喜心里弃学去学手艺的这个念头，已一天天变得越来越强烈起来。

经过激烈的思想斗争，最终，张果喜还是要为自己做出人生中的第一个决定。于是，他决定把自己的想法如实向养父养母禀告。

"我不想读书了。"这一天，张果喜终于鼓起勇气，怯生生地向养父养母说出了自己心里的这个想法。

"孩子，你不想读书了，那去做什么呢……"养父养母一听儿子张果喜说不读书了，心里顿生焦急。

"我想好了，我去学一门手艺！"张果喜语气很是坚定地向养父养母作答。

听完儿子张果喜说出的这个决定，养父养母起初着实突然愣住了。但随后，他们对儿子张果喜却没有半句嗔怪的话语。

学校里念不成书了的情况，养父养母实际上也早就知道了。加上，他们深知养子张果喜是个十分有主见的孩子，因而，当张果喜提出弃学去学手艺的想法后，养父养母十分尊重他的想法。

"七十二行，行行都能出状元。这老话不是也说，家财万贯，不如手艺傍身嘛……"

"那是啊，不吃文化饭，吃手艺饭也是一样，你看人家那些做手艺的大师傅，家里日子过得蛮好，在社会上也很是受人尊重的呀……"

宽厚善良的养父养母，以其宽广的心胸，给了张果喜对于自己人生第一次选择的极大尊重和莫大鼓励。

而正是养父养母的这种宽厚，以及对孩子这种人生选择的尊重鼓励，才成就了张果喜后来走向人生事业辉煌的可能。

养父养母的话，如一阵暖流悄然涌遍少年张果喜的全身，他那样深切地感受到了博大而温暖的父爱与母爱。

"技艺傍生，荒年也饿不死手艺人。"自己的孩子学了一门好手艺，那将来一辈子也就没有了挨饿受穷的担忧。在养父养母的心里，对儿子张果喜学做手艺，那样深切地充满了希冀。

对于学门什么手艺，张果喜并没有想好。

宽厚的养母，又开始为张果喜拜师学手艺的事张罗起来。

在那时，有手艺的人尤其是手艺过硬的人，都被人称之为"师傅"，比一般人社会地位高。加之，当时社会上想学手艺的人很多。因而，要想拜得一位好手艺师傅跟其学手艺，并不是一件容易的事情。

为让儿子张果喜学到一门在社会上"吃香"的手艺，养母颇费了心思。

上世纪六七十年代，人们的生活起居和日常家用都离不开石头：修房造屋需要石头整地基，门槛、门墩、门框、门架都是石头做成的，还有春米打糍粑的臼、推豆腐的石磨、碾稻谷石的石碓、养猪的猪食槽等，修公路、垒堤坝、建堡坎更是离不得石头。因此，那时，在人们眼里石匠是一门很"吃香"的手艺。

一开始，养母想到了让张果喜去学石匠这门手艺。

几经辗转托人，养母终于为张果喜找到了在当地很有名气的一位石匠师傅，石匠师傅也答应了收张果喜为徒。

可是，当听说是去学石匠手艺时，张果喜却沉默不语，一言不发。

知子莫若母。养母知道，儿子张果喜内心里对学石匠不情愿。

于是，养母又寻思着托人找其他手艺的师傅。

一段时间下来，养母先后找了篾匠、铁匠、漆匠等手艺师傅，可是，对于这些手艺，少年张果喜却一一都不愿意去学。

极富耐心的养母，最后想到了木匠这门手艺。

那时，木匠亦是一门在人们眼里很吃香的手艺。从各家各户用的家具到建房子，都得要木匠师傅，木匠的社会地位也是相当高的。比如，人们在修房子之前，首先就是态度诚恳恭敬地请木匠师傅。吃酒席、买烟都是必不可少的。木匠师傅定下以后，方才择吉日动工。而哪家要请木匠师傅做家具，那也是要登木匠师傅的家门去恭敬相请的。

"孩子，那送你去学做'博士'手艺（余江当地方言，称木匠手艺为'做博士'，将木匠师傅称呼'博士'），你愿意去学吗？"

养母十分尊重张果喜的选择，对于学手艺这件事，她不愿意养子张果喜心里有任何的不情愿。

不知是什么缘故，当张果喜一听说是去学木匠手艺，那一刻，他几乎是没有任何的犹豫，当即点头应允，而且满心欢喜。

"去学做'博士'……那我很愿意！"少年张果喜立即满口答应。

少年张果喜，就这样在学艺的选择过程里，第一次为自己的未来人生做出了抉择。

这一次，在征得张果喜的同意后，养父养母通过熟人找到了余江县邓埠农具修造社，把他送到那里去做学徒工。

"或许，可能这就是冥冥中注定了我今生与木匠这门手艺有缘分吧。"后来，对于自己年少时为何不知缘由、那样情愿地去选择学木匠这门手艺，张果喜是这样解释的。

然而，许多年以后，再次回望张果喜在自己坚持主见、在养父养母宽厚博大的理解支持中所做出的他人生中的第一个决定时，人们似乎可以发现，在这个看似不经意的学手艺决定里，或许却早已显现出了张果喜个性中鲜明的品格特质——极富做事的自我主见！

于是，张果喜的人生就此与木匠这个行业结缘。

第三节　进入社队企业苦学艺

在心有无限怅惘结束了学生时代的时光后，少年张果喜，就这样走向了选择学艺以期将来可凭手艺独立谋生的路。

对于选择学木匠手艺，在张果喜的情感深处，这是让自己一生都感到十分幸运和无比感念的。

这样的情感主要是缘于两个方面的原因。一是，年少时自己选择所学的木匠这门手艺，是自己心里想学的手艺。二是，当年自己从不曾想到，原本只是想学成以备将来可挣得一碗手艺饭吃的木匠手艺，却在后来成就了令自己都难以置信的宏大事业。

对于张果喜而言，在他的情感深处，又何止是幸运和感怀。那是彻底改变自己人生命运的一次选择啊！

或许，这也是为何多年之后，张果喜虽已是身价亿万的著名企业家，但他却仍然习惯于向别人介绍"我还是原来的那个木匠"的真正原因。

如此，对于早年在余江邓埠农具修造社木器车间学手艺的点点滴滴，纵使时光相隔得无论多么久远，张果喜的记忆却仿佛依然清晰在目。

"从今天起，自己的将来，就要从这里迈出新的脚步了！"走进余江邓埠农具修造社木器车间的那天，少年张果喜在心里这样默默地告诉自己。

这是一种发自内心深处的期许，少年张果喜暗下决心，要以汗水和努力，去赢得自己在余江邓埠农具修造社未来可期的人生路。尽管，那只是内心简单而朴素的为谋得将来"吃手艺饭"的愿望，但却是少年张果喜心中对未来充满憧憬的巨大希望。

那一年，走进余江县邓埠农具修造社时，张果喜刚满 14 岁。

余江县邓埠农具修造社是一个社队集体企业。上世纪五六十年代，在国家"农村工业化"的发展路线下，全国许多地方兴办了这种集体性质的村办企业。这样的社队工厂，采取的是薪酬制，里面的职工大多为有一定手艺、稍懂些文化知识的农民。可以说，能到社队企业里上班，在农民们看来，不仅待遇更好一些，而且没有风吹日晒，那是令人十分向往的工作。

少年张果喜当然想将来成为邓埠农具修造社里的一名木匠职工！

"一日从师终身为父。"在送张果喜去邓埠农具修造社当学徒工的头一天，养父养母这样谆谆教导他，跟在师傅身边学手艺的日子里，要像对待父母一样尊重师傅。

少年张果喜把养父养母的话牢牢地深记在了心里。

从正式拜过师傅学艺的第一天开始，少年张果喜以出自纯真情感的虔诚去尊敬自己的师傅。在学徒的过程中，每一天去上工时，他总要早早地提前到，候着师傅的到来。每一天开工后，师傅在做活计中需要变换使用什么样的工具等，他总是会用心观察，没等师傅开口就及时递送到师傅的手里，几乎不会有什么疏忽。每一天在收工之前，他总是会手脚利索地将一切工具物什收拾得妥妥当当，收工之后，到了师傅家里，他主动抢着帮师母喂猪、洗碗、剁猪草……

师傅的欢心满意，首先就来自于张果喜的这份格外用心与懂事。

而其实更让师傅深为触动的是——一个年仅14岁的少年，已如此懂得以自己的虔诚之心去换得师傅传授其手艺的情愿真心，这是何等的难能可贵，是何等的打动人心啊！

"这样用心学艺，专心学艺，诚实为人，何愁日后不成大器！"师傅心底这样感念。

果然不出师傅所料，在张果喜跟随其学艺一段时间过后，他便对自己新收的这个徒弟的勤奋、用心、刻苦学艺的表现和很高的悟性，感到十分满意。

"伢崽哩，吃得苦中苦，方为人上人，你要想将来当一个好'博士'，那现在学徒就得做好准备，吃够苦哇。"依然记得，跟随师傅上工后不久，师傅就这样殷切地叮嘱张果喜。

"师傅，我什么苦都愿吃，什么样的苦也不怕，我就是想学好做'博士'这门手艺，我一定会好好用心学、吃苦学的！"张果喜一脸真诚、坚毅地向师傅作答。

"真是一个懂事的好伢崽哩啊！"听罢年纪轻轻的徒弟张果喜的这番作答，师傅内心不禁一阵触动。

时光淡去了张果喜对于年少岁月里许多往事的记忆，但在他心灵的深处，却永远珍藏着当年为谋生而跟随师傅学艺的那份虔诚。

学做木工，在很大程度上就是每天在一身身汗水中练就手艺。

把大根的原木用锯子破成相对小的方料，往往是木工的第一道工序。这也是学徒要过的第一道关。

在邓埠农具修造社，学徒工的工作就是从锯木头这第一道工序开始。

破大料必须由两人来完成，师徒关系往往也就这样在两个人搭配锯大木料的工作中最初默契形成。

"别看这锯木头很简单，这可是做'博士'手艺里的基本功，把锯木头这道基本功练得扎实了，那将来你的'博士'手艺就会做得过硬。"师傅语重心长地对张果喜说道。

第一次随师傅一起锯大木料，张果喜配合师傅，两人从原木堆里搬起一根沉沉的大原木，在几乎使出浑身力气，将粗壮的原木架好在马锭（用于固定原木的木工工具）上的过程里，十来岁的张果喜真切感受到了来自木匠这份手艺的艰辛沉重。

师傅在原木上用墨斗弹出一道道墨线，接下来，张果喜和师傅搭对手，两人摆开架势，一人一边各执锯柄，共同锯原木。

"你那边的锯，要握紧和端稳，手要掌稳、掌平，手上的力和臂力都要一直用匀，送锯和拉锯过程中，不能停顿，要动作自然流畅，也不能重一下、轻一下，还不能快一阵、慢一阵……"人还没有锯子高的张果喜，一边十分用力地用双手接送着师傅来回推拉的大木锯，一边认真听着师傅讲锯木板的动作要领，一边在心里用心领会。

在锯末纷飞之中，张果喜用心揣摩，不断调整身体的姿势和手上的动作，与师傅的配合也一点点在磨合中有了一些默契。

然而，张果喜却感觉到，自己手上的锯渐渐变得沉重起来，好像每一次的拉锯往复，都需要拼尽最后的一分气力。但任凭汗珠滚落，脸上涨得通红，张果喜却始终紧咬着牙关，一声都不吭，默默配合着师傅往来反复的锯子。

"既要使出劲去，还得要学会用巧力，让锯子走平、走稳来，这样才不会浪费气力……"在领会到师傅进一步指教给的这些动作要领之后，张果喜才慢慢觉得轻松一些。

中饭时分，停歇下来，张果喜感到疲惫万分，特别是两只胳膊酸痛无比，两只手连饭碗也无法端起。他惊讶地发现，自己的两只手掌上，都被磨出了一排大大的水泡来。

整个下午，又是一场沉重的坚持。

那是少年张果喜第一次感到，一天是那么的漫长！

跟师傅学艺的第一天终于结束了。就在松开锯柄的那一刻，张果喜突然感觉到，自己两只手的手指和手掌相连部位，有一阵阵火辣辣的钻心般的剧痛，刚刚松开的两只手，竟然握不拢了。

再朝手上一看，张果喜大吃一惊，他竟又发现，自己两只手的手指和手掌相连部位，都是一排血肉潮红模糊的痂壳——原来，上午手上磨起的那些大水泡，在下午的锯木过程中，又都全部被锯柄磨破而结成了痂，而这一切，自己在锯木头的过程中却浑然不知！

晚上，一阵无法抑制的疲惫感强烈袭来，张果喜倒在床上，很快便沉沉地睡去……

第二天，太阳照常升起，张果喜又早早起床，准备到厂里上班之后就跟随师傅继续着同样的锯木动作。

头一天在两只手上留下的创伤，又一次被磨开，渗出血水的皮肉，后来又紧紧粘在锯柄上。张果喜依然一声不吭，紧咬着牙默默坚持。

一段时间之后，师傅认为张果喜已将锯木头的要领掌握得很好了。

于是，张果喜就开始一个人独立从事这锯木头的工作了——这就是他这位学徒工所在邓埠农具修造社所做的工作！

接下来的日子，面对着邓埠农具修造社木器车间里那堆小山一样的木头，张果喜每天就是将一根根木头锯成木锹、犁耙、独轮木车等木器的部件粗胚，供后面工序的职工们使用。

挥汗吃苦，这本是在张果喜的充分思想准备之中的，他知道，要想让自己的一切慢慢好起来，那就要舍得出力气，舍得吃大苦。

可张果喜怎么也没有想到，这日复一日地锯木头的活计，将会持续五年沉重而漫长的时光。

第二章
满怀希望的沉重坚守

时光流年，在日复一日的沉重锯木中走过。

因为几年如一日的出众表现，张果喜不但获得了"好木工"的称号，还光荣地加入了中国共产党。一年后，他还被邓埠镇农具修造社任命为木器车间的车间主任。

那一年是 1972 年，张果喜 20 岁。

然而，让张果喜没有想到的是，车间主任这个位置还没有坐热，邓埠农具修造社就逐渐陷入到了生存艰难的境况，连职工们的工资也发不出了。

从学徒工到师傅，再到张果喜被提拔为农具修造社木器车间的车间主任之后，他带领木器车间的职工们舍得出力干、愿意吃苦干，可现实非但没有任何向好的改变，而且每个人的生活都变得愈加艰难。不仅木器车间职工们的状况如此，整个余江县邓埠农具修造社各个车间的职工也同样如此。

在满怀希望的沉重坚守中，自己面对的现实却与心中的希望背道而驰。对此，张果喜失望的心绪里又夹杂着迷惘与无奈。

但作为邓埠农具修造社的车间主任，张果喜感到肩上的责任格外沉重，他必须想办法让木器车间的职工们有饭吃。

如此，木器车间就必须找到活计。

为此，张果喜绞尽了脑汁，想尽千方百计，可在余江县周边，充其量也就是能找点零碎活，根本解决不了大家的生计问题。

面对这样的现实情况，张果喜心里十分清楚，如果木器车间继续沿着农具修造社原来造农具、修家什的路子走下去，继续把寻找活计的眼光盯在余江县及周边地方，那肯定是没有出路的。

"要木器车间的职工们有饭吃，摆在面前最现实的路，那就必须要走出余江县，到外面去找活干！"于是，张果喜萌发了到余江县之外的地方谋活计的念头。

最后，张果喜毅然决然地带上邓埠农具修造社木器车间的3个人，一起前往上海，希望在那里找到他们渴盼的生存机会。

第一节　从学徒工到车间主任

时光荏苒，不知不觉中，在沉重、劳累而又单调枯燥的锯木头过程中，张果喜一年又一年地度过了一个个春夏秋冬。

事实上，少年张果喜的每天劳作，从工作量和工作强度上而言，都是远超出其身体最大负荷的。只不过，他以超强的毅力在克制着自己，他从不喊累，从不叫苦。

那是因为心中深藏着对一种希望的执着坚守。

张果喜坚信，只要自己吃得大苦学艺、舍得下力气干活，那将来学艺出师了，就能在邓埠农具修造社谋得好的生活、好的前程。就是心中对这一希望的执着坚守，让张果喜年少单薄的身体里注满了坚韧的力量。

久而久之，超强毅力的坚持忍耐，也逐渐让单薄的身体对沉重而艰辛的负荷变得习以为常。

然而，长年累月的超负荷透支体力，对一个人身体的损伤是不可避免的。

更何况，十几岁的少年，正是处于长身体的年龄阶段。而且，在邓埠农具修造社，职工们的生活虽说能够有保障，然而那也仅仅只是能吃饱饭而已，至于一日三餐的伙食营养，那是根本无从谈起的。

当一个人对于日复一日的单调枯燥的某种沉重劳动渐渐变得习惯时，其实，身体透支产生的不良反应，也往往因人的巨大克制力而变得感知迟钝起来。但身体由于透支导致的迟钝，最终会在透支蓄积到一定程度时，以严重的身体不适或是疾病方式表现出来。

长年累月超负荷劳动，对少年张果喜身体的严重损伤，终于开始逐渐显现出来了。

那是1971年到1972年的一段时间里，张果喜开始时常感到身体十分疲倦，在锯木的过程中，人也显得越来越吃力了。

起初，张果喜并没有太在意。他以为，这是身体苦累疲劳太久的原因而致，稍微放缓一些锯木的速度，轻松一些时日便自然会逐渐恢复过来。

但在随后的一段时间里，张果喜感到自己身体这样的状况越来越明显和严重了，往往是一天辛劳下来，整个人都仿佛像是散了架那般，踉踉跄跄回到宿舍，总是倒头便沉沉睡去，感觉到自己再也不愿起来，不想吃也不想喝。

直到有一天，锯着木头的张果喜大汗淋漓过后又浑身感到发冷，如此反反复复，身体有种完全处于虚脱状态的感觉，走起路来仿佛像是踩在松软的棉花上一样。

"莫非是自己身体出什么问题了……"这样的情况持续几天过后，张果喜开始这样隐隐意识到。

心里无比担心的事情，终于有一天发生在眼前。

那一天，在小便过程中，张果喜不经意中突然发现，自己小便的颜色与平时不同，竟然明显是带红色的。

"哎呀！这是血尿！"张果喜以前曾听人说过，一个人身体严重损伤后会出现血尿的情况。

从没有真实见过血尿情况的张果喜，不禁为眼前的情景而大吃一惊，内心一紧，一种无以言诉的害怕感，也随即在心里生发开来。

接下去的一个星期，张果喜在小便时又发现自己出现了血尿的情况。

再接下去，他发现，几乎每个礼拜，自己都会出现一次血尿的情况，而且血尿的颜色也逐渐变得越来越浓了。

年纪轻轻的，本应正是身强体壮的时候，却出现了血尿这样严重的问题，这对于任何一位青年人来说，强烈的恐惧感怎会不陡然笼罩在心头。

但一阵内心紧张过后，张果喜更为担心的却是：从木器车间到整个邓埠农具修造社，虽然各个工种有别，但对于车间里的工种，哪一个工种不都是要下气力的活计。如果自己这样的身体情况一旦在木器车间传开来，那自己就很有可能会失去继续在邓埠农具修造社工作的机会。

在少年张果喜看来，那样的结果，是比身体所要承受的苦痛更甚的！

"吃苦受累，不就是为了将来能在农具修造社将来有好的生活么？！要是就这样因为身体原因而离开了修造社，那这几年来的苦不就是白吃了，累也是白受了？！"张果喜在心里暗暗告诉自己，要把自己身体出现血尿的这个情况严严实实地瞒起来。

于是，张果喜决定依旧照常锯木上班，另找时间去看病。

在邓埠农具修造社，学徒工的收入十分微博，除了维持基本生活之外，张果喜的手头上几乎没有任何余钱。

因而，看病，也只能是去找当地的民间中医开土药方而已。

"小伙子，你这是活生生累出来的毛病嘞，是长期高强度劳动、超强度体力透支的结果呀……"一位民间的老中医给张果喜把完脉，怜爱地告诉他，这是过度劳累把肾给累坏了。

老中医告诉张果喜，不但要吃草药还需要休息，切不可再强撑下去，否则身体以后会留下病根，对身体健康极为不利。

可是，请假休息那就意味着别人会顶替上自己的这份工作。

张果喜知道，自己是不能失去这份工作的，否则，那样辜负了养父养母的一番苦心不说，而且自己前面的人生路也就没有了盼头。

张果喜在心里暗暗告诉自己，只能咬着牙坚持下去！

于是，张果喜央求老中医给自己开草药方子，也只能吃得起草药，一边吃草药一边坚持上班。

就这样，在无法减少沉重劳动的情况下，张果喜以常人难以想象的坚强毅力，依然坚持着日复一日地锯木头，在巨大的体力透支中沉重地坚守。

为了眼前的生活和将来的盼望，张果喜顾不了那么多了！

…………

至于后来自己的血尿是什么时候才消退的，张果喜已记不清楚了。

而这期间，张果喜没有请过一天假，休息过一天，更没有落下一天锯木头的活。

"后来也管不了那么多了，其实也是没有办法去顾及什么身体了，一天到晚要锯木头呀，要挣饭吃……"回忆起当年的艰辛，张果喜不禁唏嘘感叹。

深植于心中的那份热切期盼，赋予一个人的力量该是多么惊人！

在少年张果喜心里，对这份沉重现实巨大的坚守力量，全部来源于对未来美好生活的热切希望——踏踏实实地干活，将来在修造社评到了师傅级别，挣到的工分就会上去、生活就会好起来，自己将来的路也就有了奔头……

张果喜坚信，这一天总会来的。

在邓埠农具修造社，每一个工种都是按这个工种来计工分的。也就是说，锯木头之外的活计是无偿劳动。

尽管如此，在沉重的锯木头工作之余，张果喜利用一切时间跟着师傅学习其他木匠工序的手艺，他时刻不忘有朝一日要成为一个手艺精湛的木匠师傅。

在木器车间的很长一段时间里，每天大家按部就班地做着自己的活计，对一个锯木头的学徒工来说是难以引起多少人注意的。

但后来情况却慢慢发生了变化。

一开始，车间里的木匠师傅发现，学徒工张果喜锯出的木头不光锯线走得笔直，而且无论是锯出的方料还是木板，表面都十分平整。这看似简单的锯木头，却表现着一个木匠基本功底的深浅。于是，车间里有经验的木匠师傅心里隐约意识到，这个锯木头的学徒工张果喜看来不简单。

后来，张果喜在主动帮车间木器打制的活计中，车间里的木匠师傅们果然逐渐看出，学徒工张果喜的木匠手艺原来其实了不得！

一次，木器车间根据修造社布置的生产计划，要在规定时间里赶一批木器的制作工期。因为知道张果喜本已就达到了木匠出师的水平，于是，车间里分给了张果喜独自打制几件木器的任务。

出乎所有人意料的是，几天之后，学徒工张果喜打制的那几件木器，其手艺看得出是最好的，也是做得速度最快的。

由此，木器车间从师傅到普通职工，开始对学徒工张果喜刮目相看。

时光如梭，冬去春又来。

1972年初春来临的时候，张果喜也悄然开始迎来了他在余江邓埠农具修造社的第一次身份转变——由学徒工转为了邓埠农具修造社的一名木匠师傅！

而且，还因为张果喜吃苦耐劳，不但木头锯得好且木匠手艺也做得好，余江邓埠农具修造社在评定木工等级时，破格把他评定为"二级细木工"。

在当时，木工一般分成三大类，造房子的粗木工，也叫大木匠，做家具的细木工，也叫小木匠，箍桶做盆叫桶匠，也叫圆木匠。根据余江邓埠农具修造社对木匠的技术等级划分，二级细木工，如按照现在的技术职称而论就属于是高级职称了，这可谓是木匠这一行里的资深师傅了。

从学徒工身份到修造社的一名二级细木工，这也就是修造社平日里被大家尊称为"师傅"的这一类人了。

接下去，张果喜就要开始带徒弟了。

如此一来，按年龄而论，张果喜就是邓埠农具修造社最年轻的木匠师傅。

对于张果喜来说，这不仅仅是自己称谓上的变化，更是邓埠农具修造社对自己 5 年来任劳任怨、严谨务实工作的认可。

到此时，从初进余江邓埠农具修造社至今，时间一晃 5 个年头过去了。

而在这 5 年当中，对于张果喜来说，历经的又何止是在邓埠农具修造社身份的悄然转变，更为重要的，是在沉重艰难时光里对自己未来希望的坚守——在邓埠农具修造社，他一心只想着踏实勤恳地把木匠手艺做好，靠着过硬的手艺和吃苦能干，去挣得越来越好的生活。

在时光的磨砺之中，当初进厂时显得稚气犹在的单薄少年，如今已成了血气方刚的沉稳青年，更是厂里青年职工中的佼佼者，他还光荣地加入了中国共产党。

而此时让张果喜没有想到的是，因为邓埠农具修造社领导和工友们的信任，这一年他又被推选担任了木器车间的主任。

第二节　与希望背道而驰的现实

从一名学徒工到车间主任，让张果喜那样深切感受到，人生只要舍得去努力付出，只要踏实前行，命运就迟早会得以改变。

也正是这种坚定的信念，让张果喜心底里始终充满着踏实前行的巨大力量。

内心有着极强责任感的张果喜，自当上车间主任的那一天起，就暗暗下定决心，一定不辜负大家的期望，带领大家把木器车间搞好。同时，也为自己在邓埠农具修造社干出更好的前景来。

但让张果喜没有想到的是，自己面对的现实境况，却与心中的美好期盼背道而驰，且日渐相去甚远。

其时，当张果喜接手木器车间的主任时，余江县邓埠农具修造社每况愈下的状况已有较长时日了，而且，这种状况正在日渐艰难。只不过，此前他没有当车间主任，不当家不知邓埠农具修造社的家底状况而已。

这一天，按照每月的惯例，又到了修造社该发工资的日子。

厂里职工们盼望着发工资，那每月二十来块钱的工资，几乎是每一位职工全家人生活的来源。

然而，这一天，一个让大家沮丧无奈的消息迅速传开——修造社已发不出职工工资了！

其实，何止是发不出工资了，修造社还背着沉重的债务！

邓埠农具修造社从干部到职工人人心里都清楚，这种情况实际上意味着，修造社实已走到了风雨飘摇、难以正常维持的地步。

自己这车间主任的板凳都还没有坐热，现在却面对这样的现实，这怎么不让张果喜心里五味杂陈。

与此同时，张果喜内心里更多的还是一种焦虑，因为他知道自己是车间主任，车间职工们领不到工资这事，自己决不能不管啊！

自当上车间主任之后，张果喜第一次意识到了厂里的艰难形势。

"木器车间里的职工们推选自己担任车间主任，不仅仅是因为自己的木匠手艺做得好。在大家信任的目光里，更有期盼自己能将木器车间带出生存困境的热切希望。"张果喜深深知道这一点。

"可现在情况却是这样，自己带领大家舍得出力干、愿意吃苦干，但现实非但没有任何向好的改变，而且每个人的生活却还是变得愈加艰难。"对于这样令人感到无奈的现状，张果喜深感自责又痛苦。

事实上，这一切并非是靠某个人的努力就可以扭转的。自60年代中后期起，余江县邓埠农具修造社经营状况就开始每况愈下。

众所周知，1949年之后，中国农村曾出现过三次工业化浪潮。而全国各地社队企业的萌芽，最初就是始于传统的农村手工业。

新中国成立后，党和政府对手工业十分重视。1951年12月，中共中央颁布《关于农业生产互助合作的决议（试行草案）》，要求"在适宜于当地的条件下，发展农业和副业相结合的互助"，并提出要帮助农民成立"多种副业和手工业的生产合作社"。

"农业办工业，办好工业为农业。"围绕这一指导思想，1958年，国家号召各地农村大办社队企业。当时，尽管一部分农村、一部分农民确实有办工业的积极性，但农村工业主要是按照上级的指示，作为人民公社化运动的一部分，依靠"共产风"和"一平二调"发展起来的。后来，随着中国经济进入"三年困难时期"和中央精神的变化，大批社队企业纷纷下马，农村工业化转入低潮。到1963年，全国社队工业产值仅为4.1亿元，只相当于1959年工业化最高峰（100多亿元）时的一个零头。毫不夸张地说，当时全国各地农村的工业基本上"退"光了，这是中国农村第一次工业化浪潮的最终结果。

从计划经济的角度来看，20世纪70年代初兴起的社队企业，特别是那些以盈利为目的、从事工业品生产经营的社会企业，实际在某种程度上是处于"计划外"的社队企业。

1970年1月1日"两报一刊"发表元旦社论说："随着斗、批、改的深入发展，一个工农业生产的新高潮正在出现。"与此同时，全国各省、市、自治区召开的计划会议和各部门的专业会议又纷纷提出各自生产任务目标在一定时期内"翻番"、大幅"跃进"的口号。正是在这种形势的大背景下，同年8月底至10月初，中共中央在山西昔阳县召开了北方地区农业会议。

这次会议在着重强调"农业学大寨"、"大批促大干"、"深入开展阶级斗争和两条路线斗争"的同时，提出要加速发展农业机械化，要求各地尤其是社队大办农机厂、农具厂以及与农业生产有关的其他行业。

颇为耐人寻味的是，当时兴办起来的社会企业，在实际的生产与经营中却没有严格按照按上级指示精神运行。

面对这样的现实状况，20世纪70年代初，中央开始调整对全国社队企业的相关政策。1970 年召开的北方地区农业会议，提出在农村用本地资源兴办小型企业，为农业生产、人民生活和大工业服务。同时，"上山下乡"运动还采取了知青家长单位与知青所在农村社队直接挂钩的办法，在全国创办了一些"知青工厂"。尤其是在对社队企业经营方面，调整后的政策允许"适当结合人民生活和大工业服务"，实际上，这是给社队企业经营业务结合其他行业服务、采取自主灵活经营方式，打开了一丝"门缝"。

然而，当时一个难以扭转的现实却是，对于全国各地大部分社队企业来说，到此时经营维持的基础已十分薄弱，原来生存经营空间和环境不能有根本性的改变，各地大小社队企业，大多数依然是在逆境和夹缝中艰难地支撑着。

事实上，在全国各地农村，不少地方的社队企业已处于名存实亡的境地，很多依然保留和苦苦支撑着的社队企业，其存在的目的，似乎只是为了政治形势的需要而已。

农村社队企业的前路，继续朝着更为未知的前方行进似乎已难以阻挡。

全国社队企业的整个境况如此，而整个国家的经济方面，又何尝不是同样如此——到 1973 年前后，在全国各地的社队企业中，一个带有普遍性的问题又开始越来越严重地呈现出来，那就是，社队企业纷纷办不下去了。

这其中，就有余江县邓埠农具修造社。

对此，张果喜失望的心绪里又夹杂着迷惘与无奈。

接下来的一段时间，邓埠农具修造社的情况更是堪忧，发不出工资了，也没有什么活干了，整个修造社一片沉寂，人心涣散。

在这样的情况之下，根据上级的指示，邓埠农具修造社开始对全厂各个车间实行分家，希望通过化整为零，让各个车间自谋活计，改变坐等分配活计和工资的被动局面。

邓埠农具修造社分家，除了分财产，债务也要分。修造社能分给各个车间的财产，就只有一大堆旧木头。而各车间要共同分担的债务却不轻。

结果，在修造社分家过程中，木器车间分到的财产是一大板车的木头，债务却有几万元。

修造社分家了，作为修造社各车间负责人的车间主任，肩上的担子和任务更重了——实际上，修造社在分家的过程中，是把解决全厂生存的困境问题，分担给了各个车间来解决。

对于这一点，张果喜深深知道。

分家分到的债务问题，暂且不说，尽快给车间职工们发工资，这是摆在张果喜面前的第一件大事，也是一件让人十分头痛的难事。

如果不尽快解决职工们吃饭的问题，那木器车间势必会走向树倒猢狲散的地步。这不是职工们有没有思想觉悟的问题，而是人在现实生存问题面前的现实基本要求，这一点也没有过分的地方。

然而，给车间职工们发工资的钱究竟从何而来？什么办法都好想，就是这钱的办法实在是难想呵！

"但再难，那也得要去想办法解决！"张果喜告诉自己，这是他这个车间主任不能回避，也回避不了的问题。

"只能是去借试试看了！"这是张果喜在无奈中想到的不是办法的办法。

"千难万难，跟人借钱最难。"这是上世纪六七十年代余江县农村的一句俗话。那时的大多数人家，连基本的温饱生活也难以保证，哪来的余钱可借？

说到跟别人借钱，这是张果喜从来都感到最难以启齿的事情，再苦再难的日子里，甚至是在自己身体出现血尿无钱医治时，他也咬紧牙关，无法开启向人借钱的口，没有向任何人去借过钱。

但为了木器车间职工们的生存，张果喜还是决定硬着头皮去试一试。他绞尽脑汁，四处奔波求可借之处和可借之人，可一连几天下来，却依然没能弄来一分钱。

亲朋好友们也大多家境窘困，就算是有手头宽裕的，说句实在话，谁又放心把钱借给一个正处于风雨飘摇境况的邓埠农具修造社木器车间去发职工们的工钱呢。

借钱来给职工们发工资的办法已试过了，这也断了张果喜这方面的心思了。再说，就算能借来发工资的钱，那这也不是长久之计。

"眼前，木器车间连现在在外面借钱都借不到了，可想而知，境况该有多么的艰难！"面对这样艰难的现实，张果喜无限伤感与怅惘。

与此同时，面对木器车间的职工们，张果喜的内心更是有着深深的愧疚！

第三节　在困厄中坚持不弃

"不能再这样下去了，我们要自己想办法，找路子！"在日渐严峻的现实面前，张果喜开始思考木器车间怎样找出路的问题。

要切实解决问题，那首先就要找到问题的根源所在。

邓埠农具修造社生存境况越来越艰难的根本原因，就在于上面分配来的生产任务越来越少，各个车间没什么活干了。而修造社分家，实际上也就是默许各个车间自谋活计。

对于这一点，张果喜十分清楚。就木器车间的情况而言，业务量越来越少还有客观原因，那就是余江县的木制农具也基本达到了饱和状态。

"这样的情况下，我们首先不能坐等人家把木工活送上门来，那样就是坐以待毙……另外就是，明知道农具生产的业务越来越少了，那我们就要往生产其他木器制品的方面去转变。总之，木器车间要调整思路。"于是，张果喜开始思考主动去揽活干的办法。

张果喜决定，调整木器车间的业务方向：由原来的专门修造农具转变为可以生产家具等木器，只要是木工方面的活，什么都可以做。

张果喜把木器车间的职工们召集到一起开会，商量如何让木器车间走出生存困境的问题。最后商量的结果是，包括张果喜在内，车间里所有的人都出去找活计，只要是能挣得到钱的木工活都可以做。

随后，经过一段时间在余江县及周边地方奔波，张果喜和车间职工们却是大失所望——费尽气力，也只找到了一些零星的碎活干，根本解决不了木器车间职工们吃饭的问题！

至此，木器车间的境况，似乎已经到了山穷水尽的地步。

但张果喜仍然在心底告诉并鼓励自己：要坚持住，办法是一定想得到的！

其实，张果喜心里也很明白，自己只能坚持，否则，全车间的人就真的要散了。

"只要我们大家再坚持住，我们木器车间就一定能够找到出路……"张果喜继续给职工们打气。

但随后，在一次次对大家讲这番话时，张果喜自己心里也因发虚而显得底气不足了。

"还要坚持，到底要坚持多久？这眼下就坚持不下去了！"

"我看我们就不要瘦驴拉硬屎瞎逞能了，干脆散了，大家再各谋活路去吧。"

终于在一天，又一次听完张果喜强打精神给大家心里打气的话后，车间职工们非但没有响起高亢、一致的附和之声，紧跟而来的却是有些职工失望、质疑和抱怨的声音。

这是头一次，更是当头一棒！

年轻气盛的张果喜内心，仿佛猛然间被一件利器重重地击中，一阵阵剧烈而闷声的疼痛充斥在他的肺腑之中，无人可诉。

是啊，车间主任的板凳还没有坐热，木器车间就到了现在这种人心涣散的地步。张果喜感到了前所未有的沉重压力！

夕阳掩映下的邓埠农具修造社，显得毫无生气，伫立于空旷冷清的木器车间，张果喜感到仿佛有一种无比的孤独直袭内心深处，这让他有一种无法言诉的苦痛。

"出路到底在哪里？我这样的坚持会有出路吗？真的就要这样放弃而散伙吗……"面向着空旷而萧瑟的田野，张果喜有时会用足全部的气力呐喊。

空旷的田野响彻着张果喜自己的回声，没有人回答他。

"不能，决不能走'树倒猢狲散'的路，只要继续寻找并找对了方向，相信木器车间就一定能找到一条出路。"痛快淋漓地宣泄过后，张果喜又回到了冷静的思考之中。

张果喜不停地劝慰自己，自己给自己心里打气，他知道，要想让木器车间不散伙并走出生存的困境，首先就是自己的信心不能垮掉！

在接下来的好长一段时间里，张果喜的情绪都深深沉浸在焦虑的状况中，几乎整日整夜，他都是在焦虑和寝食不安的状态中度过。有时，他一连多日足不出户，把自己关在车间办公室里苦思冥想。然而，一切无奈而又徒劳，越想越令他烦闷不安，越焦虑也越发没有任何的思路。

殊不知，在计划经济体制之下，生产什么、生产多少，都是按照有关部门下达的行政指令指标去执行的。一家工厂或一个车间，想要在这样"铁桶"般的计划经济体制里找到一方自由生存发展的市场空间，那谈何容易！

在四处碰壁的过程中，张果喜开始明白到了这一点。

"木器车间要想找到生存之路，那我们的眼睛就不能只盯在余江县本地及周边这巴掌大的地方，而是要跳出余江，到外面去找路子！"张果喜更加清楚了这一点。

可外面那么大的地方，该往哪里去为木器车间找活干呢？

是啊，对于最远才到过余江县周边鹰潭的张果喜来说，他只知道外面很大很大，至于外面究竟是什么样子、外面的情况又怎样等等这些情况，他一无所知。外面的世界，宛如天际一般遥远和陌生。

还有一个关键问题，那就是，去了外面能找得到活计吗？

当张果喜把为木器车间找生存之路的思路转向余江县之外时，一个个问题也随之接踵而来。

这些问题，哪一个张果喜心里都没有底。

"但如果不出去找，不去试，那大家就都只有坐以待毙了，出去找、去试一试，那说不定就找到了机会呢！"张果喜在心里这样权衡。

最终，张果喜做出了要去外面为木器车间找生存之路的决定。

第四节　为寻活计远赴上海

接下来发生的一件事，完全在张果喜的意料之外，但这件事却成了日后改变张果喜人生事业命运的一个直接触发点。

因为，这件事出现的时间节点，恰好在张果喜刚做出要到外面去为木器车间谋生存之路决定之后不久。

这一天，邓埠农具修造社接到了来自余江县手工业管理局发来的一份通知。（注：为了发挥手工业在国家经济生活中的重要作用，当时我国从中央到地方，都设立了手工业管理的专门部门——手工业管理局。）

这份通知的大致内容是：根据余江县手工业管理局的安排，要厂里派人去上海市手工业管理局参观学习。可是，邓埠农具修造社已到了风雨飘摇的境地，连工资都发不出来，哪还有经费派人去上海参观学习。

随后，修造社征求各车间的意见——哪个车间愿意去的，车间主任做主，学习人员往来的路费和食宿等经费也由车间负责。

可想而知，连眼前生存都举步维艰，还有哪个车间愿意千里迢迢去上海参加这样的学习！

一开始，张果喜也是这样想的。

"派到上海去参观学习……这本倒是个向别人学习先进经验的很好机会呀，可我们木器车间现在这个情况，连吃饭的钱都没有，哪还有什么心思去上海学习……"当那份通知转到了张果喜手里，他接过来草草瞄了一眼便随后往旁边一放，苦笑着摇摇头，自言自语叹道。

是的，此时的张果喜正为木器车间准备到外面哪里去找活计的机会而苦思冥想，他哪里还有什么心思去外地参观学习！

然而，没过多久，张果喜转而又拿起了那份通知，仔细再看了一遍。

"是到上海去学习……"不知为何，当张果喜看到学习地点是上海，他突然间感到一阵兴奋起来。

原来，是通知上的"上海"那这两个字，让张果喜很快改变了自己的想法。

不知为何，在那一瞬间，张果喜心里似乎隐约感觉到，在遥远的上海应该有木器车间的业务机会。

"对呀，怎么早没有想到去上海看一看！"张果喜立即决定，准备去上海。

随后，他还想到，应该带上木器车间几位师傅一起去。这样可以在参观学习的过程中如果有适合木器车间的业务，大家好一起有个商量，再则，发现了好的业务机会，也能争取把人家的技术学回来。

张果喜立刻找到车间的三位师傅，跟他们商量去上海参观学习一事。

"去上海？去上海干什么……"

面对张果喜突然提出的前往上海，大家十分不解。

这也难怪大家很难理解，如今整个木器车间人人忧心忡忡，在这个时候，张果喜却突然提出去上海，这确实让人丈二和尚摸不着头脑。

"记得一个上海知青跟我说过，上海那个大城市有各种各样的机会……"张果喜开始陈述要去上海的缘由，"或许到上海能给我们木器车间谋得到业务机会，找得到出路。"

原来，张果喜突然想到的是这么一回事：几年前，有来自上海市的知识青年到余江县邓家埠插队落户，张果喜和其中几位知青相处日久熟络起来，有时会在一起聊聊天。

对于上世纪六七十年代的农村人而言，城市是足以让他们驰骋想象的遥远地方，因而，倾听来自城市人讲述他们生活的城市，仿佛有如倾听"天外来客"故事般的强烈吸引力。

更何况，知青们讲述的是繁华大上海的人与事。正是这样的原因，张果喜才知道了关于上海的不少情况。尤其让张果喜记忆深刻的，是上海知青所讲述的上海那座大都市有着很多的机会。

"不出去看看，那我们怎么就知道外面没有机会！"张果喜决定带着大家去碰碰运气。

得知张果喜这样的想法后，木器车间的所有职工们都一致同意他的意见。最后，确定了车间里三个职工和张果喜一同前往。

去上海那么大的城市，路程远不说，更重要的是到了上海要去给厂里找活计、寻出路，是去办大事，带少了钱可不行。

张果喜东挪西凑，尽了最大努力，最后凑到了200元钱。

那时的200元钱，在张果喜他们眼里，可是一笔大钱！

"这次我们带这么多钱，这么厚厚的一沓，如果放在一个人身上，很是显眼，要是路上万一碰到了'扒手'，那可就麻烦了。这样，我们四个人，每个人身上放50块。"为了保证一路上钱的安全，登上出发去上海的火车之前，张果喜和三个伙伴在火车站旁边找了个隐蔽的地方，他们将那200元钱分作了四份，每人的贴身口袋里都放上50元。

就这样，张果喜带着和木器车间三位职工一行四人，怀着无比忐忑的心情，奔向了一切都是未知的大都市——上海。

从鹰潭登上一趟闷罐车厢的火车，经过差不多一天一夜的行程后，张果喜他们四个人终于到达了上海。

走出上海火车站，呈现在张果喜和同伴眼前的，是他们从未曾真切感受过的另一番阔大、繁华、气派的大城市景象：

鳞次栉比的大厦高楼，行人车辆熙熙攘攘的大街，还有商场那宽大落地玻璃窗内琳琅满目的商品……这一切让人目不暇接，眼花缭乱，大开眼界。对于平生第一次远行千里，从偏远的小县突然置身于大城市上海这等繁华的张果喜他们来说，眼前这目不暇接的一切，怎不有着磁石般的诱惑力。

平生第一次来到大城市，张果喜对于眼前的一切充满了新奇。但同时，他似乎又真切地感觉到，自己与眼前的这一切隔着遥远的距离。

张果喜知道，他们是为何而来，一路走来又是何等的不易。

于是，张果喜心里顿然没有了欣赏大上海繁华新奇景象的念头，他赶紧向行人打听路线，只想尽早赶到目的地。

一路经打听，张果喜他们终于来到了上海手工业管理局的所在地。

而此时，天色已晚，所有单位早已下班。

天色渐渐暗下来，张果喜他们又饥又饿，于是先找了家小饭馆，一人吃了碗面条填塞下肚子之后，四个人开始漫无目的地闲逛起来。

路灯熄灭后的街道和弄堂，开始寂静下来。

一路上的疲惫，让张果喜和大家也开始感到阵阵的困倦袭来。

张果喜抬头一望，不知不觉，发现他们走到了上海第一百货公司的门前。再一看路牌，这条路叫九江路。

"'九江'可是我们江西省的地名呀！"张果喜他们一听这路名，心里顿时倍感几分亲切。

"要不我们就在前面这百货大楼的廊檐下过一夜吧。"张果喜提议。

其实，连续两天的疲乏，张果喜和大家是多么想找家便宜的旅馆，好好睡上一觉。可是，他们心里没有一个人舍得去花这个钱。

就这样，张果喜和大家在百货大楼的屋檐下蜷缩着过了一夜。

第二天，他们很早就来到手工业管理局门口。

上海手工业管理局的工作人员上班时见到他们后，便问："有什么事？"张果喜先作简单的自我介绍，然后说出了希望这次能在上海为厂里找到活计的想法。

"余江县，就是毛主席写诗赞扬过的那个在全国第一个消灭血吸虫的地方，江西省的那个余江县么？"管理局的工作人员一听完张果喜的介绍随即热情地问道。

"是的，是的，我们就是从江西的余江县来的……"张果喜连忙应答到，并递上了余江县手工业管理局开具的学习介绍信。

"好啊，你们几个人，就是从毛主席诗里写到的余江县来的……"一种自然的亲切感顿时洋溢在那位工作人员的脸上。

而此时，一股暖流也从张果喜的心底缓缓散开，刚才还有的那种怯生生的感觉也很快消去了许多。

随后，上海手工业管理局热情地为张果喜他们安排参观学习一事。

根据余江县邓埠农具修造社木器车间的实际情况，上海手工业管理局为张果喜他们所介绍安排的参观学习的单位，是上海雕刻艺术厂。

上海手工业管理局这样的安排，一是参观学习内容与木器车间的业务有相通之处，另外，就是希望张果喜他们在参观学习中，能够找到与上海雕刻艺术厂有业务往来的机会。

对于这样的安排，张果喜内心充满了感激。

上海雕刻艺术厂位于上海市四川北路，它的前身叫上海艺术雕刻品一厂，主要从事木器雕刻工艺品的生产。这个厂的木器雕刻工艺产品，主要是出口。

因为是上海手工业管理局的介绍和安排，上海雕刻艺术厂的王俊祥厂长十分热情接待了张果喜他们参观学习。

张果喜他们来到上海雕刻艺术厂后，厂里安排他们参观产品陈列室。

置身上海雕刻艺术厂的产品陈列室，张果喜和同伴们眼前豁然开朗，感觉好像突然站在一座艺术宫殿里一样。

硕大的展厅里，各式各样的展柜或橱窗里，摆放着各种雕刻工艺展品，有玲珑剔透的各式玉雕，有因形造像、栩栩如生的根雕工艺品，还有从前只是听说过却从来没有见过的象牙、犀牛角雕刻工艺品……

这样丰富的工艺品，雕刻工艺如此精美，让张果喜头一次大开眼界！

就在张果喜他们全神贯注观看一个个产品样品的过程中，突然，一个展位里的一只樟木箱，一下子吸引住了张果喜的目光。

这款樟木雕花套箱，由两个或三个大小不一的箱子组合而成，每个箱子都是单独的工艺品，套在一起又天衣无缝。

再看这樟木雕花套箱的四沿，堆花叠朵，外壁层层相映雕刻着景致的龙凤梅竹图案，十分精美。

许久，站在这只樟木雕花套箱前，张果喜目不转睛，上下左右凝神专注地仔细打量着。

樟木箱，在余江县甚至江西省很多地方本不是什么稀罕之物，是很多人家都有的一种家具，而且一般人家嫁女，这也是很常见的陪嫁嫁妆。

只是，现在张果喜发现，自己眼前的这只樟木箱，既与家乡余江县寻常所见的樟木箱那样熟悉亲切，却又显得那样不同。

"这樟木箱，竟然可以做得这样雕花叠朵、层层相套，实用又美观！"或许因为自己本身就是木匠，也曾亲手打制过樟木箱的缘故，面对这样一只需要上乘手艺才能做出的樟木箱，张果喜惊叹不已。

然而接下去的发现，更是让张果喜惊讶不已！

再看这只樟木箱旁边的一张价格标签上，写着"200 元"的数字字样——"莫不是这只樟木箱的价钱是 200 块钱！"

张果喜心里咯噔了一下。

"管理员同志，我想跟你打听一下，你们这个雕花樟木套箱的价钱是几多？"张果喜要跟管理员证实一下，眼前这个樟木套箱旁边的那块价格牌子上的价钱，是不是自己看错了。

"哦，你说的是这只雕花樟木套箱吗？是 200 块，这价格标签上写着的。"管理员回答张果喜道。

"真的是 200 块钱呀？！"张果喜用惊讶的语气再次说道。

"没错，就是 200 块钱呀！"管理人员很是热情地又一次答复张果喜。

"200 块！……这樟木套箱的价钱果真是 200 块钱一个呀……"张果喜他们不禁反复喃喃自语道。

要知道，张果喜他们此行千里迢迢来到上海，四个人全部的盘缠也不过 200 元钱啊！而且，张果喜是木匠出身，在余江一只樟木箱的价钱是多少，他比谁都清楚。

可眼前这一个樟木套箱的价钱，居然是 200 块钱，这怎么不让张果喜惊讶！

良久，张果喜站立在展柜前，眼睛直直地盯着展柜里雕花樟木套箱。

"这真是太值钱了啊！"愣了好一会儿，张果喜突然以惊讶又感慨地语气这样说道。

与木头打了这么多年交道，各种材质木料打制的家具物什不计其数，可一只用樟木制作的箱子竟然卖价达到了 200 块钱，张果喜在这之前，可是闻所未闻、见所未见！

在上海雕刻艺术厂产品陈列室里耳闻目睹的，怎么能不带给张果喜那样巨大而持久的内心震撼力！

接下来，张果喜全部的注意力都转移到了樟木雕花套箱上。

张果喜有所不知的是，他眼前的那只雕花樟木套箱，标签上的 200 元的价钱，还只是当时在上海的价格，如果出口到国外，那价格还要翻几番。而且，这款雕花樟木套箱在国外一些国家很受欢迎。

说起这雕花樟木套箱的出口，可谓耐人寻味。

历史悠久、风格独特的手工艺品，是我国的传统出口产品。

新中国成立之后，国家重视手工艺人的劳动，工艺美术品大量出口，曾行销世界170多个国家和地区，不仅换回了大量外汇，而且向外输出了我们灿烂的民族文化。

当时，手工艺品由国营的"中国工艺品进出口总公司"主营出口，后逐渐成为我国出口创汇的重要渠道之一。

然而，在"文革"时期，手工艺品出口也被扣上了"为外国资产阶级服务"、"鼓吹封、资、修"的帽子，我国工艺品的生产和出口都因此而受到很大影响，出口量极度萎缩。

20世纪60年代后期至70年代初，随着世界政治格局发生了较大变化，国际经济形势也随之开始悄然呈现出新的变化。

这一时期，西方资本主义国家面临着新的一轮经济危机，苏联、美国争夺世界霸权的活动遭到越来越多国家的抵制，原有的社会主义和资本主义阵营两大经济体系逐渐趋向解体，代之而起的是发达国家和发展中国家之间日益增多的经济往来。

1972年2月，毛泽东邀请美国总统尼克松访华，准备抓住这个契机，开拓对外经济工作的新局面。他对尼克松说："你们要搞人员往来这些事，要搞点小生意，我们就死也不肯。""后来发现还是你们对，所以就打乒乓球。"（《毛泽东外交文选》，中央文献出版社、世界知识出版社1994年版，第595页）在《中美上海公报》中，双方同意为逐步发展两国间的贸易提供便利。

1973年，长达28年的以美元为中心的国际货币体系开始松动。而另一方面，随着中美关系缓和，中国重返联合国，大批西方国家纷纷与中国建交，打破了国际敌对势力长期以来对中国的政治封锁。中国国内在"九一三事件"以后，开始批判和纠正部分的"文革""左"倾错误。

这些都为中国扩大对外经济交流创造了有利条件。

在打开中美关系新局面、推行新的外交战略之时，毛泽东、周恩来又不失时机地批准了国家计委关于引进国外成套先进设备的方案，由此掀起了新中国成立后对外经济交流的第二次高潮。

而在1971年之后，在毛泽东的支持下，周恩来主持中央工作，采取了一系列纠正"左"的错误、落实党的政策的措施，解放、起用了一大批"文革"前期遭受打击、迫害的老干部，让他们重新发挥作用，各项工作都开始出现转机。

尽管这种转机后来因"纠左"被迫停滞而再陷徘徊，但却在打开国家对外经济工作方面取得了出人意料的成效。

1972年4月底，被战备疏散到江西长达两年半之久的陈云返回北京。

他在给中央的一封信中提出：希望安排些力所能及的工作，每年春秋到外地下面做些调查。此后的1973年和1974年，受周恩来委托，陈云协助周恩来进行了对外经济贸易的指导和研究工作。

两年多里，陈云以他丰富的经济工作经验和特有的领导艺术，提出了一系列带有真知灼见的战略性意见，在开拓对外经济工作尤其是恢复中国工艺品出口方面，做了大量卓有实效的工作。

工艺美术的强大生命力在于它兼具实用、审美、收藏等多种社会功能。自有人类社会始，工艺美术就既是物质生产，又是精神创造；既是经济，又是文化。许多工艺美术品类有着坚韧的生命力，如同一条文明的巨流绵延数千年不止，始终以美的形式服务于人们的生活。工艺美术之可贵，在于它风格上多姿多彩，在品质上往往是唯我独有、唯我独精。

我国的工艺美术有着自己的技术体系和造物哲学，在世界上以技艺精湛、民族风格独特而享有崇高声誉。各地的工艺美术在技艺和风格上又表现出鲜明的地方文化特色，如江南工艺的秀润雅致、北京工艺的富丽整饬、广东工艺的绮丽多彩等等，它们统一在民族风格之下，形成"万紫千红总是春"的繁荣局面。

1973 年 12 月，陈云同志在听取中国工艺品进出口总公司汇报时，特别指出了工艺品出口的重要性并强调："工艺品是必保的出口商品。"理由有三点：一是绝大部分品种货源充足，可以扩大销售市场；二是这些商品相当多是农民和街道居民生产的，扩大出口可以提高人民生活水平；三是小商品可以积少成多地创汇。他要求外贸部门除保持和扩大中国香港、澳门，日本、新加坡等市场外，要千方百计地打开西欧、北美、大洋洲的市场。

根据陈云的意见，遵照周恩来要扩大工艺美术品出口的指示，我国的工艺品生产和出口取得了较迅速的恢复和发展。这一年，在北京民族文化宫还举办了新中国成立以来规模最大的全国工艺美术展览会。

正是在这样的大背景下，我国很多优秀的传统手工艺品的出口，在 1973 年也重新打开了新的局面。

引起张果喜他们强烈注意力的这种雕花樟木套箱，融实用性、艺术性为一体，深受西欧、北美、大洋洲等国家和地区的人们喜爱。因此，属于当时我国出口主要手工艺制品的木器雕刻艺术品之列。

在带领张果喜他们 4 人参观工艺品陈列室的过程中，上海雕刻艺术厂产品陈列室的管理人员，也为他们讲解了我国手工艺品出口的有关情况。

"比如，你们说的这只雕花樟木套箱，现在出口就很紧俏，我们样品在广交会上，外国客商看中了订货了，我们厂生产忙不过来，还要找其他有生产能力的厂来加工制作……"管理员向张果喜他们补充说道。

"这样的，那我们可不可以跟他们厂里加工制作？"听到管理员这样说后，一个念头瞬间涌现在了张果喜的脑海里。

这样可遇不可求的机会怎能失去！张果喜心想，如能如愿，那一来可解木器车间的燃眉之急，二来说不定以后可以长期给上海雕刻艺术厂进行加工制作，这样的话，木器车间不就找到一条出路了！

张果喜决定要大胆试一试。

"管理员同志，你刚才说，你们要找别的厂家生产加工制作这种雕花樟木套箱，请问一下，我们可不可以做？"张果喜向管理员试问道。

"你们……能生产出这种雕花樟木套箱？"定眼看了看张果喜他们，管理员的语气里似乎有些疑问。

"能做！我们厂里能做得出来！我们几个都是做'博士'的，而且我们江西有的是上等的樟木……"张果喜立即以洪亮而肯定的语气，向管理员回答道。

管理员听张果喜回答的语气这样肯定，又看到他们如此淳朴诚恳，于是，对他们的话便深信不疑。

"那你们稍等一下。"随后，管理员去向一位经理报告了此事。

不一会儿，一位衣着讲究的经理来到了张果喜他们面前。

"请问你们是……"经理一时心里拿不准，于是，便以试探性的语气询问张果喜。

"我们从江西来，是余江县邓埠农具修造厂木器分厂的。"张果喜回答道。

"你们真的能生产出这种雕花樟木套箱来？"

"能……我们能做得出来，而且我们江西当地还出产上等的樟木木料！"

"那好，如果你们能生产出来，只要产品合格，我们全部都要。"

"没有问题，我们都是做木匠的，做这个樟木箱我们心里有数……"

"如果是这样，那么，等你们做出样品来，到时我们在广交会上拿到了订单，我们就可以签订生产合同。请问你们中间，哪一位可以做主？"

"我可以做主。我是余江县邓埠农具修造社的车间主任，定盘子的！"张果喜话语利落地回答道。

"那好，请你们跟我到办公室详谈……"听到张果喜这样回答，经理随即把他们几个人请到了一间办公室。

原来，这位经理是上海工艺品进出口公司派驻上海雕刻艺术厂负责工艺品生产的一位负责人。上海工艺品进出口公司和上海雕刻艺术厂是业务合作单位，前者在获得出口工艺品订单后，不少出口工艺品就是由上海雕刻艺术厂来生产。

自近两年通过广交会渠道，雕花樟木套箱的出口订货量开始大幅度增加，因而，雕花樟木套箱的生产量也随之扩大，在上海雕刻艺术厂之外，亟须找到能够生产出这种雕花樟木套箱的生产厂家。

正是因为这样的原因，当这位经理听完管理员的报告之后，立即对张果喜他们产生了浓厚的兴趣。

在办公室里，这位经理围绕雕花樟木套箱的生产问题，和张果喜认真商谈起来。

商谈过程中，上海工艺品进出口公司的这位经理不仅深信张果喜能生产出那款雕花樟木套箱，而且，他对张果喜真诚、淳朴和率直的个性十分赞赏。

尤其是这位经理在得知张果喜是为了给木器分厂全体职工找一条出路，而带领厂里几个人千里迢迢来上海找活计，更是心生出一种由衷的敬佩。

上海工艺品进出口公司的这位经理，也想帮帮张果喜他们。

最后商谈的结果是：张果喜回江西后，依照上海雕刻艺术厂产品陈列室的那只雕花樟木套箱，赶紧生产出一只雕花樟木套箱的样品送来，只要样品过关，由上海工艺品进出口公司到时送广交会参展，在展会上承接到了雕花樟木套箱生产的订单，就和邓埠农具修造社木器车间签订生产合同。

于是，张果喜他们决定要把这个手艺带回余江。

上海工艺品进出口公司和上海雕刻艺术厂也尽全力支持张果喜。他们随后安排张果喜4个人在上海雕刻艺术厂学习雕花樟木套箱的基本生产工艺。

接下来，张果喜他们4人分工，在上海雕刻艺术厂的生产车间里一人拜一个师傅，一人学雕花樟木套箱生产中的几道工序。

时间紧迫，容不得细细揣度琢磨，他们4个人就硬靠着死记硬背，把雕花樟木套箱的每一道工艺流程和制作技巧，都牢牢地记在脑子里。

一晃7天时间过去了，张果喜他们4人在上海雕刻艺术厂也苦学了7天。

那天临走之时，在不经意间，张果喜喜出望外地发现，在上海雕刻艺术厂一个车间的一堆废纸里，居然有几张樟木套箱的工艺制作雕花图样。于是，他惊喜地有如看到了宝贝一般，赶紧小心翼翼地抖落雕花图样上的灰尘，收起来放进了包里。末了，又顺手牵羊地带走了车间地上一只报废了的家具的"老虎脚"。

"我们回去后，一定要加班加点，精益求精，把样品做好，另外一半的机会要靠我们自己来争取。"张果喜是个有心人，他对伙伴们的木工技艺心中有数，知道要做这样精细的活计还有难度，所以先在上海雕刻艺术厂学了一个星期的木雕技术，把看到的一切都牢牢地记在了心里。

"一刻都不能耽误，我们要赶上今天晚上回江西的火车！"

张果喜他们怎能不激动兴奋！怎能不归心似箭！他们不曾想到啊，在上海真的为木器车间幸运地找到了机会！

张果喜和3位伙伴一走出上海雕刻艺术厂的大门，就三步并着两步往电车站赶，登上了开往上海火车站的电车。

在从上海回余江的火车上，张果喜满脑子里想的和与其他3位同伴商谈的，全部都是回到余江之后，如何试制雕花樟木套箱样品的事情：

"我们一回到车间里，就要马上布置和安排生产的事，全车间的人，每一个人可都要动员起来。"

"车间里的人员要分成几组，大家通力合作，要在最快的时间里生产雕花樟木套箱的样品出来。"

"就是这雕刻工艺，一回去就要商量这件事，怎么雕出来。"

在归程的绿皮火车上，几乎整整一天一夜，围绕雕花樟木套箱样品的生产，凡是能想到的地方，张果喜他们都想到了，凡是该商量的问题，他们也几乎全部商量妥当了。

从上海回江西余江县的火车车厢里，拥挤不堪、嘈杂喧嚣，而且气息十分沉闷。

然而，在几乎整整一天一夜的行程中，张果喜和3个伙伴却兴奋得忘记了疲惫、忘记了旅途的劳累，他们明显疲倦的脸上始终充满了欣喜的神情。

那该是一种怎样的喜悦之情呵！

此后经年，在斑驳时光的遥望里，关于那次归程中兴奋、激动的点点滴滴的情景仍仿佛历历在目。

而在如今果喜集团创业元老们的内心深处，当年艰难谋得生机的过程，却分明又让他们在时光的遥想里，似乎品味出了一种淡淡的忧伤来。

是啊，遥想创业的来路，当年是何其不易！

第三章
"要吃饭的跟我来"

在修造社木器车间实已走到山穷水尽地步之际，张果喜有过焦虑、苦痛甚至有过无限的迷惘。但是，他一直不言放弃，也从来不叹息退缩，而是想方设法找出路，千方百计寻生路。

终于，在他抱着去碰碰运气的想法来到上海后，却果真在这里惊喜地与机遇不期而遇。

然而，让张果喜没有想到的是，当他满怀兴奋喜悦地从上海给木器车间带来走出困境的希望之时，却不曾料到，他面对的却又是难以逾越的现实。

因为管理体制上的规定，木器车间不同意邓埠农具修造社进行雕花樟木套箱的生产。

对"能吃得饱饭"这一淳朴愿望心怀着强烈的期盼与向往，而在一直以来为这个目标肩负重荷的过程里，现实的目标却始终与心中愿望渐行渐远。对此，张果喜的内心有难言之痛，这也更加激起了他决定要逾越现实的艰难，带领木器车间的职工们去闯出一条活路来的坚定勇气和决心！

随后，年轻的张果喜以一种类似于"被逼上梁山"的壮举，面对与之有着同样艰辛与愿望的一群农民，他喊出了"要吃饭的跟我来"这句誓以奋争改变贫穷命运的铮铮之语。

"要吃饭的跟我来！"

生存困境里的振臂一呼，一群为了自己和家人能吃饱饭的普通农民，就这样怀着简单而纯粹的愿望，决心跟随张果喜，去闯出那条在他们心底充满着希望的生存之路！

也由此，张果喜带着从邓埠农具修造社木器车间分离出来的21名职工，走上了独立创办余江工艺雕刻厂的谋生之路。

无论是如张果喜所说的"这是被逼着走向外面的"，还是像后来很多人评价时所说的"有胆有识"，有一点让人们不得不由衷钦佩，在计划经济年代里，年轻的农民张果喜竟有如此的眼光与胆略。

难怪有经济学者这样感慨道：作为改革开放初期第一批创业者的代表人物之一，张果喜甫一出场就具有远见卓识，似乎早已昭示着他注定将拥有非同寻常的未来。

第一节　时光深处的那声呐喊

火车向着江西的方向，每驶过一站，张果喜和大家都仿佛感到，他们离希望中的现实就又接近了一程。

然而，带着无比感怀和喜悦心情回到余江的张果喜，怎么也没有料到，等待他的，却是迎面泼来的一盆冷水。

"我们直接去厂里！"

一下火车回到余江县的当天晚上，张果喜带头，径直奔向木器车间，其余的 3 个人紧随其后。

"大家都快来，快起来，赶紧来开会……"一进厂门，张果喜就连声高喊，他疲惫又兴奋的语气里，让人听起来似乎有着不容迟疑的命令口吻。

很快，全车间的职工们都挤到了木器分厂那间狭小、简陋的屋子里。

"这刚一回来，深更半夜就到厂里叫大家开会，张主任他们肯定是从上海带来了好消息！"

"莫不是真是找到了什么好路子？！"

…………

拥挤的屋子里，大家纷纷猜测着。

"这一回，大家还真是猜对了！"一路数十小时的风尘，张果喜一脸疲惫，可他眼里分明跃动着抑制不住的兴奋，嗓门洪亮而有力。

紧接着，他把在上海找到了生产雕花樟木套箱这一机会的来龙去脉，详细向大家讲述了。

"一只雕花樟木套箱就买 200 多块钱！"张果喜的话一出，刚刚还有些睡眼惺忪的职工们，顿时惊喜得兴奋万分！

是啊！这样的好消息，给大家带来的又何止是惊喜和兴奋，这给大家带来的就是木器车间起死回生的希望啊，也是大家生活有了着落的希望啊！

"做好雕花樟木套箱，那以后我们不但是有钱可以发工资了，还会有剩余的钱，更重要的是，这一次做好了，人家上海那边还会给我们签合同，以后我们木器分厂就不愁没有事做了！"张果喜着重对职工们讲这些，除了给予大家即将呈现于眼前的希望，也是要告诉大家，全车间人员务必要齐心协力做好雕花樟木套箱样品。

"可我们木器车间，不要说会雕刻手艺的人，就是能打好一般的樟木箱的人也没有几个，我们怎么能做得出这雕花樟木套箱来哟……"兴奋过后，车间里有的职工开始担忧起来。

这也正是张果喜为何如此焦急，一下火车就到车间开会的原因。

接下来，在回程火车上思考和商量好的关于试制雕花樟木套箱的所有环节和细节问题，张果喜一一向各个小组布置下去，由各个小组开始分头着手准备。

此时，天开始蒙蒙亮了。

"先照葫芦画瓢，练，从今天开始我和大家一起，每个人都开始练！"张果喜和大家把全车间的零木碎料全部清理出来，一共分成了 20 多堆，全车间职工每人一堆，让大家照着他从上海带回来的图样，一个小组练习雕刻、试制一定数量的部件。

而张果喜顾不上休息，天一大亮之后，他还有更为要紧的事情——向修造社报告关于生产雕花樟木套箱样品的事情。

张果喜心里本能地认定，木器车间找到了生存的出路，对于这样好的事情，修造社岂有不支持之理！

可随之的结果出乎他的意料。

修造社刚一上班，张果喜就兴冲冲跑进修造社干部办公室进行报告。

"什么，你们木器车间要做雕花樟木套箱？"修造社的一位负责人一听，顿时似乎有些摸不着边际的感觉。

"这件事那你们要等一等，厂里要商量一下再说……"最后，修造社负责人这样回复张果喜。

在不容置疑、没有任何商量语气的回复下，张果喜的心顿时凉了半截，继而只能无奈地回去等消息。

对于张果喜来说，这个等待的过程焦急而又痛苦。

几天之后，关于木器车间生产雕花樟木套箱的研究结果总算是出来了。

可当张果喜得知这个结果后，整个人仿佛被一盆冷水浇了个冰凉——经研究决定，邓埠农具修造社拿不出生产资金，不同意木器车间进行雕花樟木套箱样品的试制！

其实，除了这个原因之外，还有很大程度上没有明说的原因。

这个原因，就是邓埠农具修造社领导中，几乎没有人认为木器车间能生产出合格的雕花樟木套箱来，就算是同意木器车间进行试制，最后也是瞎折腾一番而已罢了。

而且，从张果喜他们从上海回到余江的那一天起，关于邓埠农具修造社木器车间在上海找到了机会，要做雕花樟木套箱的消息，也很快在余江县传开和热议起来。

遥远而洋气的大城市上海，本就让贫穷落后地方的人们充满着遥想与不可企及。突然之间，听说自己身边一群土里土气的农民"博士"要做的事情，居然和大上海联系在了一起，这又怎能不让人觉得新鲜和稀奇。

对于这个消息，在很多人听起来，感到是那样的不可思议，甚至认为是异想天开。

于是，社会上对这件新鲜事的议论也随之而起：

"自古到今，我们余江县这个小地方，就从来没有听说出过会拿雕刻刀的，更别说做雕龙画凤高级家具的雕匠，邓埠农具修造社木器车间要做雕花樟木套箱，那到哪里去找那会在木头上雕龙刻凤的人？"

"那人家上海大城市里人看得中的工艺品，是我们这样的小地方能做得出来的么？"

"难道就凭他张果喜，带着邓埠农具修造社木器车间那些个只拿板斧的土'博士'，就想雕得出那雕龙画凤的樟木套箱来？"

"想法倒是很好哇，怕就怕到时候做不出来哟，就算是做出来了，就怕做的东西'三不像'，人家大上海的人看不上呀！"

…………

谁都听得出来，这些议论声中几乎全是质疑的口气，甚至还有讥讽的语调。

还有说得难听又露骨的："这简直是乡巴佬进了趟大城市，回来就不知道自己是吃几碗饭的人了！"

修造社做出了决定，等于是把路给堵死了，这社会上冷嘲热讽的议论又纷起，让人心里更是伤心。

一连几天下来，张果喜的内心五味杂陈。

现在，现实已摆在面前——看来这雕花樟木套箱是做不成了！

邓埠农具修造社是集体性质的社队企业，厂里一切的生产经营和管理，要按照集体社队企业的体制和机制来办，各个车间无权完全按照自己的意图安排生产和销售等管理。如果擅自进行生产和销售，那可是要受到严厉处分的！

这样的结果，对张果喜来说，可谓是毫无思想准备的当头一棒。

寂静的深夜里，张果喜沉默不语，独自一人坐在四面透风的木器车间办公室里。他的大脑里一片烦乱，只是不停地抽着烟。因为过于猛烈地一口接一口地吸着手头的劣质香烟，张果喜不时被呛得连着声地咳嗽。

而透过张果喜手中那忽明忽暗的香烟，分明可以看到他脸上无比的焦虑。

"接下去该怎么办？究竟该带着大家向着何方去谋得生存……"

这一个一个的问题，一团乱麻一样纠缠在张果喜的脑海里。

在前思后想、反复思量的过程中，张果喜在心里一遍又一遍地告诉自己：

"做！不管怎样都要把这雕花樟木套箱样品做出来！这是好不容易得来的机会，不能就这样眼睁睁地放弃掉了！"

那一刻，张果喜用力掐灭手中的烟头，暗自下定了决心。

可怎么做呢？

"厂里不同意做，那就我们自己来做！"张果喜也终于想到了解决问题的办法——自己带着愿意从木器车间分离出来的职工，自己来成立一家工艺雕刻厂进行生产。

张果喜认为，也只有这样唯一的办法了！

从木器车间分离出来单干，张果喜心里当然明白这意味着什么——那就是脱离邓埠农具修造社，而且还是自己主动要脱离的！

这样的现实，对于木器车间的职工们而言，关系到个人手里饭碗和全家人吃饭的问题，这可谓是一件天大的事，也是一件冒大风险的事！

所以，张果喜要征得大家的同意，对有勉强者，决不能有任何强求。

随后的一天晚上，张果喜把木器车间的80多位职工们召集齐，他向大家宣布自己的这个决定。

"那你这不就是要搞私人工厂？"听完张果喜的这个想法，有职工不禁大吃一惊！

要知道，那是个依然把"宁要社会主义的草，不要资本主义的苗"这句口号作为社会主流意识之一的年代；那是一个"铁桶般"的计划经济年代，生产什么，购买什么，销售什么，都要国家下达行政指令性计划，在指标之外，以商品方式的物品流通便属非法。就连农民多养几只鸡，也是要被"割资本主义尾巴"的。

现在，张果喜提出要私人搞工艺雕刻厂，这不是"胆大包天的想法"又是什么？

人群里开始窃窃私语，议论纷纷起来，每一个人的心里其实都在七上八下。

"那怎么办？大家都只能是这样待在木器车间等着饿肚子？也让家里的老小跟着一起饿肚子么？"张果喜深知大家的担忧，但他更知道，要想有饭吃的现实路子就只有这一条了。

接下来，现场慢慢安静下来，随后是长久的寂静。

"要吃饭的跟我来！"

不知过了多久，突然，张果喜不知哪里迸发出的勇气，他一个箭步蹿上机床平台，大声喊出了这句话。

这突如其来的一幕，把在场的每一个人都震住了！

只见台上的张果喜一手撑着腰，另一只手用力一挥，对着面前的所有人再次大声喊道："要吃饭的跟我来……"

这声音，足以令人震耳发聩！

余音久久地在空旷的车间里回荡，大家全都肃然静立在那里，所有的眼睛一齐愣愣地直盯着张果喜。

空气中仿佛弥漫着一种让人窒息的气息，分明让人感觉到那样的沉闷。

"我愿意，我是一个！"

沉默良久，人群中突然爆发出的一个响亮声音，终于打破了令人紧张得透不过气来的沉寂场面。

一个20岁出头的年轻职工，从人群中用力拨开一条路，快步走到了张果喜面前。

"张主任，我愿意跟着你干，只要能挣得到饭吃，干什么，怎么干，我全部都听你的……"这位年轻职工的语气沉着而坚定。

"还有我！"又一个人侧身挤出人群，与刚才那位职工并排站到了一起。

"再算上我一个。"

…………

最后，一长排的人站成了一排，一共 21 人。

那一刻，张果喜心潮起伏，他也那样真切地感到，自己眼睛里有些湿润润的。

那是内心充满的一种复杂情绪所致。因为，从那一双双坚毅的眼神里，张果喜看到的是大家对自己的无限信任，那一双双坚毅的眼神里分明也充满着热切的希望。

在张果喜的心中，转而生发出的，就是被眼前这些朴实农民社员信赖所赋予的沉甸甸的责任——一定不能辜负 21 位农民兄弟的信任，要带大家去闯出一条生活越来越好的路来！

"我们不但要做，而且也一定能做得成！雕刻这东西，我想，又不是神仙干的活，别人能做得出来，那我们为什么不能做出来？要吃饭就得干！这就是我们的出路！"

面对大家一双双信任的目光，张果喜以斩钉截铁的语气说道。

那一天的这一幕，从此成了张果喜内心深处刻骨铭心的记忆——为了自己和家人能吃饱饭，当年，他和 21 位农民兄弟曾是以这样的方式，举起了共甘苦、同风雨，合力相扶谋生道的创业大旗！

贫穷是一种力量——要改变自身贫穷命运的力量，竟是如此巨大和震撼。

"认真的人改变自己，执着的人改变命运。"品读一位哲人所说的这句意味隽永的话，对照张果喜于困境中白手起家创业过程中的执着坚守和过人的胆略勇气，在时光的深情回望中，怎能不令人无限感怀。

而这何尝不让人那样强烈地感受到，正是张果喜人生个性与商道品格中的执着坚守和过人的胆略勇气，赋予了他创业之路必定一步步走向成功的原始动力。

此外，人们不得不深深感佩，张果喜当年走上创业之路时，在他那无畏无惧的慨然勇气里，让人细细品读，却又分明有着一种令人心中充满激越的奋争。

尽管那一切勇气果敢的力量，都源于"要吃饭的跟我来"这素朴而强烈愿望的蓄发，但却似乎注定将成为一段难忘历史的开启，而这也将成为彻底改写以张果喜为代表者之一的中国千万农民命运的深远开篇。

然而，数十年来，让张果喜始终感慨万千的却是，当年他仅为改变生活状况而鼓起万般勇气，决定带领 21 位农民去谋得生存之路时，怎能料想到，五年之后，一个对于所有中国人而言具有划时代意义的崭新时代，却正是从他高声喊出"要吃饭的跟我来"这一年前后，开始悄然酝酿萌发的。

"上世纪 60 年代后期至 70 年代初，在浙江省一个叫宁围公社的地方，为不甘于现实命运而带领 6 位农民兄弟走上独立办工厂之路的代表者，是鲁冠球。而在江西，是余江县邓埠农具修造社木器分厂的张果喜。他们当年深富胆识勇气的先行之举，是中国民营经济起于阡陌的最初萌发形态。"

在岁月的回望中，这样的评述，对张果喜当年响彻于时光深处那声"要吃饭的跟我来"的呐喊，或许是最为中肯，也是最富深刻含义的阐述。

而对此，张果喜深情感怀，是时代赋予了普通人改变自己命运的可能，而他正是无数幸运者的一位。

正因为如此，张果喜的那句"要吃饭的跟我来"，注定将会成为历史深处代表一个群体期盼新时代到来的热切召唤。

第二节　变卖祖屋创办工艺雕刻厂

就这样，张果喜和木器车间的 21 位职工，从余江邓埠农具修造社分离了出来。

张果喜他们的身份，也随之由余江邓埠农具修造社的正式职工变成了纯粹的农民。这也就意味着，包括张果喜在内的 22 人，今后没有任何保障了，一切都要靠他们自己。

而在张果喜和 21 位农民心里，早就将此置之度外了——与其继续保留着厂里职工的身份，饿着肚子指望着今后的保障，倒不如斗胆出去闯出一条生路来，最起码的，如果能把雕花樟木套箱做出来，卖出去，那眼前就是看得到的有饭吃的指望。

"就算是今后没有活干了，谋不到饭吃了，那大不了就各自回到自己的生产小队去作田嘛！"张果喜和大家还把最后的底线都想好了。

想得这样明明白白了，张果喜和大家心里也自然就坦然无比了，也就无所畏惧了！

但张果喜所想，既有这样的坦然勇气，又有长远的将来设想。

带领木器车间的职工出来单干，眼前的业务目标很明确，就是冲着生产雕花樟木套箱这机会努力。

"那做完了樟木套箱，今后做什么业务？"

张果喜认为，如果还是在邓埠农具修造社木器车间，那先可以不去忧虑这个问题，等解了眼前的这燃眉之急再说。可是现在，自己和全厂 21 个职工都从厂里出来自谋生路了，从今往后，那就得自己带领他们去谋生存之路了。所以，自己必须要把怎么带大家去谋生的这个问题想清楚、想长远。只有这样，才是对跟着自己出来干的农民兄弟们负责的做法。

"从上海雕刻艺术厂的情况来看，生产雕刻工艺木器产品，应该是一个很好的方向。"

"如果样品人家看上了，那做好了第一批雕花樟木套箱，将来我们肯定就会还有这个活干，做雕花樟木套箱或者其他木器雕刻工艺品……"

对于今后带领大家去谋生的空间，张果喜的思维已完全跳出了余江这狭小的地域。

更为重要的是，对于带领大家今后去谋生的行业方向，张果喜也开始逐渐清晰明朗起来，那就是通过走上海雕刻艺术厂那样的路子，承接雕刻各种木器工艺品外贸产品的业务来做。

"对的，我们就办一家雕刻工艺厂，从做这批雕花樟木套箱开始，慢慢走做木器雕刻工艺品、做木器产品的路子，做这个我们大家也都是做木匠出身的人，有点底子！"

至此，张果喜对今后谋出路的思路方向完全清晰并确定下来。

得知张果喜这个想法和思路，21位农民兄弟都十分赞同。

办工艺雕刻厂，那首先摆在面前的一个难以逾越的难关是，不要说私人办工厂，就是私人做点小买卖也是被禁止的。那时在中国的企业里，是没有私营企业这一类说法的。私人办工厂，那就是典型的"走资本主义道路"，明摆着"搞剥削"。

怎么才绕得过这个难关呢？

最终，费尽周折，张果喜终于想到了一个变通解决这个难关的办法——以挂靠集体企业的名义，成立余江工艺雕刻厂，但办雕刻厂的资金全部都由张果喜个人出，雕刻厂也完全自负盈亏。此外，向挂靠的集体企业每年缴纳一定的管理费。

这样，雕刻厂名义上是集体企业，可以保证不犯政治错误，于是，余江县手工业管理局同意了张果喜的申请。

多年以后，张果喜在接受媒体采访时，把自己当年创办余江工艺雕刻厂之初时的企业性质，称之为"三不像"企业。

而在上世纪70年代初那个特殊历史时代里产生的这些极少的"三不

像"企业，却正是改革开放中国民营企业真正的发端源头——"红帽子企业"，这是私人创办的，但是挂在集体企业名义下面的实际意义上的个体私营企业。

如此，当时这为数不多的"三不像"的企业，后来就成了在那个特殊年代里中国民营企业萌芽，它们以这样的形态，竟然取得了在夹缝中生存发展的奇迹！

雕刻厂创办的难题解决了，接着又是一个让张果喜头痛的难题——办雕刻厂的钱在哪里？

借钱，张果喜早已尝过那种难以言说的滋味。而且他心里也十分明白，过去在木器车间还是靠着邓埠农具修造社这棵大树，可都借不到钱，那现在自己领着大家从修造社分离出来了，那想要借到钱来办厂，就更是比登天还难了。

一文钱难倒英雄汉！没有资金，办厂的进展寸步难行。

一连多日，张果喜陷入了一筹莫展的境地，满脑子里都是钱的问题。

这一天，又在苦苦思考怎么弄到办厂资金的张果喜，眼光中突然掠起一丝欣喜，而紧随其后，却是又一种苦痛的神情随即从他的脸上泛起。

这是为何？

原来，张果喜想到了自家的祖屋——"把祖屋卖掉，这不就可以有了一笔办厂的钱么！"

"看来,现在也只有这个办法可想了！"张果喜想到了变卖自己的祖屋，以卖祖屋的钱来作为办雕刻厂的起步资金。

祖屋，在每一个农村人根深蒂固的传统意识里，那无疑是具有神圣守护责任的地方。在人们的内心深处，祖屋也绝不仅仅是栖身的场所，而是深深融注了家族血脉传承的一方载体。

因而，卖掉自家的祖屋，在中国农村人的观念里，不仅是对前辈的不敬之举，也是败家之举。

"我怎么就把主意都打到卖掉自己的祖屋上面去了？"

一掠而过的瞬间欣喜之后，张果喜便很快回复到这样传统而理性的观念思考中来。

对于一个有着浓厚传统情感的农村人而言，无论出于何种原因，变卖祖屋都是一件违背真实情感的事情。

这对张果喜来说，怎不因万分愧疚而感到内心苦痛。

为此，张果喜立即在意识里强制阻止自己产生的这个念头。

然而，思来想去，除此之外，却实在是没有任何可想的出来的办法。

因而，在内心的反复纠结之后，变卖自家祖屋以获得办雕刻厂资金的念头，又难以抑制地闪现于张果喜的脑海之中。

在痛苦的情绪中，张果喜最后依然还是觉得，只有变卖自家祖屋来获得办雕刻厂资金这唯一的途径了。

把雕刻厂办起来的强烈念头，最终还是在张果喜各种复杂情感的纠结中占据了上风。

变卖自家祖屋，那必须要征得父亲的同意。

于是，张果喜下定决心，硬着头皮向父亲讲出了自己心里的想法。

一开始，父亲怎么也不同意！

其实，这是事前就在张果喜的预料之中的。他完全能够理解父亲内心里的那种感受——那是父亲在"土改"过程中分到的唯一一点财产，除了那几间老屋，父亲可谓是一贫如洗。更为重要的是，在一个中国农民根深蒂固的传统观念里，祖屋不仅仅是他们最为看重的家产，更是一种深厚家族情怀的具象符号。

但最终，张果喜还是说服了父亲。

善良忠厚的父亲，把卖祖屋后所得的 1400 元钱，悉数交到了儿子张果喜的手上，以此表达对儿子办厂的全力支持。

那一刻，张果喜心里百感交集，他深深知道，自己手上握着的这笔钱，分量该是多么的重啊！

卖掉祖屋去办雕刻厂，此事一时在张果喜的家乡人尽皆知。有人觉得这难以理解，但更多的人在得知此事后，则是对张果喜以如此大的决心去做一件事充满了敬佩。

此后多年，当张果喜的余江雕刻工艺厂生意红红火火，余江县当地人都这样说：这是"佛"在保佑他，因为他在人生最穷困的时候卖掉自家的祖屋，办了雕刻厂，后来为释迦牟尼造屋——生产佛龛，他办企业一路顺风，越做越大，这都是"佛"给他的回报。

来自父亲的理解与支持，给了张果喜莫大的鼓励！

有了这笔钱，张果喜用其中的一部分给21位农民兄弟发了工资，一部分作为厂里创业的本钱。

办厂资金有了着落，接下来，随后办厂的各项筹备事务进展得十分顺利。

那是一个极为平常的日子。在几间低矮破旧、砖木结构的仓库大门外，张果喜亲手和大家把那块写着"余江工艺雕刻厂"的简陋厂牌挂了起来。

没有任何仪式，一切的过程简单得不能再简单了。然而，站在"余江工艺雕刻厂"那块厂牌前，张果喜的内心深处却是百感交集。

是啊，这是张果喜和21位农民兄弟完全自谋生路的工厂呵！

当然，此时的张果喜怎会想到，当他在那几间低矮破旧的厂房外挂起"余江工艺雕刻厂"这块厂牌的那一刻，他人生前行的方向，由此而开始出现了重大的分水岭。

让张果喜更不曾想象到的是，在此后，他带领大家坚毅前行的远方，等待他的，将是"想都不敢去想过的"广阔事业天空与辉煌人生天地！

而且，张果喜又怎能料到，他带领21位农民兄弟为谋得生存而迈出的这一步，却是中国民营经济在如"铁板一块"般的计划经济土壤里，最初的艰难萌发！

这些，在后来都成了历史深处的经典记忆镜头，是开启中国民营经济发展源头重大历史进程的具有重大标志性意义的大事！

"中国民营公司的成长从一开始就有两个源头，一是华西式的乡村基层政权及其集体企业组织，二是鲁冠球工厂式的自主创业型企业。在日后很长的时间里，吴仁宝和鲁冠球是中国乡镇企业最耀眼的'双子星座'，但是他们的起点却相去甚远，前者始终依托在村级政府的肌体上，而后者的崛起则大半是个人创造。这种差异在一开始并不起眼，甚至在相当长的时期内，连他们自己都没有注意到这一点，'乡镇企业'一直是他们共用的一个概念，直到'企业产权'的归属成为一个问题时，他们的命运才开始向不同的方向飞奔。"

在《激荡三十年》一书中，著名财经作家吴晓波对民营企业的最初萌发做出了这样深刻的阐述。

张果喜创办的余江工艺雕刻厂，正是如此。

新中国成立后，从资本工商业顺利改造结束起，意味着私营企业基本绝迹了。而至20世纪70年代初，将资本性质的工商业视为洪水猛兽，又在"文化大革命"中推向了极致。连农民把自家母鸡下的蛋拿到集市上去卖，以换点油盐钱也都被视为"投机倒把"，都要被"割资本主义尾巴"，更遑论私人办厂了，那是绝对不允许的。

张果喜若要公开以私人名义办厂，按照当时的经济政策，显然这样的做法是行不通的。

但当时，面对全国社队企业出现的普遍困境，各地对实际上的个人承包经营、独立经营、私人厂牌挂靠等这样的做法，也只能"睁一只眼闭一只眼"了。"上面"对这样的情况也心知肚明，只不过是采取默许的态度。

不"睁一只眼闭一只眼"默许不行啊，工人总要谋碗饭吃吧！

由此，上世纪六七十年代，在一些农村地区社队企业每况愈下、艰难向前的处境中，竟然使得在"铁桶"一般严密的计划经济体制当中，开始产生出一丝容许私营经济萌发的缝隙来。

今天人们看来，这不能不说是中国民营企业最初生发的一个意外的惊喜和机遇！

事实上，社队企业的发展，在这样的历史节点上，便开始不知不觉地朝向了一个全新的方向，孕育出了改革开放之初中国民营企业最早的发端。这其实也正是后来广为人知的中国民营企业两大发端模式——"温州模式"和"苏南模式"。

只是在那样的年代里，能敏锐发现并果敢尝试者寥寥无几。

而张果喜，在坚定地带领 21 位农民兄弟闯出一条出路的行进中，成了这寥寥无几者中的先行探路者之一。

为突破经济体制上的障碍，余江雕刻工艺厂采取了挂靠集体企业的名义，而实际上，其经营管理一切都完全是张果喜个人的行为，其盈亏状况也完全由张果喜个人负责。

无独有偶，几乎在相近的时间节点上，在位于浙江省萧山县北部的宁围人民公社，一位与张果喜有着类似经历的普通农民，也带领 6 个农民办起了一个性质为集体、实质为个人所有的社队企业——宁围修造社。

这位浙江的普通农民，就是后来著名的万向集团董事长鲁冠球。

世纪之交，有经济学专家学者希冀找到新中国民营企业较为准确的萌芽与发轫期，他们以 20 世纪 70 年代末为分水岭，朝向历史深处回溯。

当在 1973 年这个时间节点，他们发现了余江工艺雕刻厂的成立时，无比感慨。

余江工艺雕刻厂，正是在"铁桶"般的统购统销计划经济年代，挤进"计划"经济体制缝隙里的第一批私营性质的企业！

众所周知，中国改革开放是率先在广大农村地区取得突破的。

而具有标志性意义的重大事件，就是 1978 年那个冬夜，在安徽省凤阳县小岗村，18 位农民在一纸分田到户的"秘密契约"上，义无反顾地按下鲜红的手印，冒着"宁可坐牢杀头"的风险，搞起了"大包干"，从而拉开了中国改革开放由农村率先发端的历史大幕。

然而，曾经鲜为人知的是，在这个具有标志性意义的重大历史时间节点之前，农民群体中就早已出现了先行的探路者，他们那深具勇气、百折不挠的探路先行，起点是在上世纪 60 年代末 70 年代之初。

正是从这时起，在中国农村的一些少数地方，开始有少数不甘于贫穷困窘处境的芥微之士，为寻找改变自身困窘和贫穷处境的出路，迈出了努力而艰难的步伐。

在当时中国农村的这极少数人当中，江西余江县的农民张果喜与浙江萧山县的农民鲁冠球等人，无疑是这一过程中最早的探索者和实践者中的代表人物。

历史有时总是这样，当从不同方向、不同时间零星纵向而前的事件，与后来被公认为是具有标志性意义的某个重大历史时间节点不期而遇时，人们才那样惊讶地发现，那些曾独立于社会主流走向之外的不同方向、不同时间的零星事件，却突然具有了非同寻常的重大意义。

对于张果喜与鲁冠球而言，他们自上世纪 60 年代末 70 年代初为谋生而艰难办厂之举，正是行进到了上世纪 70 年代末这一重大的历史时间节点，才陡然显现出其非同寻常的重大意义，开始那样引人注目。

站在开启中国改革开放大幕的这一历史视角，到 1978 年冬，张果喜和鲁冠球已历经了近十年时间的创业，他们与此时安徽凤阳县小岗村 18 位农民签订分田到户"秘密契约"这一事件，就这样在具有重大意义的时间节点上历史性地交汇了。

改革开放的宏伟进程，正在这一具有历史性意义的交汇时间节点上奔涌向前！

不过，与小岗村 18 位农民签字画押搞分田到户所不同的是，张果喜和鲁冠球的办厂之举，开启的实则是中国普通农民通往改变命运的另一条路径。

这条路，就是在改革开放大潮之中，全国各地众多的普通农民先后"洗脚上岸"，离开他们曾赖以生存的土地，开始走向经商做买卖、办工厂企业的民营经济之路。

此时，当人们深情回望，江西青年农民张果喜正是从这条地平线上艰辛迈步而来的那极少数探路者、先行者中的一位。

张果喜，正是在这样的宏大时代背景中，开始渐渐走进了人们的视野。

第三节　广交会上一炮打响

一切重重困难都已艰难逾越，余江工艺雕刻厂的牌子现在也已挂起来了。

张果喜短暂轻松的内心，很快又为一种时不我待的紧迫感所占据——要尽快做出合格的雕花樟木套箱样品来，要靠这个样品到广交会上拿到业务订单啊！

"要尽快把雕花樟木套箱的样品做出来，然后送到广交会上去参展。如果样品做不出来或是做得不合格，或者就是做出了合格的样品但错过了广交会的时间，那一切的机会也都将错失。"张果喜知道，离1974年春季广交会举办的时间已不远了，机遇正一步步向余江工艺雕刻厂走近，但如果错失机遇，那雕刻厂将来如何生存就难以预料了。

这是背水一战！

张果喜做事雷厉风行，果敢而麻利。但他行事的风格个性中，还有一个鲜明的特点，那就是：他做任何事情首先都要习惯于想好思路，一旦思路清晰和确定下来，就朝着思路一步一个脚印往前走，有条不紊。

对于刚挂起厂牌的余江工艺雕刻厂而言，进行雕花樟木箱的生产，首先摆在面前的最大困难，就是雕刻工艺技术问题。

张果喜深知，雕刻工艺技术不是短时间里就可掌握到的，如果仅靠自己和厂里的二十来号工人就着那几张图纸来边练边琢磨，那不知何时才能做出雕花樟木套箱来。

磨刀不误砍柴工。尽管心里急，但张果喜很冷静，他认为"必须要到外面去拜师学艺，不仅是眼前雕花樟木套箱的生产需要这样，以后雕刻厂要靠雕刻手艺吃饭，那工人们没有熟练、扎实的雕刻技术，那是行不通也走不远的！"

张果喜做出决定：有计划地分批带工人出去学习雕刻技术！

那到什么地方去学呢？

木雕是中国最传统的民间工艺之一。中国木雕分布广泛，流派众多，其中最著名的要数有"中国四大木雕"之称的东阳木雕、乐清黄杨雕、潮州金漆雕和福州龙眼雕。

最后，张果喜选择了去浙江东阳。

浙江东阳，被誉为我国"木雕之乡"，从唐至今已有千余年的历史。北京故宫及苏、杭、皖等地都有精美的东阳木雕留世。东阳木雕，是以平面浮雕为主的雕刻艺术。其多层次浮雕、散点透视构图、保留平面的装饰，形成了自己鲜明的特色。和潮州木雕一样，东阳木雕最早也是被运用在建筑装饰上面。

明代的东阳木雕比较简洁，粗犷，大气，到清代，特别是康熙年间开始，往精雕发展，至清代末期，东阳木雕的技法已十分成熟，达到了很高的艺术水平，并且已经开始进行木制家具的生产。此时的东阳木雕，已显示出其与百姓需求紧密相连的特点。

辛亥革命以后，东阳木雕转向商品化，木雕艺人制作的工艺品及箱柜家具被商人买去远销我国香港和美国、南洋等地，形成东阳木雕产品的盛期。1914 年在杭州开设的"仁艺厂"是东阳木雕最早的厂家，以后逐步向上海、香港、新加坡等地发展。抗日战争时期和国内革命战争时期，东阳木雕曾一度凋零，产品滞销，匠人失业。

新中国成立之后，政府把流散在各地的木雕艺人都组织起来，成立了合作社，东阳木雕开始转向工艺品的生产，在五六十年代国家推行出口创汇的时候，成立了东阳木雕厂，大批的东阳木雕产品远销欧美、东南亚等80多个国家和地区。

因此，当时浙江东阳木雕工艺的水平，可以说在全国木雕界是具有代表性的。而且，技艺高超和身怀绝技的民间木雕工艺大师云集的地方，亦当属浙江东阳县。

经过十分诚恳的沟通，张果喜在东阳先后找到了几家愿意给予热情帮助的雕刻厂。余江工艺雕刻厂的20多位员工分批前往东阳的那几家雕刻厂进行专业、系统和严谨的雕刻技艺学习。

工人们掌握基本的雕刻技术了，余江工艺雕刻厂进行样品生产的基本前提也就有了。

与此同时，为保证雕花樟木套箱样品的质量，张果喜又决定，从东阳请手艺过硬的老师傅到余江来，向全厂职工进一步传授技艺，并对雕花樟木套箱样品的整个生产工艺进行全程把关。

要知道，在东阳县，当地负有盛名的民间雕刻工艺师傅，可是那里雕刻厂里的"宝"。没有任何雕刻工艺名气的余江县里一个刚刚凑合起来的工艺雕刻厂，要想从东阳请当地名师前去工作或执教，谈何容易！

就算是有这样的东阳雕刻工艺师傅愿意前往，那余江工艺雕刻厂恐怕也出不起请师傅的行规费用！

但是，张果喜最终却做到了——他不但从东阳请到了有过硬手艺的民间雕刻师傅来余江工艺雕刻厂当技术总负责人，而且师傅也没有向张果喜提出过高的额外要求。

这让张果喜感动不已！

而欣然接受了张果喜诚请前来余江工艺雕刻厂的东阳雕刻师傅后来说，他是被张果喜数次登门拜访的真诚之举和诚恳言辞打动了。因为，他看到了年轻的张果喜想做成事的决心，也看到了他不光为自己也为20多个农民兄弟们谋出路的那份真切之情，为此，他不忍心拒绝张果喜！

在东阳雕刻工艺师傅的精心指导下，经余江工艺雕刻厂全体职工的努力，雕花樟木套箱样品终于试制出来并送交上海工艺品进出口公司。

1974年的广交会在广州如期召开。

新中国成立后，我国的对外关系刚刚起步，部分西方国家就对中国实行经济封锁。为解决国家大规模经济建设亟须进口多种物资的需要，1956年，在广州原中苏友好大厦试办中国出口商品展览会取得成功的基础上，中国出口商品交易会于1957年春创办。此后，交易会每年都如期举办，即使是在"文革"期间也没有中断过，一直到现在。

这便是广交会的由来和发展历程。

广交会的创办，为发展中国外贸及外交关系、为国家出口创汇和购进国家所需物资作出了巨大贡献。9年间，广交会的参展商品从1.09万种增至3万种，到会客商从来自19个国家和地区的1223人增至56个国家和地区的5961人，全年出口成交额从1754万美元增至4.32亿美元，展出面积从9600平方米发展到4.7万平方米。其间两度新建场馆：位于侨光路2号的中国出口商品陈列馆和位于海珠广场起义路1号的陈列馆。

"文革"期间，刚进入快速发展时期的广交会经历了一场生存和发展的严峻考验。但在当时党和国家领导人的关怀下，广交会创下在"十年动乱"中不间断的奇迹，并撑起中国外贸出口的"半壁江山"，成为中国对外贸易、对外交流的重要窗口。

1974年春季的这一届广交会在流花湖畔新址举行，也就在广州火车站对面的马路东侧的一面。

这是自广交会举办以来规模最大的一届广交会，新址有11万平方米，展品数量达到4万多件，100多个国家和地区的人士及客商参展，共计26000余人。

当年8月号的《人民画报》，还以专题《流花湖畔的贸易盛会》报道了这次广交会的情况。正如报道中所说，"随着我国化学、机械、钢铁工业的不断发展和许多新工业部门的建立，我国出口商品的花色品种越来越丰富多彩，出口商品的结构不断变化"。

但传统手工艺品，在这届广交会上依然是最大的亮点之一。

余江工艺雕刻厂制作的第一只雕花樟木箱，在送到上海工艺品进出口公司后，其工艺和质量令公司经理赞叹不已。

随即，这只雕花樟木套箱被送往广交会订货参展。

广交会期间，在传统手工艺展区，摆放着余江工艺雕刻厂制作的那只雕花樟木套箱的展台前，几乎每一位外国客商在此都会驻足停留，他们的目光，无一例外地被眼前展台上的那只雕花樟木套箱所深深吸引。

的确，那只雕花樟木套箱，无论是从雕刻工艺水平还是从制作精良程度而言，几乎都达到了让人无可挑剔的程度。

这是在东阳雕刻师傅的指导之下，余江工艺雕刻厂集全厂之力努力生产出的第一只雕刻产品。在此过程中，张果喜更是倾注了满腔的心血，几天里，他没合过眼也没有迈出过车间一步，对雕花樟木套箱的每一道雕刻工序都要反复与东阳雕刻师傅探讨、商量或者自己独自思考琢磨，对工人们的每一个制作细节，他叮嘱了又叮嘱、检查之后再检查，从整体到细节，全部都要达到最满意的结果。

"在生产出这只雕花樟木套箱样品的过程中，也同时把我们以后生产雕花樟木套箱的整套工艺摸索出来，这样，将来我们生产的任何一只雕花樟木套箱，工艺水平就会都和这只样品一模一样！"张果喜就是这样，立足于眼前事情的同时，总是要想到长远的将来。

而且，当自己厂里这只雕花樟木套箱样品生产出来之后，张果喜十分自信——这只样品套箱，不管是雕刻工艺水平还是制作质量，都要超过上海雕刻工艺厂产品陈列室的那只雕花樟木套箱。

"我们的这只雕花樟木套箱样品，只要能送到广交会上，那就不怕没有人识货！"样品送走后，张果喜满怀自信对全厂人说。

不出张果喜所料，在广交会上，凭借这只雕花樟木套箱样品，上海工艺品进出口公司一次和外商签订了20套雕花樟木箱的生产合同。

紧接着，上海工艺品进出口公司就和余江工艺雕刻厂签订了这20套雕花樟木套箱的生产合同。

余江工艺雕刻厂的雕花樟木套箱批量生产，立即展开。

要生产出质量上乘的雕花樟木套箱，那首先就得有上等的樟树原木材料。而上好的樟木，对树龄、木质及树的尺寸等都有要求，对于木匠出身的张果喜来说，这些他十分在行。

可是，余江县一带没有所需的这种上好樟木。

"一定要谋到最好的优质樟木！"张果喜想的是，不但要把这批签订了合同的20套雕花樟木套箱做成精品，而且还要成为打开余江工艺雕刻厂将来在广交会上获得稳定业务的突破口。

几经辗转打听，张果喜终于了解到，在江西金溪县大山深处的一座林场里，有着丰富的上等优质大樟木。

于是，张果喜带领职工们前往金溪县山区。

在海拔近千米的金溪山区那个林场，张果喜他们选中了樟木林。

"从树龄和树木的大小来看，这正是我们用来制作樟木套箱的上等优质樟木！"望着那一棵棵硕大的老樟木树，张果喜和大家兴奋不已。

几天过后，所需的樟木全部都砍伐好了，但困难随之而来——截数百斤重的樟树原木，怎么才能顺利地运到山下去？

大山深处的这座林场根本没有路，如果修一条路来运樟木下山，那显然不切实际。

"没有经验的山里老表，根本运不了这么大的树下山去，你们可以出钱请我们山里老表扛下山。"林场人向张果喜提出这样的建议。

　　平心而论，按出工的工钱来算，别人说的这运樟木的工钱也并不是很多。

　　可对于资金捉襟见肘的余江工艺雕刻厂来说，那又的确是一笔不小的开支，张果喜心里盘算许久，最终还是舍不得。

　　张果喜站在山上静静眺望远方，苦思冥想着怎样将这些樟木运到山下去。

　　"有办法了！"不知什么时候，张果喜眼前突然一亮，惊喜地叫了起来。

　　原来，张果喜欣喜地发现，从高山上有多条小溪汇聚到半山间，居然形成了一条水量不小的河道，那条河道蜿蜒而下，一直通往山下，而且整个河道还有一定的宽度。

　　"把樟木顺河往下漂，到了山下捞起来再装车，那问题不就解决了！"张果喜终于找到了运樟木下山的方法。

　　果然，按此方法，只用了一天多一点的时间，张果喜就和大家一起把砍伐的所有樟木顺利运到了山下的河边上。

　　装车需要把樟木一根根从河里捞起来，没有任何装吊设备，这又成了极为困难的问题。

　　"大家跟我来！"

　　只见张果喜果敢而言，然后把自己身上的毛衣一脱，身上散发着热气的他"扑通"一声，就跳进了冰冷刺骨的河水里去捞木头。

　　见到身有肾病的厂长张果喜跳进了河里，每一个人都二话不说，纷纷也紧随其后，脱掉外衣，跳进河里去抬樟木。

　　时值寒冬，河水刺骨！

　　信念是一种可以移山的惊人力量。一根根湿漉漉的沉重大樟木，在张果喜和大家的合力之下起水、装车。然后，他们又通过用独轮车运输的办法，将一根根大樟木从灌木丛生的山脚下运到马路边，再用拖拉机运回到余江工艺雕刻厂。

不巧的是，拖拉机往外运樟木时，又偏偏遇到天下大雨不停。

运樟木的拖拉机走到哪里，路就烂到哪里。装着满满一车樟木的拖拉机，走不多远轮子就会陷到路上的泥坑里去。

张果喜和大家浑身湿透，迎着大雨，硬是靠手推肩扛，用了整整一天时间，最终，将满载两吨多重樟木的拖拉机给弄到了硬石路面的砂石公路上。

寒意袭人、淫雨霏霏的时节，在金溪县大山深处的山脚下，一大群外地人，先是集体跳进冰冷刺骨的河里抬木头，然后是满身泥水地迎风斗雨、手推肩扛忙碌的场景……

这些，让当地的老百姓直看得目瞪口呆。

在金溪山区林场伐木、运木头的几天过程中，张果喜和大家白天汗水湿透全身，晚上就在林场场部旁的空地上随便支起一个小棚和衣而睡。饿了，他们就买5分钱一个的发饼吃，渴了，就捧起一把山泉水喝。

"到我们这里林场来买樟木的人多了，伐木、运树也十分吃苦，但就没有见过像你们这样要树不要命的！"见到此情此景，山里老表这样吃惊地说道。

但这惊讶之中，却是深切的钦佩！

工人基本的雕刻技艺学会了，进一步传授技艺和工艺把关的师傅请到了，现在上等的樟木也运来了。张果喜的心里，终于如释重负。

随即，20只雕花樟木套箱的生产开始了。

"人家上海工艺进出口公司经理说了，如果我们这次做得好，那今后就长期跟我们签合同订做雕花樟木套箱，那这样我们余江工艺雕刻厂何愁将来没有好光景！"张果喜的眼光，不但看着眼前，还看着"今后雕刻厂要争取一直吃到雕刻这碗饭"！

正式开工了，锯木的、裁板的、刨花的、雕刻的……每一个小组、每一道工序的人都忙碌起来，每一个人都铆足了干劲，把力气实实在在地用在了手头的锯子上，用在了斧头上，用在了凿子上，把全部的精力投入到了雕刻樟木套箱的生产之中……

余江工艺雕刻厂的那几间简陋、冷清的厂房，日夜呈现出一派繁忙和热闹的景象来，雕刻厂所有人的脸上都洋溢着一种喜悦之情。

请来对工艺进行把关的东阳雕刻大师傅亦深受感染，毫不保留地使出自己的手艺，极其用心用力地去指导雕刻、去把关生产流程。

大师傅深知，这批雕花樟木套箱，承载了张果喜和他这帮农民兄弟的全部希望，他一定要帮他们雕刻好。

面对这一切，张果喜的内心突然生发出无限的感怀，其中更多的是无法用言语表达出来的深深感触。

是啊，历经多少艰难曲折，熬过多少不眠之夜，那期间的各种辛酸味道，也只有张果喜自己感受最为真切、最为刻骨铭心。

好在现在这一切都真真切切出现在眼前了。

因为张果喜事先早已做好了充分的准备——"在生产出这只雕花樟木套箱样品的过程中，也同时把我们以后生产雕花樟木套箱的整套工艺摸索出来"，所以，20只雕花樟木套箱的批量生产过程十分顺利。

更为重要的是，批量生产的20只雕花樟木套箱，从雕刻工艺水平到制作质量，与样品完全在同一个水平上。因而，极受订货客户的青睐和好评！

这笔20只雕花樟木箱业务，最后一结算，余江工艺雕刻厂竟然一下就纯赚到了一万多元钱！

可以想象，在当年，这一万多元，对于当时的张果喜和"余雕"员工们而言，那是怎样的一笔巨款啊！

"我们'余雕'有钱了，而且一下子有了这么多的钱……"当张果喜和大家第一次亲眼见到这么多的钱时，心情激动不已。

余江工艺雕刻厂终于找到了出路，笼罩在张果喜和全厂人心头的阴霾，也随之消散殆尽。他和大家心中激起的，是对人生前路的美好期待，是对彻底改变了自己和家人生活窘困境况的豪迈之情！

这初次的成功，不仅仅是让余江工艺雕刻厂赚到了一万多元钱，更得到了订货客户和上海工艺品进出口公司的一致赞赏，同时，也让余江工艺雕刻厂了解到了客户对他们产品的要求。

紧随其后，余江工艺雕刻厂的雕花樟木套箱，以及一些其他木雕工艺产品的订单接踵而来。

生产的紧张忙碌，逐渐让整个厂里开始显现出一片红红火火的景象。

与此同时，余江工艺雕刻厂一笔雕花樟木套箱就赚到一万多元钱的消息，也在余江不胫而走，继而迅速向余江县外的地方越传越广。

尽管已时隔40多年，但张果喜却仍时常深情回想起当年的那些情景，而在每一次的深情回望中，他都仿佛能真切地触摸到那难忘时光里涌动着的磅礴创业激情。

在如今的果喜集团，对于公司当年初创时的这段激动人心的往事，也成了每一个人心中格外自豪的公司发展史中的珍贵记忆，融入果喜集团企业文化基因中，那是开拓、奋进与拼搏的强大精神动力！

第四节　突如其来的"批判"

随着余江工艺雕刻厂的生产和业务越来越繁忙，张果喜也日夜忙碌起来。

"从早忙到晚，很多时候连饭都顾不上吃，每天几乎都是凌晨以后离开厂里，早上清早就到了厂里，一天就休息那么三五个小时……"老员工对张果喜当年没日没夜忙碌的情景，至今都记忆深刻。

那是一种身体上的巨大透支，而又是丝毫感知不到疲惫的日夜忙碌，因为在张果喜的内心里，充满着希望的激情。

是的，只有张果喜自己才那样深切地知道，余江工艺雕刻厂能有今天这样的喜人局面，这一切来得是多么不容易啊！

现在，张果喜心中只有一个念头，那就是：要带领全厂人一直努力下去，把余江工艺雕刻厂经营好，要让这些曾义无反顾选择跟随自己从木器分厂分离出来、跟着自己干的职工们吃饱饭、手里有钱花，将来生活逐渐好起来！

当然，这也是张果喜个人淳朴而真切的愿望与期盼。

张果喜那样率真地期盼，自己和家人都能过上衣食有保障的生活，多少年来清贫而拮据的生活，让他在内心深处渴望着早日摆脱贫穷的命运和现实处境。

当一个人心中满怀着希望，那是前行的巨大动力！

而且，在悄然之中，张果喜内心深处也渐渐仿佛有一股巨大的激流在推动着他前行，他决心要带领全厂职工大干一场。而目标，已不再是仅仅为了吃饱饭，过上更好一些的生活，更有胸中那开始萌发出的磅礴冲动——要带领大家干出点名堂来！

但是，张果喜却全然没有料想到，自己心中这样单纯而美好的愿望与期盼，尤其是他为之付诸的努力，在那个年代里却是极不合时宜的，就犹如大江大河里顺流而下大潮中一朵逆潮而上的浪花。

这朵逆潮而上的浪花，注定要遭受到大潮大浪的拍打卷袭！

众所周知，自1956年社会主义改造基本完成后，个体经济、私营经济即被认为是资本主义性质的东西，是为当时政策所禁止的。

"宁要社会主义的草，不要资本主义的苗。"这是流行于"文革"时期的一句政治口号。类似的口号，后来又演绎为各个行业里的严防资本主义的口号。比如，在铁路行业，有"宁要社会主义的晚点，也不要资本主义的正点"的说法，在厂矿，有"宁要社会主义的低速度，也不要资本主义的高速度"的叫法。

而所有这些口号所传达的，实际上都是同一个重大政治原则性问题——社会主义与资本主义从政治到经济层面都是水火不相容的。

在那个特殊年代，这样上纲上线严肃的重大原则性问题，在人们最简单的理解里，大致就是：内心渴望尤其是付诸努力去赚钱，那就是资本主义"拜金主义"的思想和行为；向往尤其是付诸实际行动去追求富裕生活，那就是资本主义"腐化堕落"的表现和行为。

于是，整个社会对于财富形成了这样的一种集体主流认识——一个人越穷好像就是越光荣，越穷也就是越革命，富裕或者努力赚钱，反而是不光彩的行为，日常生活中，人们也羞于谈"金钱"这个话题。

后来，发展到让现在的人们难以想象和理解的极端程度——农民自己家母鸡下几个蛋拿去买，换点油盐钱，或者农民在自留地里种点经济作物，那都是被视为是搞资本主义，这些都是要被当作"资本主义尾巴"割掉的。

总之，一切带有商品经济色彩的行为，都被视为是资本主义的东西，都要受到严厉的打击与制止。

那时，上级总是下派一波接一波的"工作组"，检查和丈量农民的自留地，看看是否偷偷扩大了面积（"文革"中很多地方取消了农民自留地）；检查农民私人喂养的猪、鸡、鸭等是否超过了公家规定的头数（"文革"中有些地方不许农民私自喂养牲畜）；检查农民是否偷偷跑到"自由市场"做小买卖（有的地方把农民卖几个鸡蛋也称作"投机倒把"）；检查农民是否偷偷从事补锅、修车、缝纫等个体劳动……

可想而知，农民不过是养了几只鸡，多种了一点菜，并想用鸡蛋与蔬菜到集市上去换些急需的日用品或换点零钱贴补家用，也成了被禁止的行为，成了要被铲除的"资本主义的苗"。何况，张果喜是在"大张旗鼓"、"明目张胆"地办厂大搞私营经济。

张果喜的余江工艺雕刻厂，实际上是一个以赢利为目的，自主经营、自负盈亏，整天在"计划外"找食的独立私营经济实体。

张果喜的这种行为，显然是和现实社会格格不入的，自然也就被社会主流意识所难容。而且，随着余江工艺雕刻厂的发展越来越红火，在社会上名气越来越大，也就越来越惹眼，招致了越来越多的非议。

大潮大浪的拍打卷袭，终于涌来了！

就在张果喜没日没夜，忙得昏天黑地时，他全然不知，外界对于他的各种非议和流言蜚语，也开始在社会上快速传播，引起各方非议：

"这就是明摆着走资本主义路线，张果喜的雕刻厂雇佣这么多工人，他这不是典型的资本家是什么……"

"张果喜的胆子真是太大了，他这就是明目张胆地搞资本主义那一套，大摇大摆地走资本主义路线，明目张胆地搞资本主义剥削嘛……"

…………

还有一些人甚至这样断言：张果喜还要再继续这样子搞下去，再不收手，那迟早有一天是要栽大跟头的！

这些说法，并非是危言耸听或者是不怀好意的诋毁。只要翻开当时的《宪法》就知道，张果喜以挂靠集体企业之名、行私人办工厂之实的做法，那可是犯法的行为呀！

1954年颁布的我国第一部《宪法》中，已明确规定："国家对资本主义工商业采取利用、限制和改造的政策……鼓励和指导它们转变为各种不同形式的国家资本主义经济，逐步以全民所有制代替资本家所有制。"

对照《宪法》中的规定，张果喜的行为就是和宪法规定背道而驰的！

这违背《宪法》的行为和做法，张果喜不但做了，他还把声势越做越大！

而且，对于经济上这样的犯法行为，当时，其罪名在法律上也是做出了明确界定的——"投机倒把罪""资本主义剥削""挖社会主义墙脚"……

"这哪一个罪名扣到头上，那你张果喜都得进班房啊……"当时，有替张果喜捏一把汗的好友这样"警告"张果喜。

仅说这"投机倒把"的罪名，就是当时一个典型的带有计划经济年代色彩的名词。

在我国的传统观念里，商人的地位并不高，所谓"无商不奸"曾长期占据人们的潜意识。劳动者、生产者出力出汗，而中间商自己根本不从事任何具体的生产劳动，只是看准不同的时机，靠买入和卖出货物，赚取其中的差价。并且，在印象中，奸商们还往往采取囤积居奇来操纵价格，从而扰乱了社会秩序，有时看起来奸商就是社会中的毒瘤。

也许这就是把"投机倒把"这个罪名列入刑法的原因吧？都成了一种罪了，谁不害怕？

计划经济年代，国家不仅禁止倒买倒卖，还实行统购统销政策，生活日用品凭票供应，私下做小买卖都划归为投机倒把，是一种可以对其进行无产阶级专政的行为。在这样的背景之下，专靠低买高卖吃差价的"奸商"便没了生存之道，大多"改邪归正"，即使有"投机倒把"也只能潜往地下活动了。

1997年，在投机倒把罪被取消后，一位律师写了这样的回忆文字，可谓真切地反映了计划经济年代中的现实：

我可以给你讲讲我的故事，听后，你可能对"投机倒把"有一些认识。其实，像我这个年龄，四十多岁的，或者比我更大些的人，对这四个字，可能有更深的记忆，因为它曾影响过中国整整一代人。在那个时代，许多人为了把自家产的东西换几个零花钱，在集市上战战兢兢。

大概在"文革"后期吧，那时我只有八九岁。那年冬天，父母将家里的花生拿出来炒了，到集市上去卖。那时生产队里分得的花生很少，父母舍不得让我和弟弟们吃。藏匿花生的地方，对于我和弟弟们而言一直是个谜。

当时农村集市贸易还不合法，被称为"黑市"。父亲不敢直接到县城人多的地方去卖，而是在离县城四五里的地方，将我和装花生的布袋，隐藏在路边一个砖窑的砖坯垛之间，他自己则用包袱兜点花生到路口去摆摊。毕竟离县城较远，过路的人少，花生卖得很慢。午后，父亲终于下决心冒险到城内去卖花生。在县城西关，父亲将包袱铺在地上，再将布袋里的花生悉数倒出来。孰料，还没卖上几秤，突然人群一阵骚乱，父亲赶紧要收包袱，但为时已晚，就这样，父亲和那包花生被带走了。

天将黑时，父亲被放了出来。但要想索回花生，需要到村里去开信，证明自己所卖花生为自产自销，而非倒卖获利。后来，父亲虽然开了信，但还是空手而归……那时，我就知道了没收我家炒花生的机构叫唐县"打办室"（"工商局打击投机倒把办公室"的简称）。

在重庆，有个叫白富元的人，常年偷偷摸摸做小生意，结果，1974年被法院以投机倒把罪判了5年徒刑。

广东有个叫陈鼎文的人，找人兑换了点粮票。可不曾想到，被人告发是倒卖粮票，结果也被法院以投机倒把罪判了一年徒刑。

20世纪60年代初，因往返于江西和安徽之间贩板栗受到"打击投机倒把办公室"清查，后来被以投机倒把罪判处有期徒刑一年的安徽芜湖人年广九，出狱后，板栗不能卖了，但生活还要维持，他又搞起了炒瓜子卖的营生。1966年，"文革"爆发，年广九成了芜湖市"运动"的重点批判对象。许多大字报把批判个体户走资本主义道路的矛头对准了年广九，他还被关起来了一段时间。

…………

这就是当时的社会现实情况，个人致富，是一种极有可能招来灾祸的行为！

渐渐地，各种各样的议论，开始逐渐传到了张果喜的耳朵里。

与此同时，也有更多的朋友好心提醒张果喜："你偷偷摸摸搞，动静搞小一些，运气好的话也许没什么事情，可你们这样大张旗鼓地搞，动作还搞得这样大，名气搞得这样大，难道就不怕惹来大麻烦呀？"

然而，张果喜却并不以为然！

"邓埠农具修造社到了连工资都发不出的地步了，木器车间几十号人都没有出路了，我们吃尽千辛万苦好不容易办起了余江工艺雕刻厂，让大家现在有饭吃了，我自己也有饭吃了，我们不是搞什么'投机倒把''资本主义剥削''挖社会主义墙脚'，而是自谋一条生路哇，这是没有办法才走的这条路，也是一件好事啊，组织上一定会分清楚这种实际情况的……"

这就是张果喜对自己行为有底气的原因——他不是有了饱饭吃、口袋里有了几个钱就狂妄自大的人，更不是没有头脑、不懂不顾国家政策的人。而是，他认为，虽然余江工艺雕刻厂是行挂靠集体企业之名，实际上就是自己个人办的厂，但办厂的真正目的却不是为了搞"投机倒把"，更不是要搞"资本主义剥削"或"挖社会主义墙脚"，而是在木器车间职工们没有了饭吃、没有了出路的情况下，自己带领大家找饭吃、谋生路啊！这何错之有？何罪之有？另外，挂靠集体企业之名办厂，那是没有办法的办法，这也是想尽办法符合国家政策才打的这个"擦边球"，这不是"投机倒把"，更不是要搞"资本主义剥削"或"挖社会主义墙脚"。何况，余江工艺雕刻厂挂靠集体企业名义，按规定向集体企业交足规费，没有任何经济上的弄虚作假。

张果喜心里的底气，也有根有据。

然而，现实却不是张果喜所想的这样！

一天，张果喜正在车里忙碌，一位员工急急忙忙跑到车间里找张果喜。

"张厂长，张厂长，上饶行署的领导到咱们厂里来了，是专门来找你的，现在在厂长办公室等着你去……"

"上饶行署的领导到我们厂里来了……"张果喜的心里咯噔一下，怎么事先自己没有得到一点消息。

"可能是上面领导到我们厂里来看看了，来考察指导了……"张果喜转念一想，心中顿时升起一股激动来，与此同时，还有一种受宠若惊的兴奋和喜悦。

张果喜从车间快步跑进厂长办公室。

但让张果喜始料不及的是，他要面对的，将是上饶行署领导对他在"大是大非"原则性问题面前产生"错误"的指责。

"谁要你赚那么多钱的，难道不知道我们的宗旨是全心全意为人民服务！"谈话一开始，上饶行署的领导就十分严肃地对张果喜这样说道。

接下来，上饶行署的有关领导又对张果喜个人和余江工艺雕刻厂"违背政策原则"的一系列问题，予以严肃指出。

随后不久，上饶行署派出的工作组就进驻了余江工艺雕刻厂。

这旋即在余江县引起轩然大波。而且，根据上饶行署的要求，余江县革委会要配合工作组对张果喜进行严格调查。

首先是要严查张果喜的个人经济问题。

可是，查来查去，张果喜个人和雕刻厂什么经济问题都没有。

当然不会有什么问题，这一点，张果喜心里清楚得很，底气十足。因为，从余江工艺雕刻厂有了业务经营开始，张果喜就严格按照"交足国家，留足企业，富裕职工"这一原则履行，这一点他没有丝毫的含糊。

那再查张果喜个人和家庭的政治问题。

个人政治方面当然也不存在任何问题。张果喜祖上三代都是贫苦农民出身，家庭政治问题也就更是无从谈起！

结果，工作组在余江工艺雕刻厂一蹲就是半年，但最后调查的结论只有一点："张果喜不该赚那么多的钱！"

在那个越穷越革命、越穷越光荣的年代，金钱是带有政治色彩的。一个人赚很多钱，拥有巨额财富，无论他是通过什么渠道赚得的或获得的这些金钱财富，那都是不光彩的，是与群众革命路线格格不入的，自然不可避免地要受到批判。

不久之后，张果喜的所谓"问题"被定调为"新生资产阶级的典型"和"带着红帽子的资本家"，对他的各种批判也随之而来。县里开各种大小会议，都把张果喜作为批斗对象。

这样的情况之下，余江工艺雕刻厂的生产受到了极大的影响。

张果喜知道，生产一旦停下来，那余江工艺雕刻厂就会陷入生存的困境。但后来根据上级规定，他不能再继续"违反政策"，余江工艺雕刻厂必须停下来！

张果喜也只能无奈地接受雕刻厂停产的现实。

一时热火朝天的余江工艺雕刻厂，又变得一派冷清寂寥起来。

自己的身份和处境，在陡然之间已截然不同了，转眼之间，张果喜成了"反面典型"。

张果喜的内心，陷入了深深的苦痛之中！

于是，以前每天风风火火，厂内厂外忙碌不停的张果喜，在极端的苦闷和不理解中，除了必须要到批斗会现场接受批判，其他时日，他整日闭门不出。

调查组要张果喜写对自己思想"错误"的认识，还要认真写"反思"。

"我不认为自己有思想错误和政治错误，怎么写？没有错误，那怎么写反思？"倔强的张果喜坚决不写。

"修造社办不下去了，发不出工资，我们穷得连饭都没有吃的时候，没有人来管，可我们办起了工艺雕刻厂，现在厂子稍微有了点经济效益，职工们刚有饭吃了，怎么就有这么多人来找麻烦，而且自己还被戴上了这样一顶顶的'大帽子'。"

"难道我们连最基本的活命权都没有吗？"

"我们没有向组织上伸手，自谋出路找到饭吃，这有什么错吗？"

…………

每当夜深人静的时候，张果喜总是辗转难眠，不知不觉就会陷入这样的思考和诘问中去。

是的，张果喜心里怎么也想不通这些问题，在百思不得其解的痛苦中，时常有一种心灰意冷的情绪悄然在心底生发。

曾经声音洪亮、走路办事都犹如带风一般的张果喜，渐渐开始变得沉默不语。

由此，余江工艺雕刻厂也随之渐渐步入了一派冷清的情景。

然而，在痛苦思索中的张果喜始终坚信，自己办余江工艺雕刻厂没有错，自己带领一群面临生存艰难的农民兄弟谋生路更没有错！

"干正确的事情，那总有一天是会得到社会承认的，我相信上级部门会根据我们的实际情况，做出实事求是的定论的！"

沉寂中的张果喜，将这样的坚定信念深藏在心底深处，他也深信，自己总会等来被承认和被理解的那一天。

但值得一提的是，在那些苦闷沉寂的日子里，张果喜内心深处始终闪耀着一丝隐隐的惊喜——他渐渐发现，尽管上饶行署对余江县革委会主要负责同志三令五申，要严肃处理张果喜，但余江县革委会只是在大会小会上批斗，对严肃处理张果喜却久拖不决！

当张果喜从这一发现中悄然领悟到其中的真正原因后，一股暖流在心底潜流，这暖流给了他巨大的精神力量。

"这就说明，余江县并不想真正处理自己！"张果喜心里隐隐意识到，余江县革委会对自己实际上是在采取保护的态度，只是不便公然向上饶行署表明态度立场罢了。

"那从另一个角度来说，余江县的干部特别是主要领导实际上是肯定自己的，也是肯定余江工艺雕刻厂的。"仿佛是在漫长行路的暗夜中遥望远处的微光，这让张果喜心底始终闪耀着一丝希望。

由此他暗暗在心底坚信，总会有一天，余江工艺雕刻厂的车间里，将又会重现往日那雕刀在工人手中婉转翻飞的情景，还有那日夜忙碌热闹、令人目睹而为之欣喜振奋的场景……

这是张果喜心底的热切希望呵！

当然，这也成了余江工艺雕刻厂全厂职工们心底的热切希望！因为，尽管张果喜没有说出任何关于自己的这种判断（其时他也不能说出来），但一种内心深处的息息相通，已让全厂职工们能分明感受得到。

正因为如此，即使是在一段时间里余江工艺雕刻厂完全处于停产状态，但全厂绝大部分工人仍然没有离厂而去。他们同样在内心坚定地选择了和厂长张果喜一起，默默地坚守着希望！

第四章
早春时节激情再出发

"干正确的事情，那总有一天是会得到社会承认的！"张果喜在心底深信，自己总会等来被承认和被理解的那一天，余江工艺雕刻厂也终将会重现往日充满生机的那一天。

这一天，终于来了。

1978年党的十一届三中全会召开，以家庭联产承包责任制为发端的农村改革，由此揭开了中国改革开放新时代的序幕。

春天的气息逐渐吹遍广袤的中国城乡大地，冰雪开始逐渐消融，一个充满生机的时代随之悄然而来。

从身边的感知之中，张果喜敏锐地察觉到了一个崭新时代的到来。对此，他内心深处充满着喜悦与期待。

而随后来自各方面的所见所闻的变化，又给予了他莫大的鼓舞。

"时代真的开始变了！"心中那被压抑的激情重新燃起，被压制的创造力再度得以充分释放。张果喜决意从头迈步，他要施展全部身手和投入全部精力，带领"余雕"人去干出一番事情来！

1979年秋，在沉寂苦闷中蛰伏已久的张果喜，又一次来到了上海寻找商机。

而这一次，在改革开放欣欣向荣气息中逐渐开始形成蓬勃发展景象的上海，也正向张果喜展现出广阔无限的商业舞台。

这一次在上海，张果喜与外贸出口工艺品商机不期而遇，随后，他又把目光投向了全国潜力巨大的家具市场。

从成功签订第一笔外贸出口雕刻工艺品——出口日本的佛龛产品开始，到后来顺利打开上海家具市场，张果喜凭借智慧果敢的商业眼光和商业大手笔，为余江工艺雕刻厂赢得了迅速发展、快速崛起的大好商机。

而在大好商机面前，张果喜显示出的大气磅礴、果敢睿智，又最终让余江工艺雕刻厂的佛龛、漆器类产品在日本市场声名鹊起，继而开发的雕花家具系列产品又风靡上海市场。国内、国外市场的同步拓展，使得余江工艺雕刻厂在短短几年时间里呈现出"滚雪球"般的发展壮大之势。

在改革开放后的第一轮大潮中，张果喜先人一步，凭借胆略气魄抓住了大好机遇，为实现"余雕"未来更为辉煌的发展奠定了坚实的基础。

也正是这先人一步，在此后短短数年间，张果喜一跃而成了新中国首位农民"亿万富翁"，他人生事业由此开启了精彩的篇章。

第一节　与外贸商机不期而遇

　　历史有时总是这样选择，在风起云涌的年代里，往往将那些具有时代开创意义的重大使命付诸一些看似普通人群。而这些被赋予了时代不凡使命的卓尔不凡的普通人群，也将注定要以他们不平凡的行动，去共同开创与书写一段历史。

——题记

　　在张果喜内心倍感沉闷而又隐约闪现着希望的处境里，时间的年轮，不经意间行进到了 1978 年的年末。

　　在中国改革开放的进程中，这是一个有着极不寻常意义的历史时间节点。

　　在这一年年末的那个寒意袭人的冬夜，安徽省凤阳县小岗村干部以讨论生产队来年生产的名义，召集全村人开会。当尚不知情的村民们，知晓了这次会议真正要讨论的问题后，一开始几乎被震惊得瞠目结舌。

　　最终，在这个夜晚的会上，经过激烈的集体讨论和争辩，村民们做出了一个在当时可谓是惊世骇俗的决定——全村实行包产到户。

　　随后，在一盏昏黄的煤油灯下，小岗村里 18 位面如菜色、神情严肃的农民，在一张分田到户单干的秘密契约上一一按上了自己鲜红的手印。会议一结束，他们就连夜行动起来，将原属于村集体的牲畜、农具和耕地全部按人头分包到了各家各户。

而就在不久前的 12 月 18 日，党的十一届三中全会在北京召开。全会做出了把工作重点转移到社会主义现代化建设上来的重大决策。

就这样，由小岗村这 18 位农民悄然而起的行动，与一个崭新时代开启的新历史征程不期而遇，拉开了率先从农村地区开始的中国改革开放大幕！

距此 4 个月之后，国家工商行政管理局召开局长会议，提出各地可以批准一些有正式户口的闲散劳动力从事修理、服务和手工业个体劳动，但不准雇工。自此，坚冰也开始在城市裂开一道缝隙。

1953 年，在过渡时期总路线的指导下，国家对个体、私营经济采取了一系列的社会主义改造措施，安排个体、私营经济逐步走上合作化的道路。到"文革"期间，个体经济、私营经济被认为是资本主义经济，受到政策的严格限制。

这是十一届三中全会以后，国家第一次提出允许个体经济有限制的发展。尤其是 1978 年 12 月党的十一届三中全会的两个农业文件，宣布解禁农村工商业，家庭副业和农村集贸市场可以办。

改革的两大主线方向，在此时开始渐渐较为明晰地发端：一个大方向是全国农村开始推广实行家庭联产承包责任制；另一个大方向就是鼓励城乡工商业、个体私营经济有一定程度上的发展。

其实，1979 年 1 月 17 日，即十一届三中全会闭幕还不到一个月，邓小平同志就意味深长地在人民大会堂福建厅请荣毅仁、胡厥文等五位工商界老代表人士吃火锅。

这顿火锅宴，吃的是极普通的北京涮羊肉，可这顿火锅并不平常。

十一届三中全会刚结束，邓小平同志就在考虑调动更多的积极性，团结更多的人，一心一意为实现党的经济建设目标而奋斗。尤其是一直靠边站的原工商业者，他们海内外联系广泛，有丰富的经商办实业经验，是不可忽视的力量，要好好地利用起来。

邓小平同志对这五位工商界代表人士说："现在搞建设，门路要多一点，可以利用外国的资金和技术，华侨、华裔也可以回来办工厂。吸收外资可以采取补偿贸易的方法，也可以搞合营。先选资金周转快的行业做起。"邓小平同志还强调一点："要落实对原工商业者的政策，这也包括他们的子孙后辈。他们早已不拿定息了，只要没有继续剥削，资本家的帽子为什么不摘掉？落实政策以后，工商界还有钱，有的人可以搞一两个工厂，也可以投资到旅游业赚取外汇，手里的钱闲起来不好。你们可以有选择地搞。总之，钱要用起来，人要用起来。"

新中国历史上的这一伟大转折，由此揭开了中国改革开放的序幕，一个崭新的时代随即开启。

此后人们欣喜地发现，在工商业领域个体和私营经济几乎绝迹的时空里，零星的个体和私营经济，开始在全国一些地方重新又萌发、破土而出，并快速地生长和扩展。

华夏大地，雪融冰消，乍暖还寒中，春风万里遍江南。

1979年的那个春天，在张果喜的记忆里，至今仍充满着无限的欣喜。

在苦闷迷茫中蛰伏了数年的张果喜，第一次那样真切地感知到，自己身边的所见所闻，突然间在变——变得越来越让人感到意外惊喜，内心舒畅！

更让张果喜感到欣喜的，还是曾对他"搞资本主义"的那些批判，突然开始悄无声息，不了了之了。

他还发现，在余江县，有极少数壮着胆子搞买进卖出小生意的人，县里也似乎对此有意"睁一只眼闭一只眼"。

而来自外界的许多新鲜而又新奇的消息，也不断让张果喜对外面正在发生的前所未有的变化充满了种种想象。

反应灵敏、消息灵通的张果喜，开始敏锐地意识到，党和国家的政策开始在变，外面的世界在变，百废待兴的国家开始在变。而且，张果喜更是隐约意识到，这种正在发生的变化，将有可能是给深陷困境中的余江工艺雕刻厂带来转机的开始。

这正是张果喜日夜期盼的啊！

张果喜怎能按捺得住心中的激动，他是多么迫切地希望余江工艺雕刻厂能尽快回到此前热闹红火的状况。

对于一直习惯于听广播、看报纸的张果喜来说，虽然在相对偏远闭塞的余江县，但他对国家重大政策的变化，总是能借助于广播和报纸等渠道及时知晓。而且，对于那些从广播里、报纸上听到看到的消息，张果喜还有着自己个人的思考和理解。

"社队企业要有一个大发展"。到 1979 年，国务院颁布了《关于社会企业若干问题的规定（试行草案）》，其中一条就是：城市工业根据生产发展需要，参照社队可能承担的能力，可以有计划地把部分产品和零部件扩散给社会企业生产。

城市工业，第一次开始把目光投向农村的社队企业。

结合党的十一届三中全会做出的"把工作重点转移到社会主义现代化建设上来"这一重大决定，张果喜的心里逐渐明朗起来——国家的政策大方向真的是开始变了！

由此，张果喜心里随即又隐约意识到：外面一定有机会！而且现在国家搞改革开放，那余江工艺雕刻厂就可以放开手脚去做了！

1979 年的秋天，张果喜再次从鹰潭踏上了前往上海的列车。

在他心里，已对上海这座城市产生了一种深厚的情结，他感恩上海这座城市曾给予自己和全厂职工们求得生存的机会，他坚信这座城市里还有属于自己和全厂职工们干出一番名堂来的机会，他也相信这座城市依然会馈赠给余江工艺雕刻厂再现红火场景的机会。

这一次，张果喜前往上海，一路上有着与以往去上海截然不同的心境和感受。尤其是一路上他耳闻目睹的景象，让他有一种真切的感受。这感受就是，外面的世界与几年前相比，的确有了很大的变化。

就比如在这趟列车上，依然还是那种闷罐车厢，但车厢里却仿佛一点也没有了原来那种令人沉闷气息的感觉。车厢里的乘客充满着活跃的气息。在乘客们彼此的谈话中，不时能听到有人对国家当前形势的热烈谈论，从这些谈论中，分明能感受到人们心中充满的欣喜和热切希望。

要知道，在以前，人们这样在公开场合热烈纵谈国家形势的情景，在以前是不可想象的。

列车汇聚四面八方的乘客，所带来的就是五湖四海的信息。

一路上张果喜听到的，逐渐汇聚成了他对当前国家决定实行改革开放政策所带来变化的全新认识：

今年年初，四川省的广汉县、贵州省开阳县、云南省元谋县、安徽省和广东省已普遍实行农业生产责任制，《人民日报》已报道了，接下来，全国其他地区也要陆续实行各种形式的农业生产责任制。

4月，中央工作会议同意了广东省和福建省的要求，决定在广东的深圳、珠海、汕头，福建的厦门等地试办出口特区。

国家还提出，今后要在少数国营企业组织试点，"放权让利"以改革现行管理体制，调动企业和职工的积极性搞活生产。

在刚刚结束的中共十一届四中全会上，初步总结了建国三十年来的重要经验教训，明确提出社会主义制度还处在幼年时期，还不成熟，不完善；要从中国的实际出发，努力走出一条适合我国情况和特点的实现现代化的道路；改革和完善社会主义经济制度和政治制度，发展高度的社会主义民主和完备的社会主义法制，建设高度的物质文明和高度的社会主义精神文明，这些都是我们社会主义现代化的重要目标。

…………

而这一次，一踏上上海这座曾给予自己好运的大都市，张果喜更是从大街小巷中感受到了一股令人眼前一亮的清新气息。

张果喜目睹着深秋的上海，有一种兴奋的神情洋溢在人们脸上，那仿佛是春风拂面的喜悦之情。在明显比几年前热闹许多的巷弄，他看了忙碌而活跃的各类小商贩，他亲耳听到有人说："全国 70 万小商小贩小手工业者及其他劳动者，已从原资产阶级工商业者中被区别出来，恢复了劳动者的身份。"

"不一样了，真的是大不一样了！"一种无法言说的欣喜涌上了张果喜的心头。

此刻，有一种迫不及待的力量，在催促着张果喜加快赶往上海工艺品进出口公司的脚步。

他的目标十分明确，他心里好像那样肯定，知道那里一定有属于自己的机会。

是的，张果喜好像那样真切地听到，自己心里跃动着的一种直觉在告诉他：那里有惊喜正在等待着他！

"怎么变得这样热闹呵！"一别数年，当张果喜再次立于上海工艺品进出口公司的大楼前，眼前的情景让他不禁这样脱口而出。

眼前的上海工艺品进出口公司大楼，依然那样亲切而熟悉。

但不同的是，如今却远比当年的情形热闹得多，进进出出的人群中，还有不少是外国人。

张果喜对这一切感到新奇，当然，这新奇也包括他第一次看到黄头发、蓝眼睛、高鼻子的外国人。

张果喜所不知道的是，党的十一届三中全会召开前夕，国家领导人及国家部委有关负责人就以频繁出国考察交流的方式，率先向世界许多国家表明了中国要实行对外开放政策、建立与世界各国经贸往来交流的姿态。

中国与世界一些国家的外贸往来，由此开启了一个崭新的起点。

而在中国改革开放对外贸易迅速发展的这一过程中，上海这座全国最大都市，可谓是具有风向标意义的地方：

1979年7月，邓小平同志带着家人离开北京，开始了他在党的十一届三中全会召开之后的第一次南方视察。他先是来到安徽，兴致勃勃地登上了黄山。游完黄山后，邓小平同志给当地负责人上了一堂生动的旅游经济课，并指示："把黄山的牌子打出去！"这一年，邓小平75岁。

从黄山下来后，7月16日至25日，邓小平同志到上海视察工作，住进了"414"的一号楼。

一天，邓小平同志在散步时，把市委招待处处长叫过来，亮出了这几天来的想法。他用手指画了一个大圈，指了指"414"的院子，说："这么大的房子，这么大的花园，管理它要花多少钱哟！专门为我们几个大老爷……一年又能住几天？"

邓小平同志又说："这是一块美景如画的黄金宝地，我看应该对外开放，让外国人来住，收取外汇，支援四化建设……"

几天后的一个下午，邓小平同志与中共上海市委的几位负责人有一次小范围的谈话。其间，邓小平同志说："我这次来'414'住了十来天，天天都在谈生意经。这么大的花园别墅，给外国人住，可以收外汇嘛！"

最后，邓小平同志明确地指示："我给你们半年时间准备，半年以后，'414'就对外开放。"

上海市委负责同志领会到了邓小平同志解放思想、打破衙门作风，坚持对外开放的决心。市委作了专题研究，成立了修建"414"领导小组。市委书记亲自挂帅，担任组长。

邓小平同志打开"414"大门的消息很快传到北京，传到全国，引起了连锁反应。不久，各地类似的花园别墅也先后对外开放。

"414"开放的意义，不仅仅局限于经济效益，最重要的，它转变了人们的思想观念，让世界各国看到了中国实行改革开放的决心。

正是来自于中国实行改革开放这样坚定的决心，促使中国与国外的贸易往来快速发展。尤其是在上海，上海工艺品进出口公司热闹的景象就是很好的印证。

再说张果喜，当他走进上海工艺品进出口公司，他首先关注的就是雕花樟木套箱。

但随后，在样品陈列厅里，张果喜却有了极为惊喜的发现：几件外形形同袖珍宫殿样式的木器制品，在一瞬间那样强烈地吸引了张果喜的眼球。

在那几件木器制品面前，张果喜的目光由上至下、由内而外，细细打量，他看得那么认真，那么细致凝神：这几件或有半个人高或近一个人高的木器制品，部件看上去十分繁复，但每一个部件都制作得十分精巧，这些精巧而复杂的部件，这座形同袖珍宫殿样式的整体，就是由这些繁复的部件精巧组构而成……

木匠出身的张果喜，不禁对这巧夺天工般的木器制品由衷赞叹不已！

从来没有见过这种木器制品的张果喜，不知其为何物。

"这是佛龛，通俗而言，就是用来供奉释迦牟尼的木雕宫殿。"上海工艺品进出口公司的工作人员告诉张果喜，陈列室的这几件佛龛，全部都是出口日本的产品样品。

继而，张果喜从工作人员的详细讲解中，了解到关于日本佛龛产品市场的整体情况：

日本是一个笃信佛教的国家，全国几乎家家户户都会陈设供奉佛像等的佛龛。佛龛在日本属于高档工艺品，而且也是日本家庭必备的轿车、别墅、佛龛这"三大件"之一。日本国内的佛龛，大部分依靠进口。在二战之后日本与世界商贸的往来中，从别的国家和地区进口佛龛产品，一直在日本对外贸易中占有很大的比例，其进口佛龛产品的主要国家及地区是韩国和我国的台湾地区。

然而，从 1978 年开始，这种情况开始出现了变化。

1978 年 10 月，正值党的十一届三中全会召开前夕，邓小平同志为签订《中日和平友好条约》出访日本。

事实上，这次出访，也是邓小平同志在酝酿中国现代化大战略的过程中所做的一次考察之旅。访日期间，邓小平同志参观了日本新日铁、松下、日产汽车等公司，乘坐新干线列车从东京到京都，在日本亲身体验了"现代化"。同年12月，中共中央做出了以经济建设为中心、实行改革开放的重大战略决策，以及邓小平同志提出的"两步走"的发展战略，都与他这次访日有着内在的、重大的联系。

对外开放，开启了我国对外贸易新的实践探索阶段。

党的十一届三中全会以后，广东、上海实行特殊政策、灵活措施，率先进行改革开放，使对外贸易随之发生深刻变化。在改革开放实践中，我国外贸事业根据广东、上海确定的以发展外向型经济为主的指导思想，对外经济贸易开始从单纯互通有无、调剂余缺转变为参与国际分工和竞争。

正是在这样的背景之下，中日两国无论是在高层还是民间，都逐渐展开交流和互动，两国之间的经贸往来也迅速增进。

也正是从这时起，日本开始有意识地从中国大陆进口佛龛产品。

"但是，由于佛龛制作工序十分复杂，工艺要求又极高，国内没有多少雕刻厂能做得出来。"上海工艺品进出口公司的工作人员又告诉张果喜，尽管佛龛出口量大，产品不愁销路，且利润丰厚，可我国大陆出口日本的佛龛数量却较少，就上海工艺品进出口公司的出口量而言，与日本佛龛进口商预期的进口数量相去甚远。

按照工作人员告诉的一座佛龛的出口价格，张果喜随后对一座佛龛的木材用料经测算发现，就一座佛龛所用的木料和其制作成一座佛龛后出口的价格相比，那简直可以说是把木头变成了黄金！以樟木木料为例，用同样一方樟木木料生产佛龛，同样出口，制作佛龛的利润竟然是制作雕花樟木套箱利润的近三倍。

张果喜心里一边暗自惊叹，一边情不自禁地连连咂舌。

几乎就在心里惊叹于制作佛龛丰厚回报的过程中，张果喜心底激起一阵阵按捺不住的想法——余江工艺雕刻厂来生产出口日本的佛龛！

张果喜当即向上海工艺品进出口公司表达了自己的这个想法。

"制作佛龛，那可比制作雕花樟木套箱的工艺难度大多了，水平要求非常高，相信你刚才看陈列样品的时候应该了解了……而且，日方对产品质量的要求是十分严格的，国内好几家比较大、生产水平比较高的木器雕刻厂也试制过，但后来不是没有试制成功，就是试制出来的样品达不到日方进口商的标准而作罢了……"上海工艺品进出口公司的一位经理闻听张果喜想生产佛龛，首先告诉了他这样的情况。

这位经理的言外之意已很清楚：他是在劝张果喜知难而退。

"经理，你的好意我明白，你是担心我们余江工艺雕刻厂做不出来这佛龛，到时折腾了时间又赔了本钱。但请你相信，我刚才仔仔细细、认认真真都看了，我是做'博士'出身的，我心里有数！"张果喜回答经理道，"通过原先生产雕花樟木套箱，现在我们余江工艺雕刻厂不但掌握了木雕技术，而且我们厂里人人都是木匠出身……"

"你是否知道，一座佛龛有成百上千种造型，每种造型的佛龛部件各异，在制作过程中，只要有一块部件不合规格或尺寸规格稍有差错，那到最后就组装不起来。而且一款佛龛稍有瑕疵，日本客商就会退货。因为工艺要求太高、质量把关十分严格，所以许多厂家才不敢问津……"那位经理再次提醒张果喜，他不好直截了当地打消张果喜心里的念头，但又实在不忍心让张果喜去试制、最后却赔了工钱又赔本钱，他深知从千里之外的余江县奔波而来上海的张果喜和他的余江工艺雕刻厂不易！

"要是别人都能做出来，那也就轮不到我们余江工艺雕刻厂来试一试的机会了！"张果喜干脆而果断的回答语气里，让人那样真切地感受了他心中炽热的渴盼——他渴盼能获得这个让木材变成黄金的机会！更渴盼有这样一个让余江工艺雕刻厂振奋而起的机会！

"这个人，可真是不简单呵！"听完张果喜的这句回答，上海工艺品进出口公司的那位经理，内心仿佛为一种强烈的触动而感染。

"好！你们余江工艺雕刻厂可以来试制，只要产品合格，那我们就帮你们推向日本市场！"上海工艺品进出口公司那位经理伸出手，和张果喜的手紧紧有力地握在了一起。

一种被巨大信任深深触动的暖流，瞬间在张果喜全身的血液里流淌。

张果喜有所不知，因为余江工艺雕刻厂在生产雕花樟木套箱和上海工艺品进出口公司打交道过程中，已给上海工艺品进出口公司中的几乎每一个人都留下了深刻的印象。他们感怀一群为生存而寻出路的处于窘困境况中的农民，从千里之外的贫穷小县出发，一路艰辛来到大上海找谋生的机会，这胆量、这勇气和那份坚毅，何其令人敬重与敬佩。而对张果喜，在雕花樟木套箱生产与业务往来的过程中，他展现出来的淳朴与诚信、魄力和胆识、眼光与胸怀，则更是让上海工艺品进出口公司上至领导、下至员工无不钦佩。

因此，现在当张果喜那样坚持、那样渴盼余江工艺雕刻厂要试制佛龛时，上海工艺品进出口公司的这位经理，心里当然是欢迎和相信他的，他更希望张果喜这一次能与上次坚定地要做雕花樟木套箱的出口业务一样，生产的出口日本的佛龛一举成功！

曾经有过的合作机缘，相互认可的肯定，以及现在正逢时机的巧合……等等这些，就这样再一次汇集成了商机！

第二节　"余雕"声名又渐起

带着佛龛部件样品和制作图纸，张果喜踏上归途的列车。

奔驰的列车上，他心潮起伏，透过车窗放眼而望，广袤的大地上田野、河流与山峦从车窗外掠过，他仿佛那样真切地感到，自己正一程程地向着崭新的希望奔去！

是啊，为了这一天，张果喜历经了多么长久的煎熬压抑和等待期盼。

从张果喜洋溢在脸上的欣喜神情里，余江工艺雕刻厂的员工们已经明白，他们的厂长张果喜，从上海一定带回来了令全厂振奋人心的好消息。

随后，余江工艺雕刻厂顿时沸腾了一般，大家得知，相比原先做雕花樟木套箱，这次厂长张果喜在上海找到了"可以把木材变成黄金"一样的好机会！

还有，张果喜给大家带回来的，也是与黄金一样金贵的对余江工艺雕刻厂未来的信心——他讲述自己在上海的所见所闻，让大家确信，由于我们国家实行改革开放政策，外边正在发生着令人欣喜的巨大变化。

"现在我们国家要积极发展和国外的贸易往来。比如，日本原先从其他国家和地区进口佛龛，现在开始大量从中国进口，我们余江工艺雕刻厂要是以后能生产向日本出口的佛龛，那我们厂里将来的业务发展那就不得了啊！"张果喜给余江工艺雕刻厂的人谈起这些，内心就兴奋不已！

清新和令人欣喜的气息，很快在整个余江工艺雕刻厂洋溢开来。每个人内心里的阴霾正散去，他们不再有什么担忧，也不再有彷徨，眼前呈现出的是一片光明的前景。

师傅和工人们纷纷回到了厂里，张果喜开始和工人们一起揣摩研究佛龛样品。

他们把张果喜从上海带回来的那件佛龛样品拆下来，之后集体对一个个部件进行仔细研究，直到把部件结构全部搞懂弄透为止。然后，张果喜把全厂人又分成几个小组，每个小组负责几样佛龛部件的生产试制。

张果喜本人，既负责几道关键的部件工序，又组织、指导和对整个部件工序进行把关。

在这个过程中，每个小组的每一个人都全身心地投入。有时，为一个复杂的部件结构和工序，他们经历了一次又一次的反复商讨和试验，一遍又一遍，才最终洞悉其中的关键技术。

就这样，一个个佛龛部件的结构和工序技术先后被攻克。

过了这一关，张果喜心里就有底了。

因为，几年来，余江工艺雕刻厂的全体工人在张果喜的带领下，始终对雕刻工艺和技术要求精益求精，逐渐形成了扎实的雕刻技术基本功。

最终，当张果喜和工人师傅们一起把最后一个部件组装完成后，一尊与带回来的样品一模一样的佛龛，终于生产出来了。

"太好了，这佛龛到底是让我们给做出来了呵！"张果喜兴奋得像一个孩子。

而此时，张果喜才发现，他已经和厂里的工人们一连在车间里泡了整整 20 天，每个人也瘦了一大圈！

生产出来的佛龛样品，随即被送往了上海工艺品进出口公司。

喜讯很快从上海传到了余江县——日本客商对生产出的样品质量与工艺都十分满意，对余江工艺雕刻厂的生产能力给予了认可和肯定，决定通过上海工艺品进出口公司和厂里签订批量生产的合同！

抓住了一次大好机遇，那就为彻底改变厂里的状况赢得了可能。

在与上海工艺品进出口公司签订生产佛龛产品的合同，并在成功生产出佛龛样品后，张果喜喜悦的心情中不免又生发出紧张和不安来。他深知，这第一次批量生产出口日本的佛龛产品，对于余江工艺雕刻厂来说，能否获得日本客商的认可，只有第一次认可了，那余江工艺雕刻厂今后才能抓住向日本继续出口佛龛产品的这棵"摇钱树"。

"这批佛龛产品，工艺和质量是最关键的问题！"张果喜一开始就异常清醒地明白这一点。

相比雕花樟木套箱的生产，佛龛生产无论是在雕刻工艺的要求方面，还是部件构造上都要精细和复杂得多。而且，佛龛的各道工艺和各个部件之间的生产关联密切。因而，要确保佛龛产品的工艺与质量，需要全厂上下的默契配合努力，任何一道工艺出现质量问题，都会影响到一件佛龛产品的质量。

"这是我们余江工艺雕刻厂第一次拿到出口日本佛龛的生产合同，以后能不能一直和日本客商把佛龛生意做下去，那就得靠我们的产品质量！"为此，在开始进行批量生产佛龛产品之前，张果喜在向全厂上下反复强调这个关键问题的同时，他认为还必须要形成制度。

接下来，在每天厂内厂外的繁忙工作中，张果喜开始对佛龛产品的工艺和质量投入巨大的精力。

结合余江雕刻厂原来生产雕花樟木套箱的体会和经验，张果喜从原料选购到组织分工，再到各道工序、各个部件中的工艺和生产细节，逐一制定出了各项规章制度。

张果喜深知，制定了各项规章制度，最重要的是在生产过程中严格执行。

余江工艺雕刻厂的职工基本上都是农民，在他们的身上，既有吃苦耐劳的优点，也有与天然的分散手工劳动的农业生产相联系的不少弱点。其中，质量意识弱、产品生产标准化观念不强，就是比较突出的一方面。

对此，张果喜又从制定严格的产品质量检测规则入手，确保工人们在生产过程中，对自己负责的每一个部件的每一道生产工艺质量完全符合要求。

佛龛批量生产开始后，张果喜在厂内厂外的各种繁忙事务中，只要是一有时间，他就下到车间，加入到紧张忙碌的生产之中。

但张果喜投入精力最多的，还是对产品工艺和质量的把关。每一道工艺的质量，是最让他挂在心头的大事。

一次，厂里的一位工人在雕刻一个佛龛横梁上一左一右两条龙的过程中，因为比例没有把握好，结果佛龛成品出来，横梁上左边的龙须比右边的龙须短了两厘米。

这样的佛龛产品，显然是不合格的，按照张果喜制定的质量规定，这件佛龛要报废。

起初，这位工人虽明知道按厂里质量管理规定，是属于决不能出厂的不合格产品，然而，一想到自己雕好的这根佛龛横梁价值数百元，如果报废那将给厂里带来不少的损失，因而对于是否报废这根横梁，他显得犹豫不决起来。

"如果报废这根横梁，对厂里对自己都是不小的损失，再说，就是真正过不了质检那一关，到了厂长那里，厂长也未必舍得报废。"在这样的想法支配下，这位工人抱着侥幸心理，把那件佛龛悄悄放进了待检测的合格产品之列，试图蒙混过关。

不曾料想，还没等到过质检那一关，这根雕刻不合格的横梁，就正好被下到车间检查的张果喜发现了。在一堆摆放整齐、已雕刻好的横梁之中，张果喜一眼就看到那根左右龙须不对称的佛龛横梁。

"这是不合格的产品嘛，怎么放到了合格品的位置上来了？你们负责质检的，平时就是这样把关的吗……"

一向待人和气的张果喜，一看到那根横梁时，立即就来了火，他的眼睛里像被揉进了有棱角的沙子一般无法忍受。

"宁可我们自己受损失，我们也不能用不合格的产品去砸了厂里的招牌，砸了我们的饭碗啊！"

张果喜一个箭步冲上前，拿起那根价值上百元的横梁，转而双手高高举起，然后用力重重地往地上摔去。

"咣当……咔嚓……"一声巨响过后，地上的那根佛龛横梁，立刻就断成了两截。

所有在场的人，都为眼前的这一幕惊得突然愣住了。人人都屏住了呼吸，而负责质检的那几位技术把关人员，更是被"震"得连大气都不敢出。

"我们能得到日本客商的信任，就是因为我们的产品质量和信誉，我们这样一个小地方的小工艺雕刻厂，将来凭什么去和别人比高低，那也就是要靠产品质量……我们今天能拿到这样的好生意，来之不易呀！可不能因为现在有业务了，生产红火了，就大意啊，产品质量出问题，那别人以后是不会继续和我们做生意的，那样我们大家就没有饭吃了……"张果喜的话句句语重心长，让全厂上下深受教育。

这件事过后，余江工艺雕刻厂的每一个人，对产品质量再也不敢有丝毫的松懈。一件件佛龛产品，从原来的选定到一道道工艺的完成，全部实现符合工艺要求且精益求精。

凭着扎实的雕刻工艺和过硬的产品质量，余江工艺雕刻厂准时交货的第一批佛龛产品出口到日本后，最终赢得了日本客商的高度赞誉。

通过上海工艺品进出口公司，佛龛产品赢得了日本客商的青睐，张果喜也给日本客商留下了深刻的印象。

余江工艺雕刻厂的佛龛产品，在日本客商那里一炮打响！

紧随其后，上海工艺品进出口公司和日本客商的第二批佛龛产品订单，随即又签订下来。上海工艺品进出口公司在寻找生产加工合作方时，首先联系的就是余江工艺雕刻厂。

之后，来自上海工艺品进出口公司委托加工生产的第三批、第四批合同订单纷至沓来……

张果喜终于如愿，他抱住了出口佛龛产品的这棵"摇钱树"！

1981年，除了上海工艺品进出口公司继续和余江工艺雕刻厂签订佛龛生产合同之外，开始有一些日本客商辗转和张果喜取得了联系，尝试着直接和余江工艺雕刻厂签订佛龛的生产合同。

这一年，余江工艺雕刻厂出口日本的佛龛生产订单量迅速攀升。

由此，在日本国内，余江工艺雕刻厂开始慢慢为越来越多的佛龛经销商所知晓。

在对余江工艺雕刻厂佛龛产品的生产水平、能力和质量等进行全面综合考虑后，张果喜又认为，自己应该及时抓住日本越来越多的客商对"余雕"佛龛产品的认可，趁势扩大在日本佛龛市场的占有率。

为此，张果喜大胆决定，对余江工艺雕刻厂扩大生产进行了设备等方面的一系列改造，工厂的生产技术水平和能力大大提升。

与此同时，余江工艺雕刻厂还斥资购进生产设施，扩招和培训工人等等。

这样一下来，与几年前相比，余江工艺雕刻厂从生产技术能力到规模，大大变了样！

实际上，此时张果喜仿佛已隐约意识到，余江工艺雕刻厂生产的佛龛产品在日本正迎来更大的市场机遇。

接下来的情况表明，张果喜的预料十分正确。

在日本国内，随着经济快速发展，日本佛龛市场繁荣发展，佛龛产品呈现出良好的销售形势。而随着越来越多日本各地佛龛经销商对余江工艺雕刻厂生产的佛龛产品的认可，通过上海工艺品进出口公司，或者直接慕名找上门来与余江工艺雕刻厂签订生产合同的日本客商也逐渐增多。

余江工艺雕刻厂佛龛产品的生产订单越来越多。

佛龛外贸业务订单，一批又一批地接踵而来，余江工艺雕刻厂的生产越来越繁忙。白天满负荷生产，夜班班组的工人们又接着干，厂里整个晚上都是一片灯火通明。

于是，余江县的人们惊讶地发现，沉寂了很久的余江工艺雕刻厂，变得如此红火起来。

在整个余江县乃至鹰潭地区，余江工艺雕刻厂又开始成为人们关注的焦点，当然还有对张果喜本人的热议。

但是，这一次关注和热议，与此前截然不同。

因为，不但没有人对余江工艺雕刻厂是什么性质的工厂而非议，更没有人对张果喜是否是在搞资本主义那一套、实际上是私人开雕刻厂是否属于剥削等等这些有非议。相反，在人们对余江工艺雕刻厂和张果喜投以关注的目光中，有着羡慕、敬佩与敬意。

对于这些，张果喜和余江工艺雕刻厂的所有人都感知真切。

让张果喜和大家感知更真切的是，随着余江工艺雕刻厂又越来越"惹眼"，起初张果喜和大家心里还曾有隐隐的担忧，担忧厂里这样快的发展局面会不会引起县里和鹰潭地区的注意，会不会因为"赚这么多钱"而受到政府的批评……然而，张果喜很快发现，自己和大家心里的这些担忧都是多余的——余江县委、县政府不但没有批评余江工艺雕刻厂的任何迹象，而且还表扬厂里对当地经济发展有贡献，有关县领导还鼓励张果喜好好把雕刻厂办好、发展好。而鹰潭市委、市政府对余江工艺雕刻厂的态度也同样如此。

这一切，让张果喜内心中充满了感激，备受鼓舞，也让余江工艺雕刻厂所有人扬眉吐气、信心十足！

由于张果喜判断极为准确，未雨绸缪做了扩大生产的准备，使得余江工艺雕刻厂在承接不断增加的佛龛产品过程中，均能保质保量完成生产任务，做到及时交货。

至此，余江工艺雕刻厂的佛龛产品，开始渐渐在日本佛龛市场立足，逐步形成产品销售和品牌美誉度同时如日提升的喜人局面！

有人这样评价说，或许是缘于张果喜只有初中肄业的文化，土木匠、农民这样草根出身的考虑，他在佛龛出口产品上获得的第一桶金，乍一看像是"无心插柳柳成荫"，但在日本出口佛龛产品的初期，从他推进的每一个关键点不难看出，他实际上是"有心栽花花亦发"。

正是牢牢抓住产品质量这一点，张果喜让余江工艺雕刻厂的佛龛产品成功打入了日本市场，继而品牌知名度和美誉度逐渐提升。

随着出口日本的佛龛产品在日本市场的不断崛起，余江工艺雕刻厂开始以令人惊叹的速度发展壮大起来!

第三节　打开国内家具大市场

纵观张果喜的创业历程，人们会十分惊讶地发现，与在改革开放进程中抓住机遇而成就了后来大事业的企业家们有所不同，张果喜的起步和快速发展，不是从国内市场而是从国际市场即外贸市场开始的。

的确，这一点耐人寻味。

对此，有人说，张果喜的事业起家，在很大程度上缘于一种偶然的机遇，是"无心插柳柳成荫"的成功企业家类型，缘于偶遇机缘并果敢地抓住了机遇。

然而事实上，张果喜不但是总能"偶遇"机缘并果敢抓住机会的人，而且还是总能敏锐发现商机的人。

对此，又有人说，张果喜能在"铁桶般"严密的计划经济年代找到商机，足可见其具有非同寻常的敏锐商业眼光。

据此，人们也就不难理解，为何在改革开放起步之时，张果喜就能先人一步抓住外贸商机而迅速起家了。要知道，张果喜的余江工艺雕刻厂，是在当时相对于广东、上海尚处于闭塞的内地江西。在江西余江县那样的县城，人们对"跟外国人做生意"，简直感到不可思议。

是的，张果喜的商业成功，首先来自于他敏锐的商业眼光和非凡的胆识气魄。只要商机呈现在他面前，他就能识得机遇，而一旦他决定抓住机遇，随之就能开拓出一片广阔的商业天地。

20 世纪 80 年代初，当国内各种市场随着国家改革开放政策而渐次萌发，商机也随之开始呈现在张果喜面前。

"说市场经济只存在于资本主义社会，只有资本主义的市场经济，这肯定是不正确的。社会主义为什么不可以搞市场经济，这个不能说是资本主义。我们是计划经济为主，也结合市场经济，但这是社会主义的市场经济。"1979年，邓小平同志在会见美国不列颠百科全书出版公司编委会副主席兼总裁弗兰克·吉布尼和加拿大麦吉尔大学东亚研究所主任林达光等人时，首次阐述了社会主义也可以搞市场经济的思想。

尽管这次谈话仍然强调了"计划经济为主"，但这是我们党的领导层中对社会主义也能搞市场经济问题提出的最早也是最深刻的论述。

理论认识的重大突破，直接带来了中国国内市场的萌发繁兴。

从1980年开始，因为与上海工艺品进出口公司的外贸业务关系，张果喜在上海与余江之间往返的机会开始逐渐增多。

正是因为这个原因，张果喜对改革开放起步后经济发展日益活跃的上海所萌发而起的各种市场、所呈现出的各种新商机，总是有着欣喜的发现，充满着热切的关注。

张果喜的目光，在向外贸工艺品市场拓展的同时，又落在了国内市场上。

他渐而发现，在越来越繁华的大上海，正有令人目不暇接的商机。

于是，在生产出口日本佛龛产品越来越红火的同时，张果喜又渐渐开始考虑一个新的问题。这即是，余江工艺雕刻厂现在已具备一定的经济能力，厂里技术和设备水平也大大提高，这样的情况之下，厂里已具备一定的条件去扩大生产其他产品。

张果喜想把余江工艺雕刻厂的经营进一步扩大。

他开始产生出拓宽产品品种的想法。

因而，在繁忙之中，张果喜又同时将眼光投向了新的商机。

而张果喜关注的自始至终都是与自己的本行密切相联的。用他的话说，那个时候，他就明白"自己晓得自己是吃几碗饭的人"，与雕刻、木匠活以外的事情和机会，一概不予浪费时间精力。

可见，张果喜的商业眼光敏锐而又稳健，他的胆识非凡却又脚踏实地。

"现在上海的家具很畅销。"一次，张果喜在上海出差的过程中，偶然得知了这一消息。

"打家具，那可是我们的老本行嘞！"得知此消息，张果喜格外兴奋！

随后，张果喜决定，自己要亲自跑一遍，把整个上海市的家具市场情况摸一摸底。

一番奔波下来，张果喜几乎把上海的家具市场完整地跑了一遍。而摸情况的结果，竟让张果喜喜出望外——在整个上海市，上海的木制家具何止是畅销，简直就是供不应求！

改革开放以前，我国城市居民消费主要追求"三转一响"的老四件——自行车、缝纫机、手表和收音机，消费重点主要是满足基本的生活需求。这样的消费结构，从改革开放伊始随即发生重大变化：城市居民家庭居家和日常生活消费品的多元化需求日益加快。

在上海市，20世纪80年代初期，市民巨大的需求开始被激活，使得上海突然呈现出越来越空前广阔的居家产品和日用消费品市场。

家具市场，就是从此时蓬勃发展起来的。

曾几何时，家具在城市居民们的心中可谓是奢侈品。

而家具这种奢侈品，很大程度上并非是因为其价格让人可望而不可即，而是因为供应极其紧张而令人渴望而难求。

上世纪六七十年代，在当时的计划经济大背景下，全上海市只有屈指可数的几家国营家具门市部。那时，与全国许多城市一样，上海市民购买家具也是要凭票的。为买一件家具，市民往往要排长队甚至提前一天晚上就赶去排队，家具，一直都是上海"落地光"的抢手货。

其实，那时全国其他大城市的家具供应销售情形同样如此。

而到了20世纪70年代中期，上海、北京等大城市的家具供应和销售更为紧张，不但凭票供应，而且有票也不一定就能买到家具。尤其对于那时结婚的上海、北京市民来说，得到一张家具票和最终如愿购买到家具票是一种刻骨铭心的记忆。

改革开放后短短几年间，大城市的家具供应和销售的状况迅速发生着变化。

在上海市，个体私营家具厂逐渐兴起，越来越多的百货公司开始专门设立了家具门市部，专门经销家具的私营家具店也慢慢开始涌现。

"我们厂里的师傅骨干大部分就是木匠出身，做家具本身没有问题，另外，我们现在又有这么强的雕刻工艺水平，生产上海风格的家具应该完全没有问题。"张果喜很快确定了这一思路。

上海家具有着鲜明的地域性特点，因而又被称之为"海派家具"。其主要特点是既注重实用性及功能性，又兼顾艺术性。比如，卧室家具中的大衣橱、五斗橱，厅堂家具中的转椅、大餐桌、小圆桌等，装饰典雅，形制洁素，既具灵气，又活泼美艳。

经过充分的市场考察，张果喜决定组建家具生产线，生产上海人钟爱的雕花海派家具，专门销往上海市场。

在张果喜心底，曾经跟着师傅苦学木匠手艺、打得一手好家具，让他对做家具有着深厚的手艺人情结。可怎料到，后来进入余江邓埠农具修造社，因为修造社以制作和修理农具为主，所以他不得不收起打得一手好家具的手艺，常年锯木头和制农具。后来，因为要带领余江工艺雕刻厂谋得生存和发展，他不得不用心揣摩做樟木箱和木雕佛龛。

"现在，自己做家具的手艺终于派上用场了！"张果喜感慨时光变迁中的事遂人愿。

很快，余江工艺雕刻厂就成立家具生产车间，并组建起了家具产品设计和样品开发小组。

张果喜亲自挂帅，设计制作出的数款雕花家具，既切合上海传统"海派家具"特点，又具有新潮的现代气息。与此同时，这些家具的生产原料选用优质江西本地木材，在生产工艺和制作上精益求精。

因而，余江工艺雕刻厂生产的第一批家具，在一投入上海市场之后，没有多久就被抢购一空。

一眼看过去、摸上去就是上等品质的家具，加之生产这些家具的工厂来自江西余江县，让上海这座城市的居民对余江工艺雕刻厂的家具钟爱不已。这使得余江工艺雕刻厂的家具声誉迅速在上海传开来。

渐渐的，余江工艺雕刻厂的家具制品，在上海市出现了供不应求的情况。

"这表明，我们余江工艺雕刻厂家具在上海已经形成了特色，有很高的知名度，那我们就可以设立自己厂里在上海的家具经销点。"随后，张果喜抢先在上海设立了余江工艺雕刻厂家具销售点。

上海的家具大部分来自全国各地，而江西家具制品因为木材原料好、制作精细，一直在上海市民心目中有很高的知名度。为此，江西省的四家行业主管部门也希望江西家具制品在上海的销售打开更好的局面。

得知这一情况后，张果喜主动与江西省的四家行业主管部门联系，并在得到大力支持的情况下，与这四家行业主管部门开展横向经济联合。

为解决长途运输不便和降低运输成本的问题，张果喜继而又决定将家具厂设在上海。由此，张果喜在上海的家具厂又成了江西省第一家在上海领取营业执照的家具企业。

余江工艺雕刻厂的雕花家具，又成功打开了上海这一方越来越广阔的大市场！

第五章
纵横国内国际市场

　　果敢抓住了生产出口日本佛龛产品的这一大好商机，为余江工艺雕刻厂成功打开了进入外贸市场的渠道，而敏锐发现上海潜力巨大的家具市场，又让余江工艺雕刻厂率先抢到了国内家具市场的商机。

　　就是凭着这样过人的胆略与眼光，在改革开放之初，张果喜为余江工艺雕刻厂打下了坚实基础，谋定了进一步发展的明确方向。

　　谋定而后动。

　　此后，沿着这一明确的发展方向，张果喜长袖善舞，不断实施的市场大手笔布局和工厂内部大刀阔斧的改革之举，使得余江工艺雕刻厂开始以稳健而快速的姿态崛起。

　　在上海，张果喜抢先设立家具销售点，并与江西省的四家行业主管部门开展了横向经济联合。木雕厂还在上海生产雕花家具和木制品，成为第一个在上海领取营业执照的江西企业。在此基础上，他继而又打造了以上海为轴心，以沪宁沿线为依托，辐射京津地区的家具生产销售网络。

在出口佛龛产品上，张果喜通过不断丰富产品种类和销售模式，逐渐将五大类 2000 多个品种的雕刻工艺品打入日本、泰国、韩国及欧美等国家和地区的市场。而且，余江工艺雕刻厂佛龛产品的强势崛起还归于"一招鲜"——生产佛龛的技术门槛让竞争者一时难以跟进；对传统雕刻工艺工序的改造使产品便于大规模生产；对质量的精益求精阻击了韩国、港台的对手，几乎垄断了日本整个佛龛市场。

此外，在别的企业还在热衷于按传统的经营管理模式运作时，张果喜斗胆劈出"三板斧"，在余江工艺雕刻厂彻底打破"铁工资、铁饭碗、铁交椅"，创造出一套全新的工资分配、劳动用工和人事制度，形成了适合企业发展的新型经营模式和管理体系。这些改革措施，让余江工艺雕刻厂焕发出无限生机。

国内与国外市场开拓过程中的齐头并进，经营过程中的纵横联合举措，很快让余江工艺雕刻厂发展成为国内外同行中最大的木雕联合企业，被外商誉为"天下雕刻第一家"。

在此过程中，张果喜的财富也迅速累积，到 1985 年已经达到 3000 万美元，他毫无异议地成了改革开放之后大陆崛起的第一位亿万富翁。

第一节　改革"三板斧"迸发生机

经过短短两三年时间，佛龛产品和雕花家具产品的市场几乎同时起步，到 1982 年前后，余江工艺雕刻厂已开始呈现出十分强劲的发展之势。

而此时，在历经市场洗礼和深入国内外考察过程中，一个"立足国内市场，放眼国际市场"的阔大发展思路，也逐渐在张果喜脑海中酝酿、成形并成熟。

张果喜的视野之中，开始跃然出现广阔深远的市场天地。

思路决定发展的方向。

在张果喜逐渐酝酿成熟的"立足国内市场，放眼国际市场"这一方向中，至关重要的一点就是，怎样借助于已经打下的良好市场基础，乘势而进，让余江工艺雕刻厂的发展步子迈得更快更稳！

这也是支撑张果喜倾注全力却不知疲惫的强大精神支柱。

首先来看张果喜在国际市场发展上的思路。

最初，余江工艺雕刻厂在承接的佛龛产品外贸业务中，均为半成品业务订单，所生产的全部为佛龛半成品，即初级加工产品。

但在一次前往日本考察佛龛产品经销市场的情况后，张果喜随即决定，改变余江工艺雕刻厂只承接生产佛龛半成品外贸业务订单的现状，而逐步转向承接佛龛成品外贸业务。

原来，张果喜在考察中发现，日本的佛龛经销市场已形成多层级经销体系：总经销—区域经销—零售。而在这三大层级经销体系中，总经销商从别的国家或地区进口佛龛半成品后，进行组装，完成最后的工序，再将佛龛成品批发到区域经销商，区域经销商又批发给零售商。

而在佛龛由初级加工产品向成品完成的这一过程中，利润对比是惊人的。佛龛初级产品的利润，只有成品利润的三分之一。

也就是说，余江工艺雕刻厂生产的佛龛产品的大部分利润，被日本佛龛客商中的成品加工商赚走了。

"从生产佛龛初级加工产品向生产佛龛成品进展，这里面空间巨大，我们能否直接生产佛龛成品，直接向日本出口佛龛成品。"深入考察日本佛龛市场后的一大重要收获，就是张果喜产生了产品市场升级的思路，这是赢得余江工艺雕刻厂佛龛出口更大利润空间的一个重大突破口。

那么，怎么才能实现这一突破呢？

张果喜不愧是眼中有行业大格局、心中又敏于市场细节的人。在考察日本佛龛行业与市场过程中，他继而又发现，在日本佛龛经销行业，二级批发商和大的零售商是希望能在佛龛成品的货源渠道上有更多选择的。因为，这样不仅自己的销售利润将更高，而且还不受制于上游佛龛成品批发商。

"我们直接可以在日本寻找我们的佛龛总经销商，经销我们的佛龛成品，形成良好合作关系。"

接下来，张果喜尝试和东京等几家在日本国内佛龛销售市场有一定影响力的株式会社商谈，不曾想到，很快就达成了意向。

佛龛成品直接出口日本销售的路径，就这样获得了突破！

那还有一个十分关键的问题，即由佛龛初级产品到佛龛成品加工的关键工艺技术。

对这一关键工艺技术，余江工艺雕刻厂一无所知，中国国内生产出口佛龛的少数几家厂家也大多是生产佛龛初级产品。而且，不仅中国大陆生产出口日本佛龛的厂家情况是这样，日本佛龛经销商在从中国台湾地区和韩国进口佛龛的过程中也同样大多如此，即进口初级加工产品，然后在日本国内再进行最后的成品加工工序。

张果喜只知道，日本佛龛成品加工制作工序中，有几道关键工序是十分有难度的，比如上色和鎏金工艺，掌握这些工艺的技师，人们尊视为大师级技师。

"那可不可以从日本聘请技术人员到余江县？这样，我们就可以在余江县直接生产佛龛成品。同时，还可以向余江工艺雕刻厂技术人员传授技艺。"

依照当年试制雕花樟木套箱的思路，张果喜设想：从日本聘请工艺大师，指导、把关并向工人传授佛龛成品制作的工艺，从而使得余江工艺雕刻厂掌握佛龛成品制作的关键工艺。

令人欣喜的是，张果喜的这一想法，在日本东京佛龛经销商的大力帮助下，很快得以实现，以高薪从日本聘请了一批拥有佛龛成品制作精湛工艺的技师，来到余江工艺雕刻厂工作和教授技艺。

同时，张果喜从长远考虑，余江工艺雕刻厂必须掌握佛龛成品制作的精湛工艺，就必须培养自己的技术人才。为此，张果喜在从日本聘请技师来余雕的同时，又选派余雕的技术工人前往日本学习。

就这样，在张果喜不懈的努力下，余江工艺雕刻厂终于实现了直接生产佛龛成品出口日本的设想。

1982 年下半年，余江工艺雕刻厂生产的第一批佛龛成品成功出口日本，产品赢得了市场的高度赞誉和强烈反响，从而一举打响了自己在整套佛龛成品生产上的知名度。

至此，余江工艺雕刻厂也成功实现了第一次产品升级。

这一升级，又更加助推了余江工艺雕刻厂在日本销售渠道的纵横开拓，对余江工艺雕刻厂的快速发展具有极为重要的意义！

由于整套佛龛成品生产所打开的局面，余江工艺雕刻厂随即又在日本成功开辟了更新的市场。加之，销量越来越大的家具生产，余江工艺雕刻厂的生产、销售越来越繁忙，工厂的人数也不断增加。

在这样的发展形势之下，余江工艺雕刻厂一些新的问题也随之出现：产品订单数量越来越多，生产紧张程度逐渐增大。因为工人按时上班、下班，要组织加班生产又很难，以致造成一些产品供货不及时。还有就是生产快了难免出现"萝卜快了不洗泥"的情况，一些产品质量问题也开始暴露出来。

同时，全厂上下一派忙碌中又似乎显得忙乱。

特别是，对于厂里"干好干坏都一样、干多干少一个样"的问题，不少工人也逐渐产生了意见，甚至，还有工人在工作中产生明显的抵触情绪。

这一切，张果喜已看得越来越清楚。

必须要改变这种状况！

"最重要的，就是既要调动大家的积极性，同时又还要形成严谨的自觉性。"张果喜在深思中终于找到了解决问题的关键所在。

张果喜认为，调动全厂职工的积极性，那首先就必须要解决"干多干少一个样和干好干坏一个样"这一关键问题。

众所周知，计划经济体制下形成的工厂管理制度中，只要是在工厂上班的工人，按照相应的级别拿工资，每天按照一成不变的定量完成工作，多干完全靠个人的觉悟，也没有奖励这些东西。全国各地这样的工厂管理体制，在改革开放最初一段时间里依然如此。

"只要干多干少、干好干坏一个样的情况能得到改变，那结果肯定会不一样！"张果喜提出，余江工艺雕刻厂就是要从打破"三铁"（铁饭碗、铁工资、铁交椅）入手，把大家的积极性都调动起来。

随后，在张果喜的主导下，余江工艺雕刻厂关于实行"多劳多得""考核标准"和"能上能下"的一整套改革方案出台了。

新实施的改革方案中，余江工艺雕刻厂一改过去大家拿固定工资的老规定，全面实行浮动工资，即职工的工资收入由基本工资和绩效工资组成，绩效工资，则由产品计件工资、质量级别工资、奖金和生活津贴构成。

比如车间一线工人，基本工资是一个基数，这个是固定的。另外按生产量来累计，生产一件合格产品得多少钱，这是计件工资，生产越多，所得越多，不封顶。同时，又根据每位工人工作的质量情况实行分级，共分六个级别，每位工人的工时按级别得到不同的收入。

再者就是实行新的奖金发放制度。不再同一般工厂按月发放工人奖金那样，而是根据平时生产数、质量级别、出勤等多方面综合考核，实行年终奖金制度。这一项，工人平均年终奖可达到相当于其月工资2至3倍的数额，而高者则可达到相当于其月工资3至5倍的数额。

在改革新规中，除了这一系列激励机制，还有纪律制度。

张果喜认为，奖罚分明的制度不但是形成工厂严谨风貌的保障，也是对激励机制得以扎实实行的保证。

奖罚分明的考核，在产品质量上实行考核标准。工人生产了不合格的产品，不仅拿不到这件产品的计件报酬，反而要按照一定比例赔偿所消耗的原材料，而且奖罚当场不含糊，要坚决兑现。

这一措施，使得确保产品质量的问题迎刃而解。

奖罚分明的制度体现在全厂人员的纪律上面，从上下班时间，到请假规定，甚至对进厂年轻女职工的婚姻生育等方面都有详规：每迟到5分钟罚款2元，每月只有月头、月尾两天假，女职工进厂3年内不准结婚，婚后两年才能生育……

此外，和其他工厂一样，余江工艺雕刻厂不管是一个生产小组的小组长还是工厂各个岗位上的管理人员，只要没有特别大的问题，一般也都是稳住"铁交椅"的。而在实行新的改革规定后，凡是生产或质量抓不到位的或者是违反管理规定的，那立马就要换人，由有能力的人来接替。

这"三板斧"中的每一条每一款，不但让人听起来格外新鲜，而且关系到厂里每个人的切身利益。因此，当改革方案一经公布，立即在余江工艺雕刻厂引起极大反响。

干得多、干得好，自己得到的报酬也就多，这叫谁都高兴啊！

新的规定一执行，全厂上下的面貌在很短时间里就发生了立竿见影的大变化。

过去碰到赶时间生产，副厂长催车间主任，车间主任催组长，组长催工人，而现在每个人都是精神十足地自愿干，加班加点地干。

如果说奖励的规定好执行，那惩罚的规定一开始就要拿得下情面，后面才能很快得到大家的高度重视。

在执行这些规定时，张果喜首先从自己家里人的严格遵守做起，然后再是厂里所有人都一视同仁。

有一次，张果喜在厂里担任车间主任的亲哥哥上班迟到了，张果喜得知后，毫不客气地当场免掉了他的职务。

一些生产第一线的工人，一开始对厂里实行改革的认识程度不深，潜意识里的质量这根弦绷得还不是很紧，但他们几乎人人都因此受过罚，而且都是当场兑现。

但与此同时，张果喜也强调把思想工作做在前面，把改变全厂出现的这些弊端上升到关乎余江工艺雕刻厂生存发展的前途命运的高度。

动之以情，晓之以理，全厂上下很快接受了这种看起来十分"残酷"的做法。

一段时间过后，改革措施在余江工艺雕刻厂得到了实实在在的效果——生产效率大幅度提升，产品合格率迅速上升。

张果喜砍下的这"三板斧"，让人人都心服口服。

余江工艺雕刻厂的内部改革效应，随后又在外部逐渐显现出来。

由于生产组织和管理有条不紊，生产效率和服务质量大幅度提升，余江工艺雕刻厂深受国内外客商信赖，声誉越来越好，产品订单纷至沓来。

同时，上门主动来考察和订货的中外客商渐渐络绎不绝。

为了进一步确保和提升佛龛产品质量，张果喜还从余江工艺雕刻厂分批挑选技术人员，分期派往日本学习交流，逐步形成了余江工艺雕刻厂佛龛产品的强大技术力量队伍。

尽管上海进出口公司对余江工艺雕刻厂的产品免检出口，但张果喜仍坚持厂里实行三检制，严格把关。每批产品出厂，他一箱箱检验，一件件过手，有时人在上海，厂里遇到发货，他也非要赶回来亲自检查产品质量。

张果喜视之为工厂信誉生命的产品质量，更是成了中外客商们心中的"金字招牌"！

有一次，一位新近成为"余雕"合作客户的日本客商来到余江工艺雕刻厂实地考察时，一开始就向张果喜反映产品的质量问题。

"你们的佛龛产品，运到日本后就散了架、断了梁……"这位日本客商与张果喜几句寒暄过后，对张果喜"发难"并且提出索赔的要求。

张果喜认真倾听着，然而在这一过程中，他却始终一言不发。

"请您跟我来。"待日本客商言毕，张果喜十分礼貌得体地对其说道。

张果喜把这位日本客商带到了佛龛产品的包装车间。

"我们的佛龛就是在这里进行包装，您请看，第一道工序就是要对准备包装的佛龛再次进行仔细检查，确保没有任何质量瑕疵……然后这里进行的是第二道工序，对产品进行内包装，内包装是十分细致的，又有几道工序，同时几个人把关……再接下去是外包装……"

在包装车间，张果喜按照包装工序的先后，向日本客商一一作详细的介绍讲解。

走出包装车间，张果喜随后又将这位日本客商领进了一间硕大的成品仓库。

"这里都是包装好的佛龛成品，都是准备启运的，您请随便挑出一箱，我们来测试一下，看看包装好的佛龛是否会出现您所说的散架、断梁或是其他部件损坏的情况。"原来，张果喜先带这位日本客商看包装车间，再进成品包装车间，是要让其眼见为实。

日本客商从码放整齐的佛龛成品中随意挑出了一箱。

张果喜找来两条长木凳，让几位工人站到长凳上，一起把日本客商挑出的那箱佛龛高高举起，然后又一齐放手，让箱子摔向地面。

"砰！"

沉重的大箱子，从足足有2米多高的上方重重地摔在了水泥地面上。

"再重复来一次！"张果喜向工人吩咐道。

沉重的箱子再次被高高举起，转而又重重地摔落在坚硬的水泥地面上。

这一次，包装箱的外表被震裂出了好几道裂口。

"哎呀，砸坏了……"一旁的日本客商看到这样的情景，不禁下意识担忧地叫了一声。

"现在请您打开包装，检查箱内的佛龛是否有损坏。"一旁的张果喜热情礼貌地邀请日本客商亲自开箱查验。

日本客商应允。

"里面的这佛龛，一丝一毫都没损坏，这真是不可思议！"在打开整个包装箱，对佛龛仔仔细细检查一遍过后，日本客商如此惊喜地说道。

与此同时，他还情不自禁地伸出了大拇指！

再看站在那里的日本客商，竟面红耳赤起来，一百个不自在的神情。

显然，在事实面前，日本客商是为一进厂就质疑"余雕"佛龛产品的质量一事，感到无言以对。

"走！我们到接待室喝茶去……"张果喜只字不提产品包装质量一事，转而一声爽朗的邀请，顿时打破了这尴尬的场面。

说来也巧，时隔不久，张果喜出差日本，在东京参加的一次酒会上，碰巧遇见了这位日本客商。

"这次趁我来日本出差，打算去贵公司复查一下上次损坏的佛龛，以便我们向贵公司做出赔偿！"张果喜在敬酒时，故意向其提起佛龛受损一事。

尴尬的旧事再次被重提，让那位日本客商一时局促不安起来。

"张先生您太认真了！其实那损坏的佛龛，不是贵厂的产品，而是其他国家工厂的产品……"日本客商连忙赔笑着向张果喜说道。

这件事，经那位日本客商在日本国内同行中相传后，迅速得到了许多佛龛产品经营同行对余江工艺雕刻厂实力的高度认同。当然，在随后经营打交道的过程中，一得知是张果喜，那些日本客商总是立即就对张果喜倍加信赖。

这种来自心底的过硬底气，让余江工艺雕刻厂良好的市场信誉与日俱增！

张果喜已熟稔瞬息万变的国际市场，他深知不但要有高质的产品，而且还要准时交货，才能树立商业信誉，赢得买方信任，从而赢得业务。

1983年10月的一天，江西南昌，天气已经很凉爽了。

然而，这一天坐在江西宾馆会议厅里的张果喜，却感到一阵阵焦躁不安，只穿着衬衣，额头上仍渗出了汗珠。桌子对面，坐着日本野村贸易公司的商业代表奥村和夫先生。他们正在洽谈一笔佛龛业务。

"请按这六种样品各复制一件试销样。"奥村先生从皮包里取出尺寸、图案不一的佛龛部件。

国内的许多工厂，一般是没有先做试销样这道工序的。管他顾客心理，管他能否卖出，上头下命令，下面猛生产，至于产品积压，反正损失在国家。张果喜长期同外商打交道，早就熟悉了国外的生产程序，奥村的要求，他并不惊讶。然而时间，时间！奥村第二天下午三点五十分就要离开南昌回国了，而样品此刻还在自己手里，工厂则在一百多公里外的余江。很明显，这次不能及时拿出复制品，奥村有可能把这笔业务转向中国台湾或韩国。怎么办?

张果喜脑子里飞快地计算着时间。突然，他眉毛一挑，爽快地说："可以，明天送样！"

洽谈紧张地继续着。价格，一点一滴地争执；合同，一条一款地讨论；时间，也一分一秒地溜走。直到下午六点多，双方才满意地站起身来。

转身，张果喜一溜小跑，冲出宾馆——"一定要赶在明天下午三点五十分之前把样品送到南昌，一刻也不能耽误！"

张果喜在心里告诉自己，要开车以最短的时间赶回余江工艺雕刻厂。

厂里的黑色上海牌轿车，像离弦的箭飞向余江。张果喜紧握着方向盘，不时瞟一眼手表，他忘记了今天一天只吃了一碗面条，盯着路面，不停地踩油门。

晚上九点多，余雕厂的工人宿舍响起了张果喜的大嗓门："设计组的同志都快来！"厂设计室，灯光亮了一个通宵，又接着亮到第二天中午，张果喜不眨眼和大家一块干了15个小时。

六件不值钱的小东西，花这么大气力去干，光往返汽油费就一百多块，值得吗？更何况，还不知道这样品做出来了对方最后会不会和余江工艺雕刻厂达成业务合作。

可张果喜没考虑这些，他又跳上汽车，风风火火开往南昌。他心里想的是，不去努力争取，哪里来的业务，既然要争取业务，那就要对别人讲信用。

终于，在奥村先生所乘离开南昌的那趟火车临开之前的半小时，张果喜把货样送到了他的手里。

不久，奥村从日本寄来了签好的合同，这是一笔七八万元的业务。

第二节　合纵连横决胜国内外市场

从佛龛初级产品生产到整套成品生产，余江工艺雕刻厂在改变自己出口日本佛龛市场的产品结构同时，也不断拓展着产品的市场占有率。

但面对这样的喜人局面，张果喜却反而渐渐感到焦虑起来。

他仿佛越来越意识到了一种隐隐的危机感，于是他提出，要加快国外国内市场发展脚步。

张果喜何来此等大气魄，在小小的余江县城，对远隔千山万水的国际市场运筹帷幄、指点江山？张果喜又怎能如此充满自信，对生意做得还并不算大的余江工艺雕刻厂，一下子就敢把市场铺的摊子铺得那么远那么大？

在国内国外市场的同步快速崛起过程中，对于张果喜这样的大手笔扩张，也有不少人为之捏了一把汗。

甚至在余江工艺雕刻厂，有人也担心会因市场扩张太快反而会出现南辕北辙的结果，向张果喜提出"还是要把步子走得稳当一些为好"的建议。

对这些，张果喜心里其实十分清楚，但他也十分明白，大家都是为了厂里发展好，而且，他们的担忧也好、谨慎也罢，也并不是没有道理的。

但是，让人们想不到的是，张果喜的担忧非但不是市场扩张太快了，反而担忧的是余江工艺雕刻厂的规模扩张还慢了。

"现在日本佛龛市场的情况正在发生很大的变化，如果我们不赶快把步子迈得再快一些，只恐怕过不了一两年，我们在日本不但扩大不了市场，而且就连这些年用心良苦打出来的市场也要丢掉了！"

原来，一段时间从日本佛龛市场汇聚来的信息，越来越让张果喜感到形势紧迫。

"这是什么原因呢？大家晓得吗……"张果喜语顿之际,大家一脸茫然。

"那是什么原因呢？"有人试探着向张果喜问到。

"现在，世界各地贸易往来越来越密切了，这几年里这是一个新趋势，这个趋势发展得很快！"张果喜解释道，"现在，韩国和台湾地区的不少佛龛生产厂家，正不断通过各种销售渠道，在向日本佛龛市场渗透，我们不能不看到，人家有人家的产品、销售和服务优势，要不，他们的佛龛产品怎么在日本很多地方的销量增长得那么快呢！"

　　听完张果喜对日本佛龛市场的深入阐述和分析，全厂人豁然开朗。

　　扩大日本市场，势在必行，否则，"余雕"产品在日本的销售市场就会逐渐萎缩，就有可能在日本市场站不住脚。

　　情况明晰，可关键是拿出准确的应对之策，也就是说，怎样在竞争越来越激烈的日本市场牢牢确立"余雕"产品的主导地位，并在此基础上不断扩大市场的销售份额。

　　为此，在确立要彻底改变"余雕"产品在日本市场的销售格局后，张果喜带领负责国外市场销售的人员飞赴日本，对日本佛龛销售市场的情况展开深入的调查。

　　在马不停蹄地实地走访了日本各地市场，真诚拜访了各地的佛龛产品经销商之后，张果喜渐渐有了一个重大发现：在日本各地，佛龛市场基本处于互不关联的状况。

　　这种市场销售情况的一个重要特征即是，产品生产厂家和经销商几乎都是直接经销关系，厂家在什么地方找到了代理经销商，那市场就覆盖到了那个地区。

　　更为重要的是，厂家的产品在某个地方的经销状况如何，在很大程度上与当地经销商的支持力度、经营能力息息相关。

　　"能否改变'余雕'佛龛产品在整个日本市场的销售格局，关键就是要看是不是能改变日本佛龛市场销售的这种现状。"张果喜决定从形成新的市场布局入手，突破"余雕"佛龛产品在整个日本市场的销售形势。

　　在这样的思路主导之下，张果喜开始思考销售渠道的重新布局。

"扩大市场份额，在一定意义上来说，就是首先要扩大经销商。那么，我们能否通过一家代理经销商又发展出另外的代理经销商这样的方法，来扩大我们产品在日本市场的占有率？"张果喜认为，这种模式完全可以行得通。

于是，张果喜找到日本佛龛经销市场的行业株式会社，得到了他们的认可。

随后，日本十个商社的社长组成的考察团，专程来到江西余江县，对余江工艺雕刻厂进行实地考察。

在余江的几天考察过程中，这十个日本商社负责人不仅为"余雕"的雄厚实力而由衷赞叹，而且，所见所闻让他们无比坚信，联合代理经营"余雕"的工艺产品是十分正确的选择。

这次考察结束后，日本十家商社达成一致意见，在日本共同成立"佛龛界经销协会"，由"佛龛界经销协会"与张果喜签订经营合同，长期经销余江工艺雕刻厂生产的佛龛及木雕漆器产品。

这样一来，"余雕"的佛龛及木雕漆器产品，在日本就有了十分稳定的销售渠道。

更为重要的是，这十家分布于日本各地的商社均是在日本国内经营佛龛及木雕漆器产品具有一定实力和影响力的商社，而且这些商社在某一区域都形成了覆盖面较广的销售渠道网络。其中就有日本大和株式会社客商西康富、在日本有着"天下雕刻第一家"称誉的廖俊等。

同时，其他日本宗教产品的经销商也希望与余江工艺雕刻厂建立业务往来，由此余江工艺雕刻厂又丰富了出口产品的种类。

如此，通过日本佛龛界经销协会这一渠道，余江工艺雕刻厂在日本的各级销售网络迅速扩大，基本覆盖到了日本各地市场。

纵横捭阖，决胜于千里之外。

"我们要通过国外市场的不断辐射，占领更广阔的国际市场！"

张果喜乘势而进的胆略和开阔眼界，也得到了国家轻工业部、江西省外经贸部门等国家和省级部门的热情鼓励和大力支持。从 1985 年前后开始，张果喜频频出访美国、加拿大等国，考察工艺雕刻品及家具市场，洽谈产品销售与共同投资建厂等多层次合作。

在此过程中，张果喜又精心谋划，形成了以香港为窗口，面向世界，以日本为基点，辐射韩国，以德国为龙头，带动西欧市场，进军洛杉矶，开发北美市场的国外市场发展新格局。

家具市场方面，张果喜在抢先于上海设立家具销售点，成为第一个在上海领取营业执照的江西家具企业的成功基础上，继与江西省的四家行业主管部门开展横向经济联合之后，1984 年，张果喜又在余江成立江西省鹰海木制品经营公司。

通过带料加工的合作方式，江西省鹰海木制品经营公司逐步在上海、江苏、浙江等省市选点生产销售适合当地需要的家具、文教体育、医疗卫生、玩具等日用木制品和工艺品。32 个木制品合作生产分厂，生产人数达到 4000 多人。这样，余江工艺雕刻厂慢慢就形成以上海为轴心，以沪宁沿线为依托，辐射京津地区的家具生产销售网络。

由于家具等木制品款式新颖，油漆光洁度强，工艺水平高，江西省鹰海木制品经营公司的特约经销部开到哪里，就红火到哪里。

例如，1984 年 9 月，江西省鹰海木制品经营公司无锡特约经销部开业。近一个月时间，引起了该市街头巷尾、厂矿车间和机关学校的热议。在门市部展厅里陈列着的，有高档成套雕刻家具和名扬世界精湛的木雕工艺品、屏风、大小套雕刻樟木箱、咖啡台、箱橱、茶几等等。在彩灯的映照下，来此参观和选购的顾客犹如走进了"荣国府"。无锡市的一位退休老工人在参观后这样说道："我已经 65 岁了，还没有看过这样好的家具和工艺品，这才是真正过得硬的技术啊，江西了不起！"

无锡市的各机关干部和市民，前来经销部选购和预订家具的络绎不绝。

一位从台湾回祖国定居的女士，事先在无锡市家具总厂预订了家具，当在江西省鹰海木制品经营公司无锡特约经销部看完家具样品后，立即退了在无锡市家具总厂预订的家具而选择订购江西省鹰海木制品经营公司的家具。还有一位机关干部，在无锡市家具总厂"开后门"批了一套家具，提货单已在手上正准备提货前，在江西省鹰海木制品经营公司无锡特约经销部看了这里的家具后，立即决定退掉那套"开后门"的家具，在江西省鹰海木制品经营公司无锡特约经销部选购了一套家具。

开业不到一个月，江西省鹰海木制品经营公司无锡特约经销部就销售了280多套各款家具。

在此基础上，张果喜还根据"内外联动，横纵联合"的这一主线发展思路，力促"余雕"进一步深化改革，通过广泛开展多种形式的横向经济联合，余江工艺雕刻厂在积极拓展国际市场的同时，同时又稳步开发国内市场。

1985年之后，余江工艺雕刻厂的发展，其形势之喜人，势头之猛，完全可以用"势不可挡、出人意料"来形容：

工人轮班倒，人轮休，机器不停。白天，厂里一片紧张有序的忙碌场景，而一到晚上，整个厂里则是灯火通明，同样是一派热闹忙碌的景象。

可是，"余雕"产品仍呈现出供不应求的喜人形势！

大部分时间的情况是这样：生产出来多少就能销出多少，产品出来后根本就进不了仓库，直接就在检验车间检验合格后就打包出厂外运。销往日本的成套佛龛工艺品和佛龛漆器工艺品，有一段时间，因为订单量超过了生产能力的数倍，以至于出现了不能按时供货的情况。

张果喜意识到，无论是从余江工艺雕刻厂在国内外的市场拓展而言，还是从当前因业务量猛增而出现产品供不应求的局面来说，扩大生产能力都已势在必行。

为此，张果喜果断决定，斥巨资增加生产线、扩大生产能力，引进管理、技术人才和先进设备。同时，新建一座现代化的产区。

由此，余江工艺雕刻厂面貌焕然一新，企业生产能力大幅度提升，其风格典雅的现代化新厂也成了余江县最引人注目的一道风景。

随后的情况证明，建新厂、扩产能和引进管理、技术人才和先进设备，这一步张果喜走得又对又及时。

数年之间，偏居于赣东小县的余江工艺雕刻厂，已打破了国内工艺雕刻的原有竞争格局。

此时的余江县，对于国内工艺雕刻市场而言，俨然已成了具有风向标意义的地方。也就是说，在一定程度上，余江工艺雕刻厂已成为整个全国行业里的标杆企业，一跃而成为国内外同行业中规模最大的木雕联合企业！

这不能不说是一个奇迹！

至今，工艺雕刻行业的同仁们在回忆当年的这种情形时，仍有不少人这样评说道。

上世纪80年代初，改革开放带来的外贸发展机遇，成为全国各地经济增长的一个新渠道。对此，江西省也十分重视对外贸型企业的扶持。

余江工艺雕刻厂出口佛龛产品的迅猛发展，引起了江西省外贸部门的高度关注，开始给予各方面的大力支持。

第三节　成就"天下雕刻第一家"

继20世纪80年代中期成功打入东南亚、北美、西欧等几十个国家和香港地区之后，余江工艺雕刻厂的产品又进一步在国际市场上开疆拓土，纵东西两个半球，横跨亚欧大陆。

在这一过程中，张果喜始终把重点放在产品的技术创新和新品的开发上。

不断提升工艺和产品创新的前提，必须要有一批拥有深厚技术功底的雕刻人才队伍。为此，张果喜广开门路延揽人才。同时由于余江工艺雕刻厂的声名渐起，从全国各地慕名而来的雕刻技艺大师也越来越多。

在技术上，余江工艺雕刻厂组成专门的技术研发队伍，对佛龛产品的生产技术不断改进，使得生产的佛龛系列产品在款式和造型上始终得以推陈出新。

张果喜尤其重视对雕刻技术的精益求精，余江工艺雕刻厂在前期已经形成的风格特点基础上，此后不仅在国内汲取了福建龙眼木雕、浙江乐清黄杨木雕、广东潮州金漆木雕等不同流派的技艺精华，而且，还结合日本等国家和地区的雕刻文化艺术特点，形成中外雕刻技法相互融合的技艺格局。

转益多师、博采众长，余江工艺雕刻厂慢慢形成了自己雕刻的特色：既来源于各木雕流派，又不拘于门派，不同于各派的范式，而是兼收各家之长并加以改进，以形寄托神韵，赋予古老的木雕技法以新时代的元素。

余江工艺雕刻厂形成的蔚为大观的雕刻艺术特点，也使得自身的雕刻技艺特色呈现出鲜明的亮点。"余雕"从无到有，逐渐自成一派，在全国的知名度开始叫响。

同时，在国外考察过程中，张果喜又发现中国漆器在日本、印尼、泰国等国际市场深受欢迎。于是，余江工艺雕刻厂继而又将产品拓展到漆器的开发生产领域。

自成风格的"余雕"各类木雕漆器产品，由此也逐渐受到国家关注。

余江工艺雕刻厂研发的出口木雕漆器，被列为国家"七五"星火示范项目，同时还荣获国家星火科技二等奖、首届全国轻工博览会金奖、中国实用新技术（泰国曼谷展）金奖等各种高规格奖项。

与雕刻技艺创新同步，余江工艺雕刻厂的木雕工艺品种类也不断丰富起来。到 20 世纪 80 年代末，余江工艺雕刻厂的木雕工艺品已形成 5 个大类，共计 2000 多个品种。

在东亚及东南亚地区的日本、韩国、印尼、泰国等国家，"余雕"的佛龛及配套木雕产品所占据的市场份额逐年快速上升。

特别是在日本，余江工艺雕刻厂的产品，战胜了资历深、技艺高的韩国和港台地区的对手，几乎垄断了日本的佛龛市场！

从佛龛初级加工工艺产品深得众多日本客商的青睐，惊喜打开了"余雕"稳健跨入海外市场的外贸发展之路，到成套佛龛工艺品、佛龛漆器工艺品在日本市场赢得美誉，赚取丰厚的利润，余江工艺雕刻厂得以迅速崛起。

从上世纪 80 年代中期开始，我国进一步鼓励外贸出口，在外贸管理上，逐渐从中央统一领导、统一政策、统一规划向中央和省分级管理、扩大地方和外贸企业的自主权转变，以此促进全国各地外贸经济的发展，同时提高外贸企业的积极性。

在这样的背景之下，余江工艺雕刻厂的发展，更是得到了江西省外经贸主管部门的大力支持。

"把余江建成新兴的木雕之县，让一部分人依托木雕龙头企业富起来！"

一个设想，也慢慢在张果喜的心里反复酝酿——以余江工艺雕刻厂为龙头，引领余江全县各乡镇大力发展工艺雕刻。

张果喜的设想得到了余江县委、县政府的积极支持。

于是，张果喜斥资 100 多万元，支援全县 14 个乡镇办起了木雕厂，还创办了全国第一所木雕技工学校，并设立了残疾人雕刻技术培训班。如今，那些木雕技工现已分布于全国各地。据不完全统计，在本地和外地办企业年销售额在百万元至千万元以上的木雕、家具大户就有数百家。

到 80 年代末，木雕产业已成为余江县的富民兴县产业之一，解决了大批下岗职工、城镇待业青年和农村闲余劳动力的就业问题。

余江工艺雕刻厂的崛起，在全省引起了广泛的关注。

江西省经贸委、体改委、轻工业厅、手工业联社、企业协会等部门也联合决定，在全省范围内发起向余江工艺雕刻厂学习的活动，将"余雕"作为典型榜样在全省学习推广。

此后，"全省集体企业学余雕"这一活动，连续开展了7年之久。

在这7年之中，余江工艺雕刻厂毫无保留地将摸索出来的经营管理经验，向前来学习观摩与考察的乡镇企业厂长、经理们认真予以介绍。与此同时，在繁忙的工作之中，张果喜想方设法抽出时间、挤出时间来向他们传经送宝。

凡是执着地追求事业的人，身上都有与众不同的素质，一种锐意求新的创造力，一种善于冲破束缚的能力。

正是凭着胆略和智慧，让张果喜和他的余雕厂赢得了十年的宝贵发展时间。这十年，有人在徘徊犹豫，有人在等待观望，而余江工艺雕刻厂悄悄地鼓足了羽翼，全面起飞了。

不到40岁的张果喜，以其非凡的勇气和坚韧的毅力，在没要国家一分钱投资的情况下，白手起家，独辟蹊径，带领全体员工艰苦奋斗，开拓进取，取得了世人公认的成绩，走出了一条中国民营企业独具特色的自我发展道路，为中国企业的发展提供了一套超脱传统的全新模式。

经过10多年锲而不舍的努力，余江工艺雕刻厂已从原来的仅有21名工人的作坊小厂发展成为具有一定经济实力、世界上规模最大的木雕联合企业，在国内外设10多家分公司，拥有近2000名职工，公司产值从1978年以来，实现了连年75%的强劲递增。

而在国际上，声名远播的余江工艺雕刻厂，更是被外商誉为"天下雕刻第一家"。

1988年，适逢我国改革开放十周年。

这一年 3 月，张果喜光荣地当选为第七届全国人大代表。

同时，张果喜还先后被评为轻工部和江西省劳动模范、江西省优秀共产党员、全国百名优秀青年厂长、全国"七五"建设作贡献十大杰出青年，荣获全国总工会"五一劳动奖章"等殊荣。1989 年，在庆祝建国四十周年的喜庆日子里，张果喜获得"全国劳模"称号并在北京出席全国劳模表彰大会。

为彰显一批在改革开放进程中有胆有识、敢闯敢干的企业家，尤其是取得事业巨大成功的优秀民营企业家，1988 年，值改革开放十周年之际，从中央到地方主流媒体相继推出各种形式的报道。与此同时，从地方政府到国家部委还组织开展了多种形式的走进民企看成果活动。

鉴于余江工艺雕刻厂传奇般地发展崛起声誉和广泛影响力，外交部组织了 68 个国家的驻华使节和夫人，来到余江工艺雕刻厂参观访问。

参观期间，驻华使节和夫人们亲眼目睹并在详细了解余江工艺雕刻厂的发展历程后，深为震撼，并纷纷签名留言，对张果喜给予了高度赞誉和由衷的敬意。

特摘录其中 3 位大使的留言，以飨读者：

我谨代表我和外交使团的同事们，向贵厂的领导、员工致以热烈的祝贺，祝贺他们所从事的出色的工作，并祝他们成功。

——苏丹驻华大使 马塔尔

祝贺贵厂做了大量的劳动组织工作，并以类似于保留、聘用部分身怀木雕工艺、经验丰富而熟练的手工艺技师为骨干，这样一种生产模式，取得了如此显著的效能。

劳动的分工、组合和专业化带来了丰硕的生产成果。

衷心祝愿乘开放好政策之东风，加上全体员工的奋发图强，贵厂前程似锦，灿烂光明。

——尼加拉瓜驻华大使　阿拉尼斯

我热烈祝贺这家天才企业的成就，这是中华人民共和国，也是全世界的一个宝贵经验。

我们希望和祝愿，在非洲，特别是在几内亚，能从你们的伟大经验中得到效益。

——几内亚驻华大使　阿索乌

特别值得一提的是，这一年，由江西电视台对外部拍摄的电视专题片——《今日余雕》，被中央电视台选送参加当年的苏联塔什干电视节，在国际上产生了广泛影响。

十多年里，国内外很多有影响的报刊和电视台、电台，均相继报道了张果喜及其企业创办和发展的业绩。

张果喜不但成了国内声名卓著的优秀企业家，也成了国际企业竞争舞台上的佼佼者。

他的名字，连续 3 年载入美国编辑出版的《世界名人录》。著名的美国《时代周刊》杂志，刊文对他进行报道，并将他誉为"中国的艾柯卡"（艾柯卡，美国著名企业家，20 世纪 80 年代，被誉为"美国商业偶像第一人"，曾先后担任福特汽车公司总裁、克莱斯勒汽车公司总裁）。

张果喜曾对《亚洲华尔街日报》的记者这样说："我的理想是想拥有一个新兴的在国际上可以称雄的大企业。如果人们把我称为中国的艾柯卡，或者称艾柯卡是美国的张果喜，那我将非常高兴。"

在读到美国《时代周刊》杂志及《世界名人录》关于张果喜的报道后，艾柯卡先生对张果喜深为敬佩。

后来，艾柯卡先生特意委托中国驻美国大使馆的大使，将自己的一本

143

传记——《艾柯卡自传》转赠给张果喜，并在传记的扉页亲笔签名留言："张果喜先生，从您的文章上看，我认为在不久的将来，会拜读到您写的自传，并有幸能引用您的话。"

如今，每当翻开这本《艾柯卡自传》，张果喜内心仍充满无限感怀。

第四节　三辞破格提拔副市长

20世纪80年代中期，率先在农村取得突破成功的改革，逐渐向广大城市进行扩展。

而此时，国家正在酝酿出台的《中共中央关于经济体制改革的决定》，开始将国企体制改革纳入城市经济改革的重中之重。

这实际也就意味着，市场经济从农村到城市，经历了从艰难破土萌芽、在夹缝中生长、在春风中勃发的曲折过程之后，终于以其初显成效的实践成果证明了自身的价值，取得了从允许存在、有益的补充到必要补充的地位，并逐步得到了社会各界的普遍认同。

改革开放，开始显现出其强劲之势，已经成为不可逆转的历史潮流。

在这一阶段，几年前还只是星星点点的个体私营企业，已开始呈现出雨后春笋般的发展之势。

全国各地的乡镇企业，也在此时开始蓬勃发展起来。

个体私营等非公有制经济不断发展壮大，乡镇企业的异军突起，已经成为社会主义市场经济的重要组成部分和促进社会生产力发展的重要力量。与此同时，如何鼓励、支持和引导非公有制经济实现健康快速的发展，也成为经济发展中的一个重要课题。

报纸上、广播里，后来还有电视上，常常刊登和播放那些发家致富能人的事迹。而这些事迹的主人公，有靠摆摊发家的城市个体户，有靠搞运输发财的农民，后来，更多的是那些历尽艰辛，创办私营企业的人们……

在整个社会的主流价值观中，对于个体私营经济曾因历史原因而根深蒂固的那种偏见，正在一点点地消融。

犹如初春而来，乍暖还寒的空气中，让人真切地感受到了夹杂其中的清新气息，给人满怀喜悦的欣然与舒畅。

于是，一些厂长、致富能手和个体经营者们，开始越来越得到社会的尊重和认可。他们中的不少人还成了社会明星式人物。

比如，曾经名不见经传的浙江海盐衬衫总厂，80年代初在厂长步鑫生率领下实行全面改革。步鑫生的许多做法，在当时都是极富创新精神和勇气的，例如实行"上不封顶，下不保底"的奖金制度。改革给浙江海盐衬衫总厂带来了巨大变化，企业得到飞速发展。步鑫生本人，也因此一时成为改革的明星、全国学习的典型。

还比如，曾经创造了"一包就灵"神话的马胜利，更成了全国学习的热点人物。

1984年，石家庄造纸厂的业务科长马胜利，他承包了石家庄造纸厂并扭亏为盈。马胜利被公认为是中国第一个提出"打破铁饭碗、打破铁工资"的人。他创造的"一包就灵"的神话，在全国家喻户晓，因为为企业扭亏为盈提供了行之有效的企业经营方式，全国各地也迅速掀起了"向马胜利学习"的热潮。

再就是，全国很多地方开始鼓励个体私营经济发展，那些过去往往被人们有些看不起的个体户、私人老板，逐渐成为当地的能人。他们中的不少人，被当地政府树立为典型人物，受到大张旗鼓地表彰。

到1985年，张果喜的资产已经达到3000万美元，毫无异议地成了改革开放之后大陆第一位农民亿万富翁。

江西余江县出了个农民亿万富翁张果喜——当这样的消息一经出现在报纸杂志上，其引起的巨大社会反响可想而知。

而对余江县和鹰潭市而言，张果喜在当地的广泛影响力，不仅仅因为其雕刻厂办得红火、成了全国第一位农民亿万富翁，更在于张果喜的余江工艺雕刻厂对当地雕刻产业的特殊贡献。

在余江工艺雕刻厂快速发展的过程中，张果喜一方面因为企业对雕刻技术人才和对扩大雕刻产品生产能力的需求，一方面还希望带动余江县和鹰潭地区乡镇企业的发展，他创办了雕刻技术培训学校并与一些乡镇合作办厂，使得余江县和鹰潭市一些乡镇雕刻厂快速发展起来。

而余江工艺雕刻厂和其他乡镇雕刻厂的快速发展，不仅成了余江县和鹰潭市当地经济发展的亮点，而且还带动了当地农村剩余劳动力的就业。

由于张果喜在企业管理和经营方面的出色才能，对当地经济发展特别是为当地个体私营经济和乡镇企业发展所作出的贡献，以及他具有广泛影响力的社会声誉，使得他越来越受到余江县和鹰潭市党委政府的重视。

1985 年的秋天，张果喜怎么也不会想到，他竟会几乎在一夜之间成为全国家喻户晓的知名人物。

然而，他更没想到，自己还竟然成了鹰潭市政界关注的一位热点人物。

1985 年，一个消息几乎一夜之间就在余江全县传开——组织上要让张果喜去鹰潭市当副市长！

消息一经传开，在整个余江县的街头巷尾，几乎人人都在猜测、打听、热议此事。

出现这样的情况，一点都不难理解：私营老板当政府官员，谁都未曾听说过！

然而，这个消息又的确是千真万确。经组织上研究，拟决定将张果喜破例提拔为江西省鹰潭市副市长！

这不仅在鹰潭地区是破例，就是在整个江西乃至全国也是开先河之举。

这种政治关怀和待遇，对于任何一个私营企业家都是难以置信的，更何况，这样"破天荒"的政治关怀和待遇，还是落在一个农民出身的民营企业家身上！

消息传到余江工艺雕刻厂，整个厂里的干部职工无不惊喜激动！

余江工艺雕刻厂的每一个人，这样的消息怎么不令他们惊喜激动，但他们的内心深处洋溢着的，则更多的是无比自豪的情感。

其实，当组织上的研究意见刚一出来，张果喜就正式接到了这个消息。

"破格提拔我为鹰潭市副市长？！"接到消息的那一刻，没有任何心理准备的张果喜，同样突然感到难以置信与惊喜！

仿佛有一股巨大的暖流，在张果喜极为不平静的心间久久涌动。张果喜内心深知，这是来自党和政府对自己的莫大肯定、信任与关怀。

是啊！且不说从一个私营工厂厂长到将成为一市之长的变化，这没有任何思想准备或者说这从未去想过的人生角色的转换，竟来得如此突然。单就几年之间，自己已从一位曾受批判的对象转而逐渐成为受到党和政府关怀重视、社会尊重群体中的一员，想到这些，张果喜难以抑制内心的万端感慨。

一连数日，张果喜都沉浸于这样的心境之中。

与此同时，还有来自人们热情的祝贺、关切的鼓励以及络绎不绝的赞许钦佩之情。

然而，每当夜深人静，思绪平静下来，一种复杂的情绪却总是涌上张果喜的心头——面对自己即将要在厂长与市长之间做出选择，他内心充满着纠葛：不辜负党和政府的信任与关怀，那自己就要毫不犹豫地接受组织上对自己从政的人事安排，将来在鹰潭市副市长的岗位上为鹰潭经济社会的发展去倾尽全力；而弃商从政，那则意味着自己不得不与历尽千辛万苦创立起来的余江工艺雕刻厂挥手作别，那无论是在情感深处还是在人生价值取向上，都是一种无法割舍的事实。

这样的纠葛缠绕在张果喜内心深处，在从政与经营企业这两个选择上，他陷入了两难。

然而，张果喜又必须尽快做出抉择。

很快，组织上对张果喜破格提拔的考察程序进入到了组织谈话环节。实际上，对于张果喜前期的考察工作已经基本结束，鹰潭市也把意见报请到了江西省委、省政府且得到了同意。

接下来，就是履行征求张果喜个人意见的程序了。

这一天，张果喜接到组织上的通知，次日，组织上的同志将与他进行谈话。

"自己对党和组织要百倍忠诚，不辜负党和政府的信赖与关怀，自己就要讲实话、实事求是……自己最真实的想法、最客观的个人实际情况，那就是，如果自己去当了副市长，也许结果有可能是，市长会当不好。"

张果喜深知，自己的长处和短处在哪里。

"每个人的爱好志向不一样，追求也不一样，我能把一个企业搞好，不等于说我能把一个鹰潭市搞好，因为我原来所从事的，所了解的，所学的都是搞企业管理。从企业来讲，我刚刚描绘一个蓝图，只有一个轮廓，颜色正在一笔一笔地上，企业不能离开我；从我个人来讲，我爱我这个企业，所以我坚定不移地毅然留在企业。"这一次，张果喜对组织表达了自己的这番诚恳陈辞。

张果喜对组织上的亲切关怀和有意培养，心怀深深的感激之情，但他坦率而诚恳地辞谢了组织上对他的提拔。

之后，鹰潭市委组织部门就提拔张果喜担任鹰潭市副市长问题，又先后两次找张果喜谈话。但最终，张果喜还是婉拒了。

张果喜三次辞谢担任副市长，这在余江县和鹰潭市当地，一时成了人们热议的话题。

"人生为一大事而来，做一大事而去。"这是陶行知的名句，也是张果喜奉为人生前行目标的一句格言。

在张果喜心底，他的大事就在民营企业这方广阔的发展天地。

第六章
开启“二次创业”新征程

在张果喜向着更为高远的人生与事业目标，义无反顾地跋涉前行的过程中，1993 年无疑是具有转折意义的一年。

这一年，一件发生在中国天文学领域的事件，却产生了远远超出这个领域之外的震动效应，成为备受国内外关注的新闻事件——鉴于张果喜在创办企业中的非凡气魄胆识，以及为社会公益事业所作出的杰出贡献，1993 年 6 月，国际小行星委员会将国际编号为“3028”的小行星以他的名字进行命名，他由此而成为中国企业家群体里的“摘星第一人”。

这次新闻事件中的焦点人物张果喜，在中国再次成了几乎家喻户晓的人物，在全世界也声名远扬。

这一年，面对改革开放十余年来中国产业大潮的迅猛发展之势，张果喜审时度势，沉稳果断地做出了奠定他今后在中国民营经济发展历史上产生举足轻重影响力的做大决策——在把木雕产业进一步做大做强的基础上，进军其他产业项目。

以此为分水岭，张果喜迈出了"二次创业"的新征程。

张果喜在冷静分析企业发展的内外部环境之后，清醒地意识到，要使企业在强手如林的市场竞争中稳健地占有一席之地，保持长盛不衰，必须利用企业多年来积累的资金和管理经验，再上新项目，拓宽发展领域。为此，他开展了以"调整产业结构，扩大发展规模，提高整体素质，再塑企业形象"为内容的"二次创业"。按照长期、中期、近期项目发展规划，张果喜瞄准高新技术、旅游等产业结构，以余江县为中心，先后在深圳、东莞、厦门、上海、海南等地新上了化工合成材料、高科技电机、酒店旅游、高档保健酒、房地经营与开发、金融等一批具有发展前景的项目。

在"二次创业"过程中，张果喜高瞻远瞩，在发展中调整，在调整中提高，始终以一流的目标和不断创新的理念稳健推进着这些项目。

由此，果喜集团的发展在中国改革开放大潮的纵横激荡过程中，不断开拓出新的发展空间和行业领域，逐步实现了由劳动密集型产业向技术密集型产业结构的转变，踏上了现代化管理、多元化经营、集约化发展的创新奋进之路。

第一节 "人生为一件大事而来"

改革开放刚刚走过第一个十年的历程，张果喜以那般令人注目的姿态，登上了中国民营经济正磅礴崛起的宏大舞台。但沉稳低调并已在心里开始酝酿着成就一番人生大事业的张果喜，也在此时，开始把目光投向了更为壮阔的远方。

——题记

无论是思考企业的经营业务问题，还是考虑雕刻厂的整体发展，张果喜总是习惯于立足现实而又放眼长远。

这是张果喜的性格和思维方式使然。

但同时，企业的日渐壮大发展，也悄然促使着张果喜对自己未来的人生事业发展进行更深远的思考。

在余江工艺雕刻厂以惊人的速度发展，稳健崛起于海内外雕刻工艺品和家具大市场的过程中，鲜有人知晓，宏大的人生事业目标，也渐渐在张果喜的内心深处生发。

在 1989 至 1990 年这一年间，张果喜越来越真切地感受到，自己对于余江工艺雕刻厂发展现状，有一种强烈的突破渴望。

张果喜内心的这种强烈渴望，既是来自于余江工艺雕刻厂本身发展过程中的扩张需求，又是来源于改革开放不断推进过程中，时代发展所带来的产业发展的种种变化。

与此同时，在近 20 年办企业搞经营的过程中，张果喜对于市场出现的各种变化，总是能敏锐地洞察到挑战和机遇。

正是基于这些原因，因此，对于 80 年代末期逐渐出现的种种市场变化，就不可能不引起张果喜的高度关注。

这一变化即是：在改革开放历经十年的发展过程中，随着国家整体经济的快速发展尤其是民营经济的快速发展，各行各业的市场竞争也不断加剧，过去因商品供应异常短缺而造成的某一行业产品根本不愁销路的现象大为改变。而且，在很多行业当中，一些传统产品面临着压力越来越大的市场竞争。尤其是那些技术、生产工艺和设备落后的企业，更是感受到了生存的紧迫感。

改革开放仅仅 10 年时间，我国经济社会各个领域发展呈现出巨大欣喜的变化。曾长期困扰计划经济国家的商品数量"短缺"现象基本消除，能源、交通运输与邮电通讯、重要原材料等基础产业和基础设施得到了快速发展，农业持续稳定增长，瓶颈产业制约经济增长的现象得以缓解。

对民营企业来说，过去那种"生产什么都可以卖出去、生产多少就能卖出多少"的日子，渐渐开始不复存在了。

这一切的变化，都在张果喜锐敏的目光之中。

然而，另一种风云激动的变化又在张果喜的眼前呈现出一片广阔的天地——国家改革开放政策推进之下，各种新行业、新市场和新机遇正不断涌现。

这样的机遇，也同样逐渐进入到了张果喜的视野之中。

"如今发展的天地已如此广阔，我们当继续立足于工艺雕刻这一领域的同时向着更广阔的产业方向发展！"专心致志埋头于佛龛漆器和家具生产和经营整整十年的张果喜，由此第一次把目光投向了更壮阔的远方。

他决心要在新的产业领域再次成就一番更大的事业！

如果说第一次创业是为了找碗饭吃，求得生存，那么，现在张果喜想要实现的，就是人生事业的激情与梦想！

正如张果喜后来这样总结他两次创业的关系时所说："因为第一次创业产业局限相对窄，好比是'湖'，湖虽大，仍然有边；随着产业的多元化，第二次创业可以说是'江'，开始走得更远做得更大；而现在，二次创业正全面进入成熟期与收获期，果喜集团产业化也渐入佳境，这时又好比是'海'，我希望把事业做得无边无际、无穷无际。"

是的，张果喜希望，将来自己能把企业做得无边无际、无穷无际！

而且，张果喜认为，余江工艺雕刻厂十年发展的厚实蓄积，为第二次创业已打下了坚实的基础，实现未来把企业做得"无边无际、无穷无际"的目标，也有现实的可能！

"必须要把目光看远一些，牢牢立足于工艺雕刻这一领域，同时又开始突破发展的局限性，这也是我们企业自身发展形势所需！"张果喜认为，如此还解决了余江工艺雕刻产业发展单一的问题。

从一只雕花樟木箱开始，余江工艺雕刻厂的出口木雕漆器和家具，逐渐做大做强，直至建立起了在行业里"木雕王国"的地位。先富起来的张果喜，从没有收手做个"富家翁"的想法。他心底潜藏着壮志——"来世间一趟，就要看看自己究竟能干多大的事！"

张果喜渴望在不断超越中，去实现自己的人生价值。

张果喜的成功，不仅仅在于他创造了巨大的财富。更重要的是他敢为人先，闯出了一条企业自立自强的发展道路。在别人没想到钱的时候，他想了钱，当别人也在想钱的时候，他学会了赚钱；在别的企业还在热衷于按传统的经济体制和经营模式运作时，他斗胆劈出"三板斧"，彻底打破一成不变的"铁工资、铁饭碗、铁交椅"，创造出一套全新的工资分配、劳动用工和人事制度，形成了适合企业发展的新型经营模式和管理体系；当别的生产厂家只知把眼光死盯在国内市场时，他却早早放眼全球，把中国最古老的传统产品源源不断销往国际市场，赚到了外国人的大把大把钞票……所有这一切，都说明他是社会主义市场经济的最早实践者、探索者和成功者。

以上种种这些内外因素，促使张果喜在渐向更宽领域发展的思索中，终于完成了自己对于企业下一步发展的方向思考：

立足于佛龛和家具产业，逐步选择进入新的行业，使企业朝着多元化方向发展壮大！同时，以"调整产业结构，扩大发展规模，提高整体素质，再塑企业形象"为主要内容的"二次创业"目标也清晰制定。

更为重要的是，张果喜在逐渐思索的过程中，还大胆展开了小范围的实践。

1988 年，当海南省刚刚被批准为经济特区时，张果喜立即果敢地在海南三亚市组建房地产开发公司，决定进入房地产业。

为使深圳成为"余雕"产品出口国际贸易对接香港的窗口和纽带，1990 年，张果喜在深圳购置了一幢 6 层共 6000 平方米的综合大楼，组建了工艺品有限公司，从事产品深加工和转口贸易等多项业务。

1990 年 11 月的一天，像往常一样从余江工艺雕刻厂大门前走过的人们，不经意间突然发现，"余江工艺雕刻厂"的厂牌不见了，一块写着"江西果喜集团"的醒目厂牌赫然而立。

这一天，张果喜对外宣布，江西果喜集团正式成立。

从这一天起，张果喜下定决心，再一次迈出人生事业的脚步！

朝着多元化大方向发展的思路决心已定，但张果喜却并不急于进入某个新行业。这是张果喜个性中的稳健使然，他认为，必须要在扎实而全面的市场调查过程中来逐步确定果喜集团所要选择的新行业。

为此，从 1991 年开始，张果喜的工作重点，逐渐转移到沉下身心做市场考察调研。

而 1992 年邓小平同志发表的南方谈话，在全国再次掀起了民营经济发展的热潮，也为张果喜和他的企业指明了更加清晰的发展方向。

张果喜在冷静分析企业发展的内外部环境之后，也更加清醒地意识到，要使企业在强手如林的现代竞争中占有一席之地，保持长盛不衰，必须利用企业多年来积累的资金和管理经验，再上新项目，拓宽发展领域，为企业赢得更为广阔的空间。

张果喜开始频繁往来于全国各地，风尘仆仆地行进在项目考察过程中，他也因此而渐渐远离了社会公众的视线，远离了媒体的视野。

"有一次，我们一个个相约电话打到余江果喜集团总部，公司工作人员告知说，他到广州去考察项目去。结束广州考察后，他要到三亚去考察，再接着到香港、深圳，大概要一个月左右时间才能回到余江总部……"一位媒体记者在回忆 1991 年一次为约访张果喜而颇费周折的情形时，曾这样写道。

可想而知，张果喜迈出"二次创业"的步伐后多么忙碌。

然而，让张果喜没有想到的是，一年之后，当他再次出现在社会公众视野之中，引发的却是强烈的社会反响。同时，他内心对于迈出"二次创业"步伐的内心触动又是那样深切。

1992 年 6 月 25 日，果喜集团办公室负责人收到一份来自中国科学院南京紫金山天文台寄来的函件。内容如下：

果喜集团暨张果喜先生：

我台通过四十年来的天文观测研究，发现了一批已得到国际永久编号并拥有命名权的小行星。我们这项科研成果 1988 年获得了国家自然科学奖，这是我国在自然科学方面授予的最高荣誉，国家自然科学奖励委员会主任武衡同志在北京人民大会堂召开的授奖大会上对这个项目给予了高度评价，认为："这些发现对研究太阳系的起源与演化有特别重要的意义，他们的工作获得了国际的公认和称道，处于国际先进行列。"

按照国际规定，新小行星的名字由发现者提出命名。近年来我们陆续用佛山、广州、深圳、西安等城市的名字命名新小行星，使这些中国的地方名字镶上了太空星辰，为国家争得了荣誉。1990年我们曾首次用吴健雄、李约瑟、邵逸夫和陈嘉庚等当代知名人士的名字命名了四颗小行星，在海内外产生了很好的社会影响。目前的国际趋向是，小行星命名较多地采用当代各界知名人士的名字命名，以表彰他们在某一领域的贡献。在当前加快改革开放的新形势下，我们考虑再命名几位知名人士，贵公司张果喜先生在企业经营和管理方面有突出的贡献，我们愿意将我台发现的一颗新小行星用"张果喜"的名字来命名，如果贵公司和张果喜先生有这方面的意愿，我台可派出有关专家前来和您们具体商谈，现在附上有关小行星命名的若干附件和参考材料，供参阅。

请回复

　　　　此致

敬礼

　　　　　　　　　　　　　　　　中国科学院紫金山天文台

　　　　　　　　　　　　　　　　一九九二年六月二十五日

　　仔细阅读完这份函件上的内容之后，这位办公室负责人不禁惊讶万分：中国科学院南京紫金山天文台经过研究，决定向国际小行星命名委员会提请建议，用张果喜个人的名字来命名一颗新发现的小行星，为此特来函征求张果喜个人的意见！

　　小行星是各类天体中，唯一可以根据发现者意愿来进行提名而命名的星球。而且，命名的提名在经国际小行星命名委员会审核批准后，即成为得到国际公认的天体。

　　众所周知，天文学家们在观测到一颗小行星后，因不能立刻确定它是否为一颗新发现的小行星，一般首先给它取一个临时编号。当这颗小行星在不同的夜晚被观测到，并报告国际小行星命名委员会，确认是新发现的小行星之后，即可得到一个国际统一格式的"暂定编号"。当一颗小行星至少四次在回归中心被观测到，并且精确测定出其运行轨道参数后，它就会得到国际小行星命名委员会给予的永久编号。

一颗小行星的正式命名，由两个部分组成：前面是一个永久编号，后面是一个名字。每颗被证实的小行星先会获得一个永久编号，发现者可以为这颗小行星的命名建议一个名字。但这个名字，要由国际小行星命名委员会批准才能被正式采纳，原因是因为小行星的命名有一定的常规。

一般的，国际小行星命名委员会是根据发现者的提议来进行命名。

由于小行星命名的严肃性、唯一性和永久不可更改性，这使得一个人的名字能够成为小行星的命名，被视为是世界公认的一项殊荣。

用一个人的名字来对小行星进行命名，是一项国际性的、永久性的崇高荣誉！将永载人类史册！

"世界上有两件东西能够深深地震撼人们的心灵，一件是我们心中崇高的道德准则，另一件是我们头顶上灿烂的星空。"康德曾这样说。

在地球上数十亿人口中，只有极少数人获得以自己名字命名小行星的殊荣。

当时，张果喜正在海南考察投资项目，果喜集团办公室负责人感到事情重大，立即打电话给他，报告了关于中国科学院南京紫金山天文台寄来函的内容。

听闻消息的那一刻，张果喜难以抑制自己内心的心潮起伏与激动。

是啊，一个人的名字能与日月星辰共光辉，永远闪耀于浩瀚的宇宙，这是至高无上、厚重而光荣的人生殊荣！

然而，待内心平静之后，张果喜在电话中这样回道："紫金山天文台的这一决定，对我个人及我们公司无疑是一项很高的荣誉，但我觉得，我本人只不过为人民为社会作了一些微薄的贡献，现在还年轻，今后发展的道路尚且漫长，应该让那些贡献卓越、成绩显赫的杰出人士接受这一殊荣。"

这是张果喜发自内心深处的由衷情愫，在他看来，自己所做的一些成绩，与获得如此厚重的荣光之誉，还有很大差距，还难以与此荣誉匹配。

为此，张果喜请集团办公室负责人，代自己向中国科学院紫金山天文台婉谢这份无比荣光的殊荣。

然而，不久，紫金山天文台再次来电坚持他们的主张，希望张果喜能接受这一命名，并拟派有关专家专程前往江西余江果喜集团商谈此事。

对此，张果喜感到事关重大，难以把握。

于是，1992 年 7 月 20 日，张果喜向江西省领导呈信，汇报了此事，并盼能得到省领导的指示。

20 天之后，张果喜接到了来自省领导在他所呈请示信上的批示："同意，并应表示感谢。这是果喜的光荣，也是江西人民的光荣。"

几乎与此同时，江西省鹰潭市委、市政府在得知中国科学院紫金山天文台正在酝酿将一颗新发现的小行星以张果喜个人的名字来命名的情况后，市委、市政府领导高度重视——这不仅是张果喜个人的荣誉，也是整个鹰潭市人民的荣誉！

为此，经市委、市政府认真研究后，鹰潭市人民政府向江西省人民政府呈送了《关于同意将已发现的小行星以张果喜的名字命名的报告》，同意将已发现的小行星以张果喜的名字命名。

与此同时，鹰潭市人民政府还将张果喜个人情况及其对经济社会发展作出贡献的事迹，向江西省人民政府专门做详细呈报：

张果喜同志是江西果喜实业公司董事长、总经理。1952 年 7 月出生于江西余江，中共党员。这位年仅 41 岁的中年企业家，以他非凡的勇气和坚韧的毅力，在没要国家一分钱投资的情况下，白手起家，独辟蹊径，带领全体员工艰苦奋斗，开拓进取，取得了世人公认的成绩，走出了一条中国民营企业独具特色的自我发展道路，为中国企业的发展提供了一套超脱传统的全新模式。如今他所领导的企业，经过 19 年的努力，已从原来的仅有 21 名工人的作坊小厂发展成为具有一定经济实力的、目前世界上规模最大的木雕联合企业，在国内外设 17 家分公司，拥有 1700 多名职工，成为国际企业竞争的佼佼者，张果喜也已成为当代中国成绩卓著的优秀企业家，他的名字连续 3 年载入美国出版的《世界名人录》。十多年来，国内外有影响的报刊、电视台、电台均相继报道张果喜及其企业创办和发展的业绩。

1984 年以来，张果喜同志遵循"厂富不忘社会忧"的宗旨，在交足国家、留足企业的前提下，先后代表企业捐款 800 余万元，资助地方政府举办文教卫生、交通等社会公益事业，并创办了全国第一所木雕技工学校，从而促进了地方经济的发展。由于他勇于开拓，善于管理，为国家、为社会、为人民作出了较大贡献，先后被评为轻工部和江西省劳动模范、江西省优秀共产党员、全国百名优秀青年厂长、全国"七五"建设作贡献十大杰出青年、国家级有突出贡献的中青年专家、全国第二届优秀企业家、全国劳动模范，荣获全国总工会"五一劳动奖章"，1988 年 3 月当选为全国第七届人大代表。

…………

从省里到市里再到余江县，各级领导给予的高度关切和重视，深深打动了张果喜。对于中国科学院紫金山天文台的提议，他不再谦让，因为他已深知，这份无比荣光的殊荣是来自党和政府以及社会各界对自己的殷切鼓励与真挚关怀！

"这份对我本人的极大奖励和鞭策，这份厚爱和褒奖，我当倍加珍视……"张果喜这真情的表达，情真意切。

1992 年 9 月 17 日，江西省人民政府办公厅正式函告紫金山天文台："贵台关于将新发现的一颗小行星用张果喜的名字来命名的征求意见函收悉。经省政府研究同意你们命名酝酿的意见。这不仅是张果喜同志的光荣，也是江西人民的光荣。在此谨向贵台表示衷心的感谢。"

接到江西省人民政府办公厅的正式函告后，中国科学院南京紫金山天文台随后正式向国际小行星命名委员会提出申请：鉴于张果喜在为社会公益事业所作出的杰出贡献，提请将国际编号为"3028"的小行星，以张果喜个人的名字来进行命名。

1993年2月6日，国际小行星中心和小行星命名委员会在国际《小行星通报》上发布一批新小行星的命名公告，将其中编号为"3028"的小行星命名为"张果喜星"，并在命名公告中对该名字的意义作了较为详细的介绍："此星于1978年10月9日发现，以张果喜的名字而荣誉命名，张果喜先生是中国著名企业家，他对社会福利和公众教育事业作出了显著贡献。"

1993年3月1日，对于中国科学院南京紫金山天文台的这一提请，国际小行星命名委员会批准同意。与此同时，中国科学院南京紫金山天文台以电报正式通知了张果喜这一消息。

根据安排，1993年6月5日，中国科学院南京紫金山天文台和江西省政府联合召开"张果喜星"命名大会。

这是一场高规格的大会，其隆重热烈的盛况空前。

中科院紫金山天文台台长、江西省委省政府主要领导、社会各界200多位知名人士以及中央和省级十多家主流媒体记者，共同见证了这一具有历史意义的大会。

在命名大会上，中国科学院紫金山天文台向外界正式发布：鉴于张果喜在社会福利、公众教育等多方面所作的努力探索与突出贡献，因而，经郑重决定后向国际小行星命名委员会提请并获准，已将天文台新发现的国际编号为"3028号"的小行星，正式命名为"张果喜星"！

与此同时，中国科学院南京紫金山天文台发布了"张果喜星"的空间轨道参数：

吻切历元时刻：1993年8月1日0时；

轨道半长径：3.0200185天文单位；

轨道偏心率：0.0251502；

近日点角距：353.35066；

升交点黄经：189.96955；

轨道倾角：9.50283；

平近点角：153.90423；

运行周期：5.24825。

这意味着，从1993年6月5日这一天起，浩瀚无垠的宇宙里有了一颗叫"张果喜星"的小行星了！

这颗小行星将与日月同辉，与天地共存，放射出永恒的光芒。

在国际上，用企业家个人的名字给小行星命名，到1992年，只有两个人。一个是美国著名实业家哈默博士，另一个就是中国的企业家张果喜。

张果喜，由此成了中国企业家群体里中摘"星"第一人！

风雨兼程的创业路，多年不懈努力的执着前行，成就了一位农民出身的创业者的传奇人生。

命名大会现场，张果喜在如潮水般热烈的掌声中发表感言：

我们的时代是群星灿烂的时代。在总设计师邓小平同志的指引下，改革开放以来，我国社会安定、经济发展迅速，涌现出一大批善经营、会管理的优秀企业家。我仅是这千千万万个企业家中的普通一员。

今天能以我的名字命名（3028号）小行星，这是我们国家的光荣，江西的光荣，也是我和全家的光荣！与已经获得小行星命名的世界名人相比，我感到我所做的一切是微不足道的。但我还年轻，在今后漫长的岁月里，我有决心、有信心赶超我们的前人。

上天生下我们，是要把我们当火炬，不是照亮自己，而是普照世界……

胸中涌动着万般感慨的张果喜，面对这一次又一次给予他人生激烈掌声的现场人群，不禁饱含真情地借用世界文学巨匠莎士比亚的名言，深情表达自己内心深处对于这份殊荣的真情感怀。

他还说道：

我也常常这样想，生我者父母，养我者天下。一个人来到世界上，不是要为自己活着，更应当为社会、为人民大众的公益事业作奉献。为此，我和我的同事们决心更加努力拼搏，大步前进，把我们的企业在现有基础上发展壮大为在国际上更有竞争力和影响力的多功能跨国集团公司，为江西的繁荣，为祖国的富强，为人类的进步，作出更大的贡献！

是的，面对人生的成功与接踵而来的荣誉，张果喜非但没有沾沾自喜，反而心中愈加增添了一份压力。

那是一种期待尽一切可能让自己今生的人生创造，与所获得的这极大荣誉缩小差距的强烈责任感和使命感！

在命名大会结束后不久一次接受媒体记者采访时，张果喜这样满怀真情地说道："虽然还没有机会亲眼看看这颗'张果喜星'，但时时刻刻都能感觉到它的存在和运行。自从有了这颗星星，我的压力和责任感便增大了很多，它似乎在远远地督促着我，让我努力把企业做大做强，同时也更多地回报社会，所以我要尽力对得起这份荣誉，对得起那颗星星。国家不仅给了我们发展的土壤和机会，也给了我们这些民营企业家应有的荣誉和地位……"

张果喜深深知道，这是源自于自己内心深处的一股强烈责任感！

胸中的激情一旦澎湃激越，思绪也总是随之而纵横捭阖。

每当夜深人静，繁星当空，张果喜总会情不自禁地将他那坚毅的目光投向深邃的夜空，深情地久久仰望浩瀚宇宙里的那颗"果喜星"。

"上天生下我们，是要把我们当火炬，不是照亮自己，而是普照世界……"

"人生为一大事而来！"

"父母生育了我，大地哺育了我，就是要看看我到人间究竟能办多大的事情！"

…………

一次次心潮起伏，一次次壮怀激烈。而每一次，张果喜都仿佛能真切地倾听到自己内心深处的宏音——要在国家改革开放的大好时代，不断把果喜集团的事业发展壮大，也创造自己人生事业的辉煌！

由此，张果喜对于自己既定的"二次创业"进程，也愈发地在内心深处激荡起只争朝夕的紧迫感！

第二节 "二次创业"的成功开篇

1993 年，这是果喜集团发展历程中具有分水岭意义的年份。

这一年，果喜集团以在福建石狮市投资兴办服装厂为重要标志，全面开启了企业多元化的步伐。

改革开放进程中，福建省石狮市大力鼓励服装业发展，到 80 年代中后期已逐渐成为全国闻名的服装产销基地。

在 1991 年前后对福建省石狮市进行深入考察后，张果喜认为，在石狮市发展服业具有得天独厚的优势。为此，1993 年上半年，张果喜决定先期投资 5000 万元，在石狮市创办一家中型制衣企业——斯佳丽制衣有限公司。

斯佳丽制衣有限公司初创后的喜人发展势头，充分证明了张果喜这一决定的独到眼光。企业当年投产后，首批订单就达 100 万元。

而到 1994 年，斯佳丽制衣有限公司更是现实了产值近 1500 万元的惊人发展，利税达到近 300 万元。紧接着，张果喜又把目光瞄准中国最大的服装销售城市——上海，着力通过上海这一据点将服装产品打入国际市场。

1993 年下半年，就在张果喜成为中国企业家摘"星"第一人，并在内心深处涌动着愈发强烈的使命感时，在 1991 年到 1993 年广泛考察过程中逐渐认定的一个项目，也到了水到渠成之际。

这个项目，就是聚乙烯发泡材料的生产。

对于果喜集团二次创业选定聚乙烯发泡材料作为首个新产业，这似乎让不少人感到有些意外。因为，在 20 世纪 90 年代初，包装材料还是一个不怎么起眼的行业。那时，"包装"对很多行业而言也还是一个颇为新鲜的词汇。

然而，选定聚乙烯发泡材料作为首个新产业，这却恰恰正是张果喜敏锐而前瞻商业眼光的所在。

企业成功，或是因把握机会而成功，称之为机会经营型成功；或是因生产某种短缺产品而成功，称之为产品经营型成功。这两种在本质上可归为一类，即机会经营型成功。还有一种是因制定和实施好的战略而成功的，称之为战略经营型成功。

一般而言，在潜在消费市场足够大的前提下，关键看经营者有没有足够的胆识和智慧，精准地把握住机会。

张果喜的过人之处，就在于他既能敏锐地发现商机，又具有果敢抓住商机的过人胆识。

众所周知，1949 年全国解放至 20 世纪 80 年代初，这一阶段，由于长期囿于计划经济和闭关政策，塑料包装的发展十分缓慢，这段时间也组建了一些塑料包装企业，但除为数不多的少量大中型国营企业从国外引进了一些比较先进的塑料成型设备和技术之外，塑料包装行业的绝大多数中小企业不仅规模小，所使用的设备多为技术含量很低的"土设备"，产品质量低下，生产效率也不高，直至 1981 年，我国塑料包装材料的总产量，尚不足 20 万吨，远远满足不了国民经济发展的需要。

改革开放有力地推动了商品生产和对外贸易，促进了商品大流通。同时，计划经济时代一直未能引起人们足够重视的包装，作为商品一个重要的不可缺少的组成部分，使人们感到了很重的分量。

特别是上世纪 80 年代初期，我国出口商品面临的"一等商品、二等包装、三等价格"的事实，给人们上了生动的一课。

1985 年前后，为了改变我国出口商品因包装不良而造成的重大损失，包装的发展被提到了议事日程。当时，国务院设立了包装改进办公室，外经贸部门也成立了中国包装协会。随后，全国各省市纷纷成立以省市经委副主任为理事长的包装协会及省市包装协调办公室，客观的迫切需要和政府的高度重视，大大加速了我国包装行业的发展。

"商品经济越是发达，包装产品的需求量越是走高，这个行业的前景就越是宽广！"在全面分析包装行业的发展背景，大胆预测这一行业的发展趋势过程中，张果喜认定这是一个具有广阔发展前景的行业。

1992 年前后，张果喜在考察中发现：包装材料中，聚乙烯发泡材料以其密度小、柔性好、富有弹性、具有独立气泡结构等众多优点，正成为一种很有前景的包装材料。尤其是在国外，聚乙烯发泡材料已从 20 世纪 70 年代中后期就开始广泛应用于各种产品的包装中，是包装材料中应用最为广泛材料品种之一。

然而，自 20 世纪 80 年代中后期聚乙烯发泡材料开始在我国包装材料应用推广中兴起，但因为价格相对昂贵和使用量尚不大等原因，直到 90 年代初期还远没有在包装材料中成为主流包装材料。

"聚乙烯发泡材料已显示出未来包装材料的趋势，势必将来会成为普通塑料包装材料的替代品！"张果喜最终得出了这样的结论。

1993 年下半年，张果喜果断决定进入聚乙烯发泡材料生产领域。

20 世纪 90 年代初，就聚乙烯发泡材料的生产设备而言，韩国居于世界领先地位，但其价格昂贵。

"要做，我们就做最好的聚乙烯发泡包装材料，将来代表我国聚乙烯发泡包装材料生产领先水平。"最终，经过大量缜密的市场和项目考察，张果喜决定与韩国一化工公司合资，斥巨资从韩国进口聚乙烯发泡包装材料生产设备，引进全套生产技术，投资聚乙烯发泡包装材料生产线项目。

在设计生产规模的过程中，张果喜一开始就显示出令人惊叹的气魄，决意要在聚乙烯发泡材料的生产上居于全国前列。

几乎与聚乙烯发泡材料生产项目紧锣密鼓地推进同时，1993 年，张果喜在市场调查中发现：随着我国国民经济的快速发展，小汽车的社会需求量开始呈现出逐年增长的强劲趋势。

根据多年来广泛考察国外市场的分析认识，张果喜敏锐地意识到，我国的小汽车市场将有着十分广阔的发展前景，与小汽车相配套的零部件市场的前景同样可期。

基于这样的考察和分析，张果喜的目光又瞄准了小汽车零部件生产项目。而一家台湾地区公司的老板，与张果喜的想法高度一致。两人在商谈合资创办小汽车零部件生产公司的探讨中，很快达成一致意见。

而他们又很快了解到，上海大众汽车有限公司因产能快速提升，正在寻求生产配套桑塔纳小轿车零部件的公司合作。而此时，上海青浦县正有意采取招商引资的方式，引进投资方和县里共同投资小汽车零部件企业。

为此，张果喜果断决定，和那家台资企业及上海青浦县共同合资，投建一家小轿车零部件生产公司。

再回到聚乙烯发泡材料生产项目。

1994 年，果喜集团斥巨资从韩国一次性引进了六条聚乙烯发泡材料生产线，进入了包装这一行业，生产基地放在余江县。

这一项目总投资达 356 万美元，设计年产量为 3000 吨，产值可达 1 亿元。

由于技术先进，加之千方百计降低生产成本以降低产品销售价格，同时又由于聚乙烯发泡包装材料在 1994 年的市场快速增长。果然不出所料，果喜集团生产的聚乙烯发泡包装材料广受企业青睐，销售形势一片大好。

但之后出乎张果喜所料的是，聚乙烯发泡包装材料生产与销售两旺，却在效益上不尽人意。

1994 年当年，果喜集团聚乙烯发泡包装材料亏损达 400 多万元！

在认真总结中张果喜发现，由于公司位于余江县，产品销售过程中的运输费用占据了利润里很大的比例，这是导致项目效益不尽人意的一个重要原因。

于是，张果喜又大胆决定：将聚乙烯发泡包装材料项目迁出余江县，搬到主要的销售地广东、福建两地，就地投入生产。

果喜集团随即在东莞成立喜星塑胶泡棉制品有限公司，在厦门成立同安喜星化工制品有限公司。

这样，长途运输的巨大运输费用大幅度下降。同时，由于广东和福建两地又是全国制造业企业的聚集地，随着聚乙烯发泡材料越来越广泛的运用，果喜集团的聚乙烯发泡包装材料产品得以快速发展壮大。

1996 年，果喜集团聚乙烯发泡包装材料就实现赢利过千万元。

包装材料产业，由此开始日渐成为果喜集团新的增长点！

上世纪 90 年代中期，随着聚乙烯发泡包装材料用途的进一步延伸，新的相关产业链产品也随之出现。

这其中，聚乙烯发泡材料的升级衍生产品，又开始在国外广泛应用于汽车内饰件。

1997 年，果喜集团进一步沿着聚乙烯发泡材料的产业链，以极具前瞻性的眼光加强了其下游产品——汽车内饰件系列产品的开发。

经过不断的调整和发展，不仅扩大了聚乙烯发泡材料的生产规模，而且使汽车内饰件系列产品项目形成了年出口创汇超千万美元的生产能力，在国内同行业中处于一流水平。

而果喜集团、台资企业及上海青浦县三方共同投资的小轿车零部件生产股份制公司，在投产后的短短几年里就实现了快速发展。到1997年前后，这家股份制公司的年产值已近2亿元，利税超过5000万元。

选定进入聚乙烯发泡材料包装行业，同时合资创办小轿车零部件股份制公司，继而又向着聚乙烯发泡材料产业链延伸，成了果喜集团成立后的成功起点，更为果喜集团的"二次创业"开启了精彩的全新产业开篇！

第三节　前瞻目光定准旅游产业

从成功进入包装材料行业开始，商业视野越来越宽阔、事业雄心越来大的张果喜，渐渐将目光投向了更为广远的时空。

对企业来说，做大做强就是硬道理。一个企业发展到一定阶段，在积蓄了一定的资本能量后，就为顺势而为、谋求更大发展奠定了坚实基础。

事实上，张果喜考虑"跳出单一行业发展"的这一想法，从80年代后期就开始产生了。只不过，当时对于"二次创业"多元化发展的思路，尚没有清晰形成和确定。

1994年，张果喜对于果喜集团在"二次创业"中新产业的选定，更加坚定了自己的想法。

旅游业，开始成为果喜集团又一个新投资项目。

今天，以产业发展的历史眼光回望，对于当年"旅游"这个在绝大多数老百姓眼里还只是一个可望而不可即的新鲜名词的时候，张果喜却以极为前瞻性的眼光意识到这一产业在不久的将来蓬勃崛起之势，不得不令人佩服！

几乎在确定上马聚乙烯发泡材料项目同时，1994 年，果喜集团决定正式启动旅游产业项目——在海南省开工建设酒店，进军旅游产业。

这一项目的缘起，还要从 1988 年说起。

20 世纪 80 年代中后期，中国改革开放事业不断寻求更深层次、更宽领域的突破。在此过程中，邓小平同志把目光投向了海南岛，他的一句"海南岛好好发展起来，是很了不起的"伟大断言，让海南岛此后成了一片生机勃勃的开发热土。

1988 年 4 月 26 日，新中国第 31 个省份，也是唯一的特区省——海南省，在全国人民的瞩目中挂牌成立。

"请到天涯海角来，这里四季春常在……" 1988 年那一年，在驶向广东湛江的列车上，列车员总是被乘客要求播放《请到天涯海角来》。因为，往这个方向列车上的乘客，大多数人有着共同的目的地：一路向南，向南，直到海南省。

他们穿过高山大川，穿越中原大地，渡过琼州海峡，不约而同地涌向海南岛，几乎将海安和海口两个寂寞多年的港口挤爆。

这样的热潮，从 1987 年秋季持续到了 1988 年夏天。这一壮举被称为"十万人才过海峡"。它的背后，是一次思想的大解放。"自由、开放、梦想"，追求实现自我价值的愿望在朦胧中觉醒，大特区建设的超前理念和经济发展的速度，在他们心中燃起熊熊烈火。

"闯海人"，作为一个历史名词，就这样永远写进了海南发展的历史中。

在这次中国当代史上最为壮观的人才流动大潮中，具有大专以上学历的占 90%，35 岁以下的占 85%，具有中高级职称的有近 7000 人，人才之集中令人惊叹。他们在全新的环境中产生新思维、新创举、新点子，给后来的海南和从海南走出去的市场翘楚们，留下了最初的启迪。

有人说，"十万人才过海峡"是中国从计划经济向市场经济转化的一个具有象征意义的事件。也有人说，那是中国当代最大的一次行为艺术，十万人参与的行为艺术，不仅形成了独特的闯海文化，更完成了海南"经济黄埔军校"的使命，造就了一批创业人才。

海南建省和随之引发的开发热潮，同样也吸引了张果喜的目光。

而且，在海南建省前后，张果喜数次前往海南进行深入考察。1988 年，他在海南省三亚市投资买了地。

然而，与当时绝大多数到海南买地进行房地产开发的投资者不同，张果喜买地要开发的却是一个旅游项目——建设一家高档旅游酒店。

那时，张果喜的想法是：待条件成熟时，将来进军旅游业。

旅游业，这在 1988 年尚是一个时髦而陌生的行业，甚至可以说，当时在国内并没有形成真正意义上的一个产业。

那么，为何张果喜在这样的情况却决定将来要进军旅游业？

在改革开放初期的 20 世纪 80 年代，如果说中国旅游市场开始萌发，那在当时还只是极其隐形的市场信号而已。当时的国内旅游市场，以接待海外入境旅游者为主，国内旅游仅有小规模的出差旅游和公务活动，更不存在严格意义上的出境旅游，旅游市场格局单一而薄弱。

但在当时，中国改革开放的总设计师邓小平同志就石破天惊地提出了"旅游事业大有文章可作"的观点。由此，在百废待兴、难关重重却又充满光明前景的经济社会里，一个在当时并不为人所知的新兴行业———旅游产业，开始迎来了起飞、赶超和跨越发展的历程，开辟了一条具有中国特色旅游发展的康庄大道。

1986 年，还是县级市的三亚，提出了"国际性热带滨海旅游城市"的建设目标。

要知道，那时的海南三亚，农业开发才刚刚起步，而热带旅游资源的价值却远没有得到国人的充分认识。现在看来，三亚当初的国际视野、世界眼光，委实不同凡响。

也正是从这时开始，张果喜对旅游产业投入了热切关注的目光。

"在发达国家，旅游越来越成为人们改善生活的一种方式，日本的旅游业发展就越来越快。"对于旅游业这一概念的认识，可以说与张果喜在80年代因余江工艺雕刻厂业务发展需要而频繁前往日本有关。在这一过程中，张果喜亲身感受到了旅游产业和经济发展存在紧密关联——经济条件好了，人们自然就向往出去旅游。

但逐渐产生将来进入旅游产业的想法，根源在于他敏锐和前瞻的眼光——改革开放不到十年，人们的生活发生了天翻地覆的变化，将来生活还会越来越好，人们潜在的旅游需求，一定会逐渐成为现实社会的巨大需求。

同时，张果喜更看到了国家对发展旅游产业的支持力度：

1981年，全国旅游工作会议根据国民经济"六五"计划，确定了旅游业发展的总体目标。随后，1981年10月10日，国务院颁布了《关于加强旅游工作的决定》，要求进一步加快全国旅游事业的发展。

1983年，国家又制定了促进旅游业发展的相关政策。

到1985年前后，全国一些旅游资源丰富的省份，开始有规划地把旅游业纳入到当地经济发展的重点支持产业。

…………

这也正是当投资海南热吸引国人目光时，张果喜把目光落在旅游产业的原因。

"海南自然风光优美，气候宜人，可谓是旅游的胜地，而三亚又是海南最具魅力的地方。而且，三亚市已做出了大力发展旅游业的决定。"张果喜认为，随着未来旅游产业的发展，海南三亚必定将成为旅游热点地区。

由此，张果喜做出判断：在海南三亚投资一家旅游接待的酒店，一定是正确的选择。

基于以上种种考虑，1988年，张果喜果断斥资在海南三亚购买了土地。

然而，对于此时投资海南的人们来说，当其手中握有一块现成的土地却最终能不受房地产开发的诱惑，可谓是十分不易的。

为何这样说？

且看从 1988 年到 1993 年海南省房地产发展的情况：

1992 年 4 月 13 日，《海南日报》刊出一篇报道：海南广厦房地产开发有限公司在海口市中心龙华路投资兴建的 25 层财盛大厦，刚建首层就被争购一空。这无疑是一个信号，海南的房地产价格将会大幅上扬。事实也证明，海南的房地产价格的确开始飙升了——仅仅只有一年的时间，1991 年 6 月前还是 1000 多元一平方米的公寓楼，到 1992 年 6 月已可卖到两三千元一平方米了，别墅也由 2000 多元涨到了五六千元一平方米，金贸区内的珠江广场、世界贸易中心的商品房价格更是曾一度突破了 10000元。与此相呼应的是，土地使用权的出让价格也大幅提高，有的地方仅过一年，土地价格竟由十几万元一亩涨到了数百万元一亩。

在海口和三亚等有限的区域内，房地产的价格几乎是打着滚往上翻，只要是持有与房地产沾边的文件，哪怕还没见着具体的土地和图纸，隔夜都可发财。"要挣钱，到海南；要发财，炒楼花"，成了一些生意人的经典名言。于是乎，在巨大的利润吸引下，不到 60 万人的小小海口，集中了全国各地的房地产公司。一个全国人口最少的省，商品房的销售额却在全国各省市中居第三位，增长幅度居全国第一。海南经济以惊人的速度发展，连续两年的财政收入都比上年翻了一番，而在财政收入总额中，房地产的收入又占到近 70%。

据统计，1992 年 1 至 9 月，海南商品房新开工面积 294 万平方米，超过海南建省办特区三年多来住宅施工面积的总和，比 1991 年同比增长一倍多，商品房销售额是 1991 年的近 4 倍。在短短的一年多的时间里，有 4000 多家房地产公司投资了 58 亿元资金，在海口市的有限范围内开发房地产面积达 800 万平方米。在 1992 年和 1993 年里，投资海南房地产业开发的资金占社会固定投资的三分之一强，海口市房地产业的投资更是差不多占了当年固定资产投入的一半，国内外的投资高达 87 亿多元。房地产业，成为海南省地方财政收入的主要来源。1992 年，海南全省财政收入的 40% 是直接或间接地由房地产而来，而在海口市则更是高达 60% 以上，这些为海口市的基础建设奠定了基础，并由此带动了商业、服务业、建筑业等产业的蓬勃发展。

"一开始都不敢相信，不敢签。从 1 楼签了房产买卖合同，到 6 楼加价就卖了。现在想想都害怕。"曾经经历过海南房地产泡沫的潘石屹，曾这样描述当时的情景。

在房地产开发如此巨大的回报诱惑面前，对于手中拿着现成土地的投资者，谁到明白，只要进行房地产开发就意味着丰厚的回报。

张果喜这样善识商机的人，更是懂得对商机的果断把握，更何况，他手中已经有了现成的土地。

但令人难以理解的是，在海南房地产市场如火如荼的发展势态中，张果喜却迟迟不见行动。

张果喜耐得住性子，可他的朋友中有人却实在耐不住性子了。有朋友主动找到张果喜，希望与他一起合作在海南开发房地产项目。

但张果喜仍丝毫不为所动！

这是因为，张果喜是为等待时机进入旅游业而备地待发的，他的目标十分清晰明确，就是要在海南投资一家高档次的旅游酒店。

可以看出，张果喜从一开始就是抱定清晰目标进入旅游业的。

特别是 1992 年到 1993 年在海南房地产已炙手可热的发展情势下，张果喜依然不为所动，这就更加说明，随着果喜集团"二次创业"多元化发展思路方向渐已确定，进军旅游业随之也成了张果喜坚定的选择！

张果喜每一次为目标的沉稳坚守，总是会在此后赢得机遇的垂青。

1993 年，海南三亚升格为地级市。由此，三亚市新的发展蓝图也随之绘就：把旅游业作为主导产业和中心产业，建设国际性滨海旅游城市。

鉴于整个三亚全市只有两家宾馆的现实情况，一年后，三亚市委、市政府提出，要大力发展休闲度假项目打造顶级旅游胜地的规划。

事实上，这正是张果喜当初早已认定的机遇——海南三亚市独特的旅游资源，赋予了这里未来旅游业未来发展的广阔前景和美好未来，那将来三亚旅游业的基础设施就一定会大有发展！

而在张果喜看来，大型高档次酒店，就是具有先导性的旅游基础设施项目。

至此，张果喜认为，在三亚投资兴建大型高端旅游接待酒店的时机已成熟。张果喜果断决定上马酒店项目。

1994年，果喜集团三亚旅游酒店项目破土动工。

然而，始料不及的是，受海南房地产投资过热的影响，1996年国家在为抑制海南房地产过热的同时，也对海南全省宾馆酒店的建设项目纳入调控范围。

在此情况下，张果喜又果断决定，停止果喜集团三亚酒店项目建设。

"再补充一点，为何我们一直不在海南开发房地产项目，这也是当时海南房地产发展似乎太过于发热，我们在看到巨大机遇的时候，也认为海南房地产的风险也较大。"对于在海南房地产开发异常火爆的机遇期始终没有进入房地产开发，张果喜事后这样说。

张果喜就是这样，他在识得商机的同时，又总是能在充分权衡投资风险、项目未来前景等基础上，对投资项目把控稳妥得当！

从张果喜在20世纪80年代中后期认定投资旅游业有广阔前景，到1994年正式进入旅游业，又过去了近十年时间，这期间，全国旅游产业快速发展的势态已经更显清晰。

随着海南旅游业市场的发展，到上世纪90年代中期，海南旅游业接待游客量已呈逐年大幅度上升的喜人趋势。

张果喜已认准，这是一个具有广阔前景的新兴产业，其蓬勃发展之期已为时不远。

张果喜坚信，进入旅游业必将为果喜集团的"二次创业"再开新局。

"国家宏观调控之下，是针对房地产以及借旅游项目之名而搞房地产开发的项目，调控整顿之下，将来会真正形成三亚旅游开发的良好局面。"

尽管三亚旅游酒店项目暂停下来，但对于果喜集团进入旅游产业，张果喜却充满着无限信心！

第四节　历经波折进军高新技术产业

"科学技术是第一生产力。"1988 年 9 月 5 日，邓小平同志在与捷克斯洛伐克总统胡萨克会见时，提出了这一重要论断。

回望改革开放 30 多年中国民营企业发展崛起的历程，在制造业领域从中国制造走向中国创造的过程中，一大批民营制造业企业尤其是民营高新技术企业的崛起，起到了举足轻重的作用。

也是在这一过程中，一大批民营企业依托高新技术产业项目的快速发展，不但实现了其企业在阶段性发展中的异军突起，也使得这些民营企业赢得了对未来志存高远的发展格局眼光。

1997 年前后，在继续布局果喜集团二次创业新的产业项目过程中，高新技术项目逐渐进入了张果喜的视野。

有人曾这样说：很难想象，文化程度并不高的张果喜，在布局企业二次创业的初期，就那么有胆有识地选择进入高科技领域，这足以说明他是一位具有非凡眼界的企业家！

上世纪六七十年代，世界高新技术产业正酝酿着第一次飞跃发展。

在这一高新技术产业发展的黄金时期，美国、日本与西欧各国等发达国家高新技术产业化迅猛发展，部分新兴发展中国家也借助科技进步实现了本国或本地区的经济起飞。而我国却处于十年动乱之中，丧失了一次大力发展高新技术产业的历史性机遇。

20世纪80年代，是世界各国普遍响应当代新技术革命挑战的高潮期。

以实施《国家高技术研究发展计划（863计划）纲要》为起点，1983年，我国确定将生物技术、航天技术、信息技术、激光技术、自动化技术、能源技术、新材料技术等七大领域作为发展高新技术的重点方向。1988年，经党中央、国务院批准，一项命名为"火炬"的高新技术发展计划出台。这是一项推进高新技术研究成果产业化，推动高新技术产业形成和发展的计划。其宗旨，是发挥我国的科技优势，促进高新技术研究成果商品化、产业化、国际化。其特点是以市场为导向，高投入、高产出、高效走向国际市场，并以国际市场为支撑，实行全球性市场的国际化战略。

与"863计划"相衔接，"火炬计划"主要以微电子技术、计算机技术、信息技术、激光技术、新型材料技术、生物工程、新能源和高效节能技术、机电一体技术等的开发研究及其产业化发展为主要内容。"火炬计划"的目标，到20世纪末21世纪初，我国高新技术产业及其产值，在整个产业结构及国民生产总值中的比率将有大幅度的提高。

与之相对应，从20世纪80年代中后期到90年代中后期，我国各省市陆续开始建立起一批高新技术开发区。我国的高新技术产业，由此迈向了高歌猛进的发展之路。

从1990年初，如果说张果喜选定新型发泡包装材料和旅游产业两个项目作为果喜集团"二次创业"新产业是从时代发展之于新产业兴起这一视角出发的，那么，当他将目光落点在高新技术产业项目领域时，张果喜显然已站在了国家产业发展战略这一大背景下，对果喜集团更为长足的发展投以深远的目光。

这一时间的节点，是在1997年前后。

或许，张果喜对高新技术产业项目关注的目光，注定是要在 1996 年这一年落点在国家高新技术产业大发展的时代脉搏上。

1996 年，国家在为抑制海南房地产过热的同时也对海南全省宾馆酒店的建设进行调控。果喜集团海南三亚旅游酒店项目暂停建设，这也使得张果喜有了更为充足的时间，来进一步纵深思考"二次创业"中的其他新产业项目。

而这一年，果喜集团因在雕刻漆器产品、新型包装材料上的技术创新，先后获得多项荣誉。而这些荣誉，又几乎都与国家"火炬计划"鼓励企业技术、产品创新相关。

这样，张果喜对国家"火炬计划"有了较为全面的了解。

"跟踪国际水平，缩小同国外的差距。高新技术产业，是抢占 21 世纪中国科技、经济社会发展与腾飞战略制高点的关键。"

"从企业的长远发展来看，科技产品特别是高新技术科技产品项目，是企业实现异军突起的爆发式增长路径之一。"

"谁拥有了高新技术产品，谁就走在了发展的前列，对国家发展来说是这样，对企业发展来说同样是这样。"

随着对国家"火炬计划"项目的深入了解，张果喜越来越感到，果喜集团应该将高新技术产业项目确定为未来企业发展的一个重大方向。

"立足现实，但必须又要考虑到新集团在新世纪的发展。"与此同时，对于果喜集团继续再选定新的产业项目，张果喜立足当前的同时又考虑到了新世纪企业的发展。

这样的思路之下，高新技术产业项目开始进入了张果喜的视野。

时间行进到了 1997 年。

这一年的 7 月上旬，张果喜当选为中国企业家协会副会长，并前往天津市参加中国企业家协会年会。

张果喜没有想到，正是这次参会，让他与一项高新技术科研成果偶遇，并在此后实现了果喜集团进军高新技术产业项目的愿望。

这次会议期间，在与企业界同仁交流过程中，一项名为"无刷无槽永磁直流电机技术"的科研项目成果，引起了张果喜的浓厚兴趣。

无刷无槽永磁直流电机技术是美国米哈可先生发明的获有23国（包括中国在内）专利的高新科技技术。该技术将传统的交流和直流电机，通过对绕组方法的改进，为电动马达提供无齿线圈，是对原有电机领域绕组制作的重大突破。以这项专利技术生产的微型电机，与传统电机相比具有功率高、噪声低、体积小、重量轻等众多优点。

中小型电机，是为各种机械设备提供动力的重要装备，在各行各业的生产领域中运用十分广泛。

新中国成立初期，我国中小型电动机产品主要是仿制国外的。当时，仿制电动机的厂家较多，品种杂乱，规格很不统一。"大跃进"时期，我国曾经搞过统一设计，但由于缺乏科学严谨的系统规划，性能指标达不到要求。

随着改革开放的实施，从上世纪80年代起，我国电机行业发展十分迅速。

电机为工业发展不可缺少的一大要素，并扮演着重要的角色。电机的应用不仅在动力应用方面不断扩大，而且在控制领域的使用也在不断扩大。随着控制电机重要性的增加，控制电机的使用量也逐年增加。

众所周知，到上世纪90年代末，电机生产应用已有150多年的历史，但世界上广泛应用的直流电机还是碳刷电机（第一代）、无刷有槽电机（第二代）。而无刷无槽永磁直流电机，以其体积小、重量轻、噪音低、能耗低、用途广、控制灵敏、运行平稳等诸多优良特性，正受到高度重视，被誉为"将是第三代电机的代表产品"。

电机几乎是一切现代机械的心脏，用这种技术开发生产出的第三代电机，将有可能在机械制造业引发一场革命。

可以预见，无刷无槽永磁直流电机一旦从科研成果走向产品生产，不仅具有广阔的国内国外市场，而且对引领国际国内电机产品发展、促进产品更新换代具有重大的意义。

作为一位对市场远景有着研判力的企业家，基于对国内国际电机行业发展状况的了解，张果喜随即对无刷无槽永磁直流电机这一科研项目产生了浓厚的兴趣。

张果喜敏锐地意识到，这是一个十分有开发前景的高科技项目，并产生了引进这一项目的强烈想法。

十分巧合的是，拥有无刷无槽直流电机专利技术的美国杰恩电机有限公司，当时正准备在中国寻找一家有实力的民营企业，进行合作生产开发无齿无刷直流电机产品。

在中国企业家协会年会结束后不久，经上海电视台、杭州电视台的推荐，美国杰恩电机有限公司看好果喜集团，并希望见面洽谈合作事宜。

对此，张果喜欣然同意。

由此，果喜集团开始和美国杰恩电机公司就项目合作展开正式往来。

这一次洽谈中，果喜集团和美国杰恩电机公司均表示对今后展开合作有很强的意愿。

看来，引进无刷无槽直流电机产品项目的开端十分顺利。

然而，让张果喜始料不及的是，这一项目竟在此后历经四年旷日持久的波折，并引发了广泛而高度的社会关注。

1997 年 7 月 29 日，在前期经中间方引荐且双方皆有很强的合作意愿基础上，美国杰恩公司代表程大卫，带着本公司拥有的无刷无槽直流电机生产专利技术科研成果专程来到果喜集团，与张果喜洽谈项目合作事宜。

双方很快在合资合作重大问题上取得一致看法，并形成了会谈纪要。

半个月后，张果喜收到了程大卫返回美国磋商后发来的传真。传真内容表示，杰恩公司将果喜集团视为在中国的首选合作伙伴。

随即，张果喜以最快的速度组建筹备工作班子，就合作项目进行可行性分析，协商草拟合资合同、公司章程、有关协议等一系列文件。

同年11月中旬，杰恩公司的一位高管来到果喜集团总部进行实地考察，并花费近5个月时间草拟各项文本进行磋商，达成合作意向，确定美方杰恩公司占40%的股份，果喜集团占60%的股份。

剩下的程序，就差双方正式签署合同文本了。

然而十分出人意料的是，此后，杰恩公司对于继续推进项目合作一事从此没有了下文。对于张果喜的多次催促，对方也一再以各种理由拖延，就是不见有实质性的进展。

直到一年之后，那位此前来到果喜集团总部实地考察的高管突然约见张果喜，提出推进双方合作项目事宜。

对此，张果喜一开始感觉事情有些蹊跷，即向美国杰恩公司提出质疑。

张果喜担心的是，在这长达一年的时间过程里，美国杰恩公司是否就项目与他方进行了合作。如果是那样，果喜集团和杰恩公司的合作就是存在巨大风险隐患的。

但美国杰恩公司一次次十分诚恳地向张果喜表示：在这期间，其公司未与其他任何企业就无刷无槽直流电机产品的合作开展过任何洽谈，至于一年来对与果喜集团的项目合作搁置下来，那完全是出于杰恩公司对项目合作时间、计划等调整部署问题。

得到美国杰恩公司这样的回复，张果喜自然也就打消了心中的顾虑。这源于张果喜性格使然，他从来都是在与人合作中抱定诚信原则的人，他给人以诚信，他相信，别人也会给自己诚信。他是这样认为的。

随后，出于信任，张果喜同意与杰恩公司重新合作。双方约定，在1999年圣诞节前签订正式合作合同。

1999年初，张果喜从美国返回余江后，便紧锣密鼓地展开合资公司的各项筹备工作。

这一年的 1 月，果喜集团就顺利拿到了工商执照，这标志着中美合资企业——江西喜泰电机有限公司正式成立。

此后，果喜集团花费了大量人力物力，投入到对无刷无槽直流电机从实验室技术到民用产品的研发。半年后，江西喜泰电机有限公司首期所开发的无刷无槽直流电机产品，顺利通过了国家有关部门的合格测试。

这就意味着，接下来，江西喜泰电机有限公司可以进行无刷无槽直流电机产品的生产了。

然而，就在江西喜泰电机有限公司着手准备投产之际，却突然发生了意想不到的事件：

1999 年 10 月的几天之间，广东省南海公安局分别在深圳和黄山先后刑拘了江西喜泰电机有限公司的总经理和另外 3 位工程师。紧接着，南海公安局又派员来到江西喜泰电机有限公司，对公司进行强行搜查，要求扣押并带走美方投入合资公司的全套技术资料。

对于这突如其来的一切，张果喜震惊不已！

究竟发生了什么？怎么会出现这种情况？到底是哪方面的问题……张果喜懵了。

还没有等张果喜缓过神来，紧随其后，北京、广东及香港的数家报纸相继刊出大篇幅报道文章。这些报道文章的内容高度一致，直指一个主题：果喜集团与美国杰恩公司串通，盗窃广东南海汇泰公司极有价值的技术资料，构成了刑事犯罪，应受到法律严惩！

事发突然，且接踵而来的势态咄咄逼人，令人感到一时透不过气来。

此案随即引起全国众多媒体的关注，也惊动了国务院有关部委和江西、广东及安徽省政府。

随后，公安部二局责成广东南海公安局依照法定权限，将此涉外案件移交其上级公安机关——广东省佛山市公安局进行调查处理。

接下来，广东省佛山市公安局经过调查取证及案情分析，做出界定：

此案不过是广东南海汇泰公司与其合作方的经济纠纷，不是刑事案件。

2000年1月10日，广东省佛山市公安局解除了对江西喜泰电机有限公司总经理和3位工程师的强制性措施，并于1月17日正式宣布撤案。

好在只是虚惊一场！

张果喜原以为这起"刑事案件"撤案后，事情也就随之平息了。

然而怎料到，一波刚平一波又起，而这次等待果喜集团的，将是一场前后历时四年的旷日持久的维护自身合法权益的波折。

没有料到，在广东省佛山市公安局正式撤销刑事案件不久前，广东南海汇泰公司又于1999年12月16日，正式向广东省佛山市中级人民法院提起民事诉讼。

在这份民事诉讼状中，广东南海汇泰公司状告果喜集团、美国杰恩公司等9个被告：恶意相互串通，盗走其公司全部无刷无槽电机技术、样机及经营合同、销售合同、评估报告等，用于生产与原告相同的无刷无槽电机产品和零部件，致使其企业彻底瘫痪，产生巨额损失，已签订5年期达65亿元人民币的产品销售合同不能履行，无法获取应有的利润12.63亿元人民币。

据此，广东南海汇泰公司请求法院判令：果喜集团、美国杰恩公司等9个被告共同侵犯了其商业秘密，需赔偿其经济损失人民币2.4亿元。在第二次庭审中，广东南海汇泰公司又将经济损失赔偿要求变更为1.4亿元。

同年12月22日，广东省佛山市中级人民法院受理了此案，并根据原告提出的诉讼保全申请，查封和扣押了果喜集团、江西喜泰电机有限公司的多处财产和技术资料，还查封了果喜集团在三亚投资2亿多元的果喜大酒店。

为何又会突然出现这样的情况？

这时，张果喜才开始意识到，事情并不像他原来想象的那样简单，这其中必定有深层复杂的原因。

果不其然，在对情况展开深入全面了解之后，张果喜终于得知了其中的真实原委：

原来，1997 年 11 月，美国杰恩公司的那位高管结束在果喜集团总部实地考察返回美国之后，经一位中间方介绍，又代表杰恩公司与广东省南海的一家企业接触，洽谈无刷无槽直流电机合作项目。后来，美国杰恩公司竟然单方面决定，放弃与果喜集团的合作，转而与广东省南海的那家企业合作。

而美国杰恩公司错上加错的是，竟然将这样的实情，从一开始就向果喜集团隐瞒得严严实实。

1998 年 3 月，美国杰恩公司与广东省南海的那家企业正式达成了合作意愿并签订了正式合作合同。

广东省南海的那家企业，就是与美国杰恩公司合作的广东南海汇泰电机有限公司的关联企业，公司法人也即为同一个人。

然而，在合作过程中美国杰恩公司逐步发现，广东南海汇泰电机有限公司法人不但利用担任合资公司董事长之便侵占合资公司资产，且违背诚信原则，一千多万元注册资金不到位，导致合资公司运转停滞，公司处于瘫痪状态。

之后，美国杰恩公司意识到，继续合作下去损失将更大。

于是，美国杰恩公司依照合同条款，于 1998 年 12 月 14 日正式向广东省南海市工商局、外经贸局提交申请，要求吊销南海汇泰电机有限公司营业执照并注销该公司，也就是停止项目合作。

在与广东南海汇泰电机有限公司合作失败后，其实，美国杰恩公司仍在南海、深圳寻找新的合作伙伴，但由于种种原因未能如愿。

走过这段弯路后，美国杰恩公司才意识到，当初选择的果喜集团才是最理想的合作伙伴。

于是，美国杰恩公司派专人再度找到果喜集团，提出双方合作的请求。

这也正是为何 1997 年 11 月，美国杰恩公司与果喜集团双方谈定了合作，但接下去美国杰恩公司却杳无音信，而 1998 年底该公司又突然找到果喜集团重启合作的真正原因。

但对于这其中的曲折经过，美国杰恩公司都对果喜集团隐瞒了。

殊不知，美国杰恩公司的这一做法，引来了后来众多的麻烦并殃及到了无辜的合作方果喜集团。

再回到案件上来。

实际上，广东南海汇泰公司状告果喜集团、美国杰恩公司一案，既涉及国际经济领域中企业合作的法律问题，又牵涉到知识产权、商业秘密的保护层面。因此，此案引起各级部门与社会各界前所未有的高度关注。

而 1999 年 12 月底，在张果喜接到的一份发自国家有关部门的函件中，对果喜集团在此案的行为中有这样的界定内容：泄露国家重要机密。

泄露国家重要机密！这意味着，案件性质已经超出了单纯的商业范畴。

事态严重的程度，现在已远远超出了张果喜的料想，这怎不令他惊出一身冷汗来！

随着案情进一步发展，所引起的社会影响越来越大，此案最后引起了一位国家领导人的关注，先后两次作出批示，要求中央 7 部委和广东、江西两省主要领导重视此案。

最终，最高人民检察院也直接介入调查此案，在实事求是地调查取证后，将该案定性为合资公司双方的经济纠纷。

该案涉及国度之多、诉讼标底之大、案件审理过程之复杂，世属罕见。同时，该案因为涉及美国、加拿大的企业和人员，还引起了中国驻美国大使馆、加拿大驻广州总领事馆的关注和介入。

为了对此案做出正确判决，广东省佛山市中级人民法院指派了在涉及知识产权案件审理中颇有名气的霍彦杰担任审判长，与另两名审判员及陪审员史际春、张玉瑞（均为北京法学专家）组成合议庭。

合议庭对此案涉及的十个症结问题进行了逐一解剖,如:美方在中国申请专利后,原告技术中是否存在商业秘密;美国杰恩公司的违约行为是否构成侵犯原告的商业秘密;果喜集团与美方合作是否侵犯了原告的商业秘密;喜泰公司取得技术的途径是否合法,是否构成侵权等等。

合议庭的法官们对所有的举证材料进行分析鉴别、调查复核,然后做出认证。有的复杂问题还要委托权威部门进行鉴定,如对原告、被告各自提供的"无刷无槽直流电机"技术资料及样机是否相同、有没有"商业秘密",还委托中国科学技术法学会鉴定中心进行对比分析并做出权威鉴定结论。

而在案件审理过程中,原告广东南海汇泰有限公司前后四次增减状告对象、改变诉讼请求,出尔反尔,使法院应接不暇。

…………

经过法院的认真深入调查审理,事实真相越来越清晰——果喜集团不存在任何违法行为。

广东南海汇泰公司没有达到目的,就提出与果喜集团和解。

在法院调解中,果喜集团也向广东南海汇泰有限公司出示了相关专利资料,令其心服口服。

2000 年 3 月 22 日,广东南海汇泰有限公司向佛山中院提出撤销对果喜集团的诉讼请求,并请示解除对果喜集团在三亚的果喜大酒店的查封。

随后,佛山中院依法裁定:准许原告撤回对果喜集团的诉讼及解除对果喜大酒店的查封。

可是,再次出人意料的是:2000 年 9 月 8 日,广东南海汇泰有限公司又突然提出追加美国杰恩公司为该案的被告参加诉讼。2001 年 2 月 8 日,广东南海汇泰有限公司进一步重新提出,追加果喜集团作为该案被告,要求果喜集团承担经济赔偿责任。

对此,出于对"地方保护主义"的担忧,果喜集团及江西喜泰电机有限公司曾先后三次向广东高院提出审案管辖权异议,希望变更审理地点和审案法院。直到广东省高院于 2001 年 12 月 27 日裁定，维持佛山市中院的管辖权，才最终确定审案地点。

后来的事实证明，果喜集团的这种担忧是完全多余的。

广东省佛山市中级人民法院对该案的审理认真负责，判决公道合理，体现了法律公平公正的原则。

"公说公有理，婆说婆有理"，但法律是以事实为依据的。

广东南海汇泰有限公司，在起诉果喜集团等方窃取了其"商业秘密"的过程中，尽管也对"商业秘密"的内容列举了 10 多项，但归结起来，主要是指"技术资料秘密"和"经营信息秘密"两大项。

经过佛山中院调查鉴别，终于查清了事实真相，做出了审结认定：

广东南海汇泰有限公司的技术具有秘密性、实用性，采取了相应的措施，能为原告带来经济效益，应认定受法律保护的技术信息；但广东南海汇泰有限公司请求判令果喜集团及江西喜泰电机有限公司侵犯其经营信息，理由依据不充分，不予支持。

这首先是因为，广东南海汇泰有限公司拥有的"技术资料秘密"虽然受法律保护，但与江西喜泰电机有限公司的技术没有相同或相似内容。

其次，1999 年 1 月 12 日，果喜集团与美国杰恩公司正式签订合同，成立了合资公司——江西喜泰电机有限公司。江西喜泰电机有限公司取得了美方"无刷无槽直流电机"专利技术，只是后来因美方工程师突然病故，导致其承诺的分批提供系列生产图纸、技术资料等一时没有及时跟进，研制计划进展受到阻滞。

与此同时，2000 年 2 月，果喜集团找到了西安微电机研究所，在其参与指导下，江西喜泰电机有限公司研制开发了无槽筒型线圈生产、无刷无槽电机 XWC 系列技术等 6 项电机技术，其中 5 项经申报获得发明专利。

果喜集团的这些技术资料，在案件审理期间被送往佛山中院委托的权威机构，与美方提供的并在中国申请了发明专利的技术进行对比鉴定，结论是：无刷电机的工作原理和基本结构属于公知技术，但由于性能要求、外形结构要求不同，设计就可能不同。汇泰公司与喜泰公司分别拥有的技术资料和电机样机，在具体结构、性能、工艺上是不同的，应属于各自设计、生产单位的非公知技术，即技术秘密。

而至于经营信息秘密，按广东南海汇泰有限公司的主张，其所指的经营信息秘密是合资签订的合同、章程、可行性报告等。

经法院调查，事实是美国杰恩公司早在1997年7月就与果喜集团洽谈过合作事宜的，并达成了合作意向，草拟了合同、公司章程、可行性报告、专利技术作价入股许可协议书等，全部采用的是果喜集团原先草拟的文本，所不同的只有公司名称及时间、地点等。美方代表回国后，因种种因素放弃与果喜集团的合作，转而与广东南海汇泉公司合作，双方签订的合资合同、公司章程、可行性报告、专利技术作价入股许可协议书等，全部采用的仍然是果喜集团原先草拟的文本，所不同的只有公司名称及时间、地点等。1998年12月，杰恩公司再度与果喜集团合作成立江西喜泰电机有限公司时，所签各项文件仍然沿用1997年草拟的蓝本。因此，法院对原告此项"商业秘密"不予支持。

美国杰恩公司方面，在诉讼中列举了大量事实证据，如广东南海汇泰有限公司法人擅自高价订购土地，擅自违反董事会以美元或港币注资的约定，以借贷的人民币1186万注资及12天后将注资的人民币全部抽回，导致合资公司停止运作等等。这些，有力证明了广东南海汇泰有限公司违约在先。

…………

2003年6月17日，是果喜集团和美国杰恩公司期盼已久的日子，也是海内外各界关注的日子。

这一天下午，广东省佛山市中级人民法院庄严宣判：

从本案证据看，喜泰公司是美国杰恩公司与果喜集团合作成立的，喜泰公司拥有的技术是基于果喜集团与美方杰恩公司的合作的许可途径取得的。原告虽然享有商业秘密，但喜泰公司在研究制造无刷无槽电机过程中，自行设计产品的生产结构、工艺过程，与原告的商业秘密不同。因此，原告的损失与果喜集团无关，喜泰公司的行为不构成侵权原告的商业秘密，不需承担赔偿责任。

原告请求判令美国杰恩公司等5个被告侵权，请求判令被告停止侵权、公开赔礼道歉理由依据充分，法院予以支持。原告请求被告赔偿1.4亿元理由依据不足，本院不予支持。本案案件受理费共计148.7万元，由南海汇泰电机公司承担89.2万元，杰恩电机有限公司承担59.5万元。如不服本判决，各方可在判决书送达之日起30日内，向佛山中院提交上诉状。

…………

至30天上诉期限已过，任何一方均未再提出上诉。

这意味着，广东南海汇泰公司状告果喜集团、美国杰恩公司一案尘埃落定，果喜集团和美国杰恩公司胜诉。

从1987年"商业秘密"在《反不正当竞争法》中首次亮相以来，此案诉讼标底1.4亿元是最大的，在国内曾多次审理知识产权案的本案审判长，将此案认定为全国商业秘密侵权第一大案。

办理此案的审判长在后来接受媒体采访时说，从来没办过这样复杂的案子，拿到审判委员会审读查阅的材料足有两手推车，判决书长达7万字，宣读判决书居然花了4个多小时。

作为该案的始作俑者———南海汇泰公司负责人，同样有着深刻教训。

据说，这位企业家年纪轻轻就事业有所成就，获得过多种荣誉，若能精心经营自己的多家企业，其前景是会越来越好的。可不知什么心理作怪，他先是在与美国杰恩公司合资中，通过假投资、做假账，把美方先期投入的25万美元弄进了自己的腰包。美方公司察觉后，停止后续投资，拿回专利技术，撤走技术人员，宣布解散合资公司。当他得知杰恩公司重新合作的伙伴是经济实力雄厚的果喜集团时，为了狠捞一把，可谓煞费心机，采取多管齐下的战术，一方面向公安机关谎报"军情"，引得公安部门直接介入这场合资公司的经济纠纷；另一方面通过新闻媒体大肆炒作此案，图谋让果喜集团陷入"千夫所指"的境地；同时滥用诉讼权，向法院提起民事诉讼，声言流失了65亿元人民币的已签合同，损失应得利润12.63亿元人民币，请求法院判令果喜集团等赔偿经济损失2.4亿元人民币，后又改为1.4亿元人民币。然而，这一次他打错了算盘。经过顽强应诉，较量的结果是，果喜集团全面胜诉，而他则败得很惨，不仅一个子儿未捞到，还必须承担89.2万元的诉讼费用，若要上诉，又得支付100多万元的上诉费。

"四年来频繁应诉，牵扯了我个人及公司大量的时间与精力，也花费了不少财力。随着经济领域国际交往的日益增多，我国企业和企业家亟须增强知识产权、商业秘密的保护意识。首先要自己做到不侵犯其他企业的知识产权、商业秘密，同时也应懂得怎样利用法律武器保护自己的知识产权、商业秘密不被侵犯。"此案尘埃落定后，张果喜感慨万分。

案件的胜诉，也标志着果喜集团和美国杰恩公司无刷无槽直流电机合作项目在进展上再无任何干扰因素。

在"二次创业"过程中，果喜集团进军高新技术产业领域，其间历经的种种波折令张果喜至今难忘。

而在深情的回忆中，最让张果喜欣慰的是，那四年当中尽管历尽波折，但他从来没有过要放弃这一高新技术产业项目的念头！

第七章
缔造"稻田里的商业帝国"

风雨高歌，其间虽有波折，但却始终一路执着稳健前行。

历经"二次创业"的第一个十年，从成立集团公司并相继选定进入新型包装材料、微型电机和旅游酒店这三大新产业，张果喜以前瞻性的眼光和敢为人先的胆略魄力，让果喜集团在上世纪90年代完成了"二次创业"早期多元化发展规划的最初布局。

尤其是新型包装材料数年间的快速崛起，更是奠定了果喜集团多元化发展的坚实基础。

时光跃入新千年，多元化产业发展格局已初步形成的果喜集团，迎来了更为广阔的发展天地和商业机遇。

张果喜再次把目光投向了既定的"二次创业"的中期目标——通过已有产业项目的发展壮大和新产业项目的继续拓展，让果喜集团进一步做大规模和增强实力，迈出集团多元化发展在新世纪更为铿锵的前行步伐。

至此，张果喜再图大业的宏大愿景跃然而现，他要立于余江县果喜集团总部，在改革开放风云激荡的全国商业版图上精心布局，运筹帷幄，缔造起自己的"稻田里的商业帝国"！

不断发展壮大已有产业项目和继续拓展新产业项目，沿着这一主线思路，张果喜审时度势，正确把握航向，适时制定和调整企业的发展战略，在风云变幻和激烈的市场竞争中淋漓尽致地挥洒着卓越的商道智慧与才干。

从木雕漆器产业在同行业中异军突起到新兴包装材料领跑市场，从旅游酒店项目的适时再启动到电机项目快速发展，再到房地产、保健酒业、文化旅游及保险业……果喜集团原有产业项目稳步壮大发展，不断在新行业领域拓展新空间，整个集团在新世纪第一个十年纵横捭阖的发展态势格外令人瞩目。

新世纪的第一个十年，果喜集团凭借厚积薄发之势形成了资源、保险、旅游、实业齐头并进的产业发展格局，踏上了现代化管理、多元化经营、集约化发展的创新奋进之路。

由此，张果喜位于余江县的"稻田里的商业帝国"，也被商界誉为不可思议的商界传奇！

第一节 "卧薪尝胆"更图强

再次回望果喜集团在上世纪 90 年代的前行历程，可谓是一幅渐次波澜壮阔的崛起蓝图。

这幅渐次波澜壮阔的崛起蓝图，就是张果喜紧紧围绕"二次创业"的产业布局初步绘就而成的果喜集团发展格局蓝图——立足于工艺雕刻产业，向新兴朝阳产业和高新技术产业不断纵横拓展。

世纪之交的 2000 年，张果喜的日程事务安排格外繁忙起来。

在企业经营具体日常事务中，从正日益扩大的工艺雕刻国内外市场拓展调度，到分布于广东、福建等地的包装材料产业发展规划，再到汽车内饰项目的进一步完善。

在无齿无刷直流电机项目的推进上，广东南海汇泰公司状告果喜集团、美国杰恩公司一案已进入关键的应诉阶段，需要投入大量的时间精力。

在旅游产业的再次启动上，种种迹象越来越清晰地表明，三亚果喜大酒店项目的重新开工建设已指日可待。

尽管如此繁忙，但张果喜内心却不敢有丝毫的松懈。

因为，在张果喜的理解里，自己为果喜集团绘就的产业发展蓝图已全面铺开，宏大格局下的果喜集团"二次创业"整体发展，正在爬坡过坎。

如此关键的时期，在张果喜看来，正是果喜集团发展中"卧薪尝胆"更图强的关键时期。

而在这繁忙之中，有一件事却是张果喜不曾料到的。

这一年，福布斯中国富豪榜发布后，张果喜的名字首度登榜，以 12 亿元人民币资产排第 24 名，这也是当时江西省内企业家最靠前的排名。

之后的 2001 年至 2003 年，在每一年发布的福布斯中国富豪榜上，张果喜的名字都赫然在列。

福布斯中国富豪榜上的连年上榜，就这样再度激起了社会公众对张果喜的持续热切关注：从国际编号为"3028"号的小行星被命名为"张果喜星"而后，张果喜渐渐淡出了公众的视线，这么多年来，他在谋划些什么？从余江工艺雕刻厂到果喜集团，其间的张果喜经历了怎样的心路历程？进入新千年，他将引领果喜集团在"二次创业"中朝着怎样的方向前行……

更有在已确立的全新发展战略下，江西在新世纪发展蓝图令人心潮澎湃——2001 年 12 月，江西省第十一次党代会响亮地提出了"实现在中部地区崛起"的目标。这样的背景视野下，江西的企业发展也被赋予了更高的期待。对此，作为江西民营企业阵营中的领跑者，又准备去如何书写新世纪更为精彩的发展新篇章……

这些，都为人们所关切。

殊不知，在张果喜的内心深处，始终怀有热切回应社会关心的真挚情感。他从来就是一直将自己视为一个普通的木匠，过去是，现在依然还是。对于来自社会对自己的点滴关切，他也从来都是充满着感激之情，过去是，现在也同样如此。

只不过，在决心开启"二次创业"的历程之后，他是在以一种"卧薪尝胆"的方式蓄积能量，以图有朝一日谋求更大的发展。

风雨高歌，一路执着稳健前行。历经"二次创业"的第一个十年，从成立集团公司并相继选定进入新型包装材料、微型电机和旅游酒店这三大新产业，张果喜以前瞻性的眼光和敢为人先的胆略魄力，让果喜集团在上世纪 90 年代完成了"二次创业"早期多元化发展规划的最初布局。尤其是新型包装材料数年间的快速崛起，更是奠定了果喜集团多元化发展的坚实基础。

时光跃入新千年，多元化发展格局已初定的果喜集团，迎来了更为广阔的发展天地和商业机遇。

"即将开始的，就是要去实现'二次创业'的中期目标了——通过已有产业项目的发展壮大和新产业项目的继续拓展，让果喜集团进一步做大规模和增强实力，迈出集团多元化发展在新世纪更为铿锵的前行步伐。"

从 2001 年至 2003 年，张果喜对于果喜集团在新世纪再图大业的蓝图，已了然于胸。

2003 年，余江工艺雕刻厂创立 30 周年，张果喜也走过了 30 年的创业历程。

于是，张果喜决定，通过媒体将这蓝图与自己于"卧薪尝胆"过程中的所思所想和盘托出，以回应社会的关切。同时，也以此昭示自己人生事业和果喜集团在新千年将要迈出的激情步伐。

媒体：到上个世纪 80 年代末，你的事业已获得巨大成功，各种令人仰慕的荣誉集于一身，中外媒体广泛报道传播。可是，从 1993 年以后，你却从公众视线中淡出，由此引起了人们的种种猜测。你在这一时期主要在想什么、做什么，企业有哪些新发展？

张果喜：邓小平同志说过，发展是硬道理。对企业来说做大做强就是硬道理。一个企业发展到一定阶段，就要积蓄能量，谋求更大的发展。你说的 1993 年到现在，正是我们积蓄能量，筹划实施"二次创业"的时期。在建厂 20 周年之际，经过对国际国内经济发展形势的认真分析，我清醒地认识到，在别人还没有想到赚钱的时候，我们选择了高利润的木雕工艺品作为企业的主导产业，通过不懈的努力，我们闯出了自己的一片天地，成为同行业中的龙头老大。从 80 年代末开始，世界经济出现了一体化的新趋势，我们要融入世界经济大循环，把企业这块蛋糕做强做大，光依靠木雕还不行。因为木雕这个行业比较窄，发展空间不大，产业做得再大，一年的销售额也就是亿元左右。为此，我没有更多的时间接待众多媒体派来的采访记者，也不管社会上有什么疑问和猜测。古人越王勾践是战败了"卧薪尝胆"，我则是盛名之下"卧薪尝胆"。十年磨一剑，我们企业的"二次创业"虽然还不到十年时间，但我可以欣然告诉公众的是，经过全体员工的共同努力，当初制定的以"调整产业结构，扩大发展规模，提高整体素质，再塑企业形象"为主要内容的"二次创业"目标，现在已经初步实现。按照长期、中期、近期梯形项目发展规划，我们投资5个多亿，新上了化工发泡材料、小汽车零配件、新型电机、酒店旅游等多个具有较大发展前途的项目，并在深圳、东莞、上海、厦门、海南等地新增了9个生产厂（公司）。这些新上的项目不仅没有一个失败的，而且大部分提前进入回报期。这为我们实施下一步发展战略奠定了基础，同时也加速了由劳动密集型产业逐步向技术密集型、资金密集型产业的转化。

媒体：进入新世纪，特别是加入WTO后，中国的企业面临着日趋激烈的竞争，你将如何应对这一近乎残酷的现实？拿出什么样的主导产品参与世界经济大循环？

张果喜：有人说，加入WTO后，中国企业进入了"与狼共舞"的新时期。这话虽然很形象，但我的想法是，在与外国企业进行竞争时，我们为什么就只能做"狼"而不能做"虎"？而要成为竞争中的"虎"，首先起点要高，新项目的起点要高，企业发展总体战略的起点更要高。我时常对员工们说，站在余江的马鞍岭，只能看到余江县；站在江西的庐山，只能看到江西省；只有站在珠穆朗玛峰，才能看到全世界。正是从这一思路出发，我们于1999年从美国引进世界最先进的新型电机——无刷无槽永磁直流电机生产项目。这个项目是一个有着非常大的发展潜力的项目。经过几年的消化和开发，我们不仅进一步提升了原有的技术，拥有了具有自主知识产权的核心技术，而且还研制开发了一大批专用生产设备，形成了大批量生产的能力。该项目的开发，不仅向社会提供了具有国际先进水平的高性能电机，而且将促进粘结剂、电磁线、绝缘材料等产品质量的提高和材料新品种的诞生。对永磁材料的大量需求及零部件的大量外协配套，必将促进或带动本地区相关产业的发展进步。该项技术填补了国内空白，达到甚至超过了国际先进水平，在世界电机生产技术上占据着制高点。就世界电机市场而言，据我们从相关资料上所知，目前世界微型电机年销售额达 2000 亿美金，其中光是美国的微型电机年销售额就有 70 亿美金，且每年在以 5%—7% 的速度上升。由此可见，新型电机的市场前景是非常广阔的。美国诸多电机销售公司闻知我公司全面掌握了该技术之后，纷纷来函、来电或直接来人，要求获得我公司新型电机产品在美国市场的总经销权。为加快该项目的发展，我们将"双箭"齐发。一方面与南昌铁路局合作，以开发邮件自动分拣系统电机、铁路系统各类专用电机产品为起点，拓展国内销售市场；另一方面大举进军国际市场，不断扩大新型电机在国际市场的占有份额。我们计划在 5 年之内，形成年产 500 万台电机的生产能力。到那个时候，新型电机不仅是我们果喜集团的第一产业，而且会像木雕产业一样，在全球电机行业居于主导地位。

媒体：今年，我省开展了气势宏大的解放思想、加快发展的大讨论，在此基础上，省委省政府提出了要把江西建成"三个基地、一个后花园"经济发展新思路，你将以什么样的实际行动响应省委省政府的决策？

张果喜：对省委、省政府提出的把江西建成"三个基地、一个后花园"经济发展新战略，我们积极响应，正在根据自己的实际情况，加大实施力度。下一步，我们投资新上的主要项目之一便是就近发展旅游业。因为鹰潭市有着得天独厚的旅游资源，尤其是大上清宫，它位于贵溪市上清镇"九龙"聚会的风水宝地，占地近 500 亩，是龙虎山最早的祀神建筑。经过东汉以来历朝历代的修建，曾达到过 2 宫、12 殿、24 院的宏伟规模，相传与当时的皇宫相比，造型相同，高度仅低一尺。这里是中国道教传播发展中心，集中体现了道教文化的内涵，素有"神仙所都"和"百神受职之所"的赞称。宫中伏魔殿的镇妖井，就是施耐庵笔下水泊梁山 108 将的出处。可惜晚清的一场战乱和后来的一起火灾，将大上清宫化为灰烬。盛世百业兴，在旅游业日趋兴旺的今天，鹰潭市旅游管理部门计划重建大上清宫，并已开始了前期工作，只是因为资金不足，难以按计划分期修建。得知这一情况后，从为社会作贡献和发展旅游业双重目标出发，我几次实地考察，决定参与这一项目，并由我公司控股，邀请几个伙伴合作成立一家合资公司，第一期投资 7000 万元，在一年半到两年时间内重建好大上清宫，使之成为天下独一无二的旅游新景区，三至五年达到可以接待游客 50 万人次的规模。随后，我们还要依托"大上清宫"，拓展影视文化、酒店服务等业务，形成旅游观光、休憩度假、娱乐休闲一条龙，把这里建成天下游客都向往的"后花园"。

媒体：近 20 年来，我们听到看到过不少企业时而声名显赫，时而跌入低谷，甚至破产倒闭，而你的企业却一直稳步发展，像滚雪球似的越滚越大，原因何在？

张果喜：从总体上讲，我认为，一个中国企业家，就要了解中国的国情，了解每一个时期党的方针政策和国家法律法规。企业家可以不从政，但不能不关心政治。中国的"能人"只有一个，那就是中国共产党。只有坚持党的领导，才能保证企业的健康发展，才能经得起时间和历史的检验。除此之外，作为企业的经营决策者，一定要具备较高的素质。这主要体现在：第一，要有吃苦耐劳、勤奋敬业的精神。不要说在创业初期，为了求生存，我既是厂长，又是检验员，又是采购员，每天不分白天黑夜地苦干，就是到了今天，有了很好的条件，我仍然保持着勤奋工作的习惯，不敢有丝毫懈怠。许多人或许只看到我白天多是做一些应酬之事，似乎显得很轻松愉快，他们哪里知道，一到夜深人静之时，我便要关起门来，思考自己有哪些失误和不足，处理各种文件，向各地分支机构打电话了解情况、发出指令，经常通宵达旦。其次，要注重学习。人的知识都是从不断学习、不断实践中得来的，只有勤于学习、善于总结，才能丰富自己的知识领域。比如我们过去做的主要是木雕行业，经过学习和实践，由不熟悉到熟悉，最终达到炉火纯青。但是对其他领域，特别是高新技术产业，我们原先并不熟悉，这就要求我们必须加强学习，了解和掌握相关领域的知识，消化和创新企业引进的新技术，使自己由生手变为行家里手。第三，要有驾驭全局的能力。这就要具备情报力、想象力、判断力、决策力、实施力。有了这"五个力"，才能站得高看得远，对各方面的情况做出正确的判断，对企业的发展战略做出正确的决策。第四，既要有敢想敢闯的胆量，又要坚持谨慎从事。为了企业的发展壮大，我历来主张要敢为人先，想别人没有想过的事，走别人没有走过的路。但是，在选择项目和做出决策时，我总是反复掂量、审时度势、量力而行，决不草率盲目，一味蛮干。所以，这么多年来，我做出的决策总能够得到很好的实施，选择的项目到目前为止还没有一个是失败的，企业始终保持着旺盛的发展势头。

媒体：十多年前，海外媒体就争相报道说你是中国的首富。经过这么多年的发展，你和你的企业积累了更多的资产。作为亿万富翁，你是怎样看待财富的？进而言之，你人生最大的追求是什么？

张果喜：对财富问题，我看得很淡。过去，我不会因为自己是个穷光蛋，就觉得很可怜。现在，我也不会因为自己拥有多少个亿，就觉得很了不起。人生是短暂的，金钱这东西生不带来，死不带走，把它用到最需要的地方去，才是善善之举。正是基于这一想法，从创业办厂初期至今，我们一直本着"交足国家、留足企业、富裕职工、造福社会"的利润分配原则，累计捐献2000多万元，支援政府和社会兴办文化教育、医疗卫生、市政交通、社会福利等公益事业。

说到人生追求，我信奉陶行知先生所说的一句话："人生为一大事而来，办一大事而去。"父母生育了我，大地哺育了我，就是要看看我到人间究竟能办多大的事情。从创业的具体目标讲,我追求的是"第一"和"一流"。干事业,不干则已,干则必成,而且要干成"第一"或"一流"的。过去,我们已经创造了许多个"第一":木雕产品是"天下雕刻第一家",发泡材料生产总量是全国第一,中国企业家摘"星"第一人……现在,我们正在开发生产和行将上马的新项目也是"第一":新型电机的生产技术和产量将达到世界"第一",重建的"大上清宫"是天下独一无二。今后,我们还要不断创造出更多的"第一"。我们的最终目标是跻身世界先进企业行列,以更加优异的成绩回报国家、回报社会、回报人民。

"干事业,不干则已,干则必成,而且要干成'第一'或'一流'的!"

在张果喜的心中,新世纪,他要立于余江县果喜集团总部,不断发展壮大已有产业项目和继续拓展新产业项目,沿着这一主线思路,审时度势,正确把握航向,适时制定和调整企业的发展战略,在风云变幻和激烈的市场竞争中淋漓尽致地挥洒着卓越的商道智慧与才干。

张果喜在新千年再图大业的宏大愿景,如此气势磅礴而豪情满怀!

历经"二次创业"的第一个十年,从成立集团公司并相继选定进入新型包装材料、微型电机和旅游酒店这三大新产业,张果喜以前瞻性的眼光和敢为人先的胆略魄力,让果喜集团在上世纪90年代完成了"二次创业"早期多元化发展规划的最初布局。

尤其是新型包装材料数年间的快速崛起,更是奠定了果喜集团多元化发展的坚实基础。

张果喜再次把目光投向了既定的"二次创业"的中期目标——通过已有产业项目的发展壮大和新产业项目的继续拓展,让果喜集团进一步做大规模和增强实力,迈出集团多元化发展在新世纪更为铿锵的前行步伐。

至此,张果喜再图大业的宏大愿景跃然而现,他要立于余江县果喜集团总部,在改革开放风云激荡的全国商业版图上精心布局,运筹帷幄,缔造起自己的"稻田里的商业帝国"！

第二节　十年蓄势强劲而发

　　整整十年蓄势，在新千年之初强劲而发的果喜集团，呈现于人们面前的是其稳健磅礴的整体崛起之势。

　　而张果喜令人折服的审时度势眼光，也很快显现在海南三亚果喜大酒店项目建设的重新开启上。

　　2000 年，张果喜开始频繁往来于江西余江和海南三亚之间。

　　这是因为，基于对国家宏观调控放缓和旅游市场逐渐升温趋势的研判，在 1999 年底张果喜已认定：种种迹象已表明，重新启动三亚果喜大酒店建设的时机已成熟。

　　张果喜把这一时间节点定在了 2000 年。

　　"酒店一定要和三亚国际旅游城市的定位吻合，体现高端品位，否则，不但很快就会显得落伍，而且，整个三亚市的定位品位还会因为我们酒店的品位而受到影响。"张果喜提出，三亚果喜大酒店要按四星级酒店标准，建成一座高端豪华、设施最完善的高档涉外旅游酒店，成为三亚市重要的地标性建筑。

　　在酒店的建筑规模上，张果喜也是大手笔，酒店总占地面积 6800 平方米，建筑面积 29000 平方米，楼高 12 层，拥有总统套房和不同格调与类型的客房 219 套。

　　为实现这一建设定位，三亚果喜大酒店最终将投资追加到 2 亿多元。

　　"客观而言，2000 年海南三亚旅游市场的发展情况，也还正处于初步兴起的阶段，当时敢于大手笔投建一座 2 亿多元的星级大酒店，是需要很大魄力的。"谈及当年张果喜斥巨资高起点建设三亚果喜大酒店，熟悉当年张果喜兴建酒店时情况的人至今仍叹服不已。

张果喜的前瞻性眼光，深刻体现在他对旅游产业的未来预见上！

三亚果喜大酒店东瞰繁华市区，西眺美丽的三亚湾风景。加之酒店位于三亚市解放路，距三亚凤凰机场15分钟车程，离椰梦长廊——海边沙滩仅漫步5分钟，交通十分便利。

走进三亚果喜大酒店，房内设施高档典雅，超大型的金箔壁画、传统的贴金木制浮雕、流光溢彩的水晶灯、空中花园游泳池，一切尽显游客的尊贵身份。

酒店拥有山景房、海景房、蜜月房、豪华行政套房、总统套房等不同格调与类型的客房，以及大、中、小型会议厅。豪华的皇朝夜总会，音响高档、灯光绚丽、气势恢宏。酒店集中餐、西餐、快餐、风情餐，康乐及功能完善的商务中心等诸多项目于一体，可满足游客多方面的需求。

此外，酒店装潢豪华、设施完善、服务一流，既适合商务、会议，又适合度假休闲。

新千年之初建成的果喜大酒店，也成为当时三亚市区唯一按照国际标准设计的四星级商务休闲酒店，大大提升了三亚国际旅游城市的形象。

令人难以置信的是，今天再度回望三亚市旅游市场的发展状况，人们会惊讶地发现，仿佛与果喜大酒店一层层矗立而起的情形一样，从新世纪之初开始，三亚旅游的发展逐年升温。

在新世纪的第一个十年里，三亚这方昔日"天涯海角"的小渔村，昔日长满野菠萝和仙人掌的海滩荒地，迅速崛起成为自然与现代气息交融的椰梦长廊。曾经和着清风浊浪吟唱寂寞的亚龙湾，在短短几年间就已成为国内外旅游度假区的知名品牌，三亚已"蝶变"成一座闻名遐迩的国际旅游名城，走在了中国旅游业发展的最前沿。

三亚旅游业的快速发展，同时又极大促进了当地酒店宾馆等旅游服务产业的快速发展。

于是，果喜集团随后又在位于亚龙湾国家 4A 级旅游度假风景区，按五星级标准再投资建设了酒店贵宾楼。

如今，在三亚市已建有旅游星级酒店及待评星级酒店 200 余家，堪称中国酒店最密集的城市之一，也是中国常住居民人均拥有酒店客房量最多的城市之一。然而，果喜大酒店今天依然是三亚市中心最豪华、设施最完善的四星级商务旅游酒店之一，也是三亚市重要的地标性建筑之一。

每到旅游旺季，果喜大酒店几乎都是百分之百的满入住率。

多年来，三亚果喜大酒店先后荣获海南省"企业形象最佳单位""明星酒店""十佳商务酒店""十佳旅游星级饭店"等称号，在三亚酒店行业中具有良好的品牌形象。

市场欣喜的丰厚回报，对于进入新千年的果喜集团而言才刚刚开始。

新千年之初，就在三亚果喜大酒店开业即盛迎八方游客的同时，果喜集团佛龛产品在日本佛龛市场一度沉寂数年后的情况，也快速改变。市场回暖之快，以至于很快出现供不应求的喜人局面。

这让很多业内人士，甚至是果喜集团员工也惊讶且不解。

这一切，还得从 1997 年东南亚金融危机说起。

1997 年，东南亚金融危机突起，日本经济急剧委顿，各行各业迅速进入凋敝的处境，佛龛市场也随之萧条，很多佛龛生产、经销厂商纷纷关门倒闭。

在这场金融危机中，果喜集团因出口日本的佛龛产品数量锐减，开始出现佛龛生产领域陷入亏损的境况。

基于日本佛龛市场一片萧条的现实状况，加之果喜集团此时在新型包装材料、汽车内饰生产经营上开始快速发展。为此，有人向张果喜建议，暂停佛龛生产线的生产，集中资金和人力转向新型包装材料、汽车内饰的发展。

然而，令人匪夷所思的是，张果喜不但不暂停佛龛产品的生产，反而增加投入 4000 万元，新上了两个佛龛成品厂项目。

对此，有人说张果喜一定是头脑发热了。

"市场萧条必然是暂时的，经济一旦恢复，旺盛的市场需求就将产生。"在张果喜的经营理念里，佛龛市场当前的萧条局面也正好是行业"洗牌"的时候，坚持下来，将来就一定会有市场机会，而且会有更好、更大的市场机会。

由此，张果喜认为，随着在市场萧条时期很多佛龛生产厂家倒闭或转行，那也就等于一旦市场恢复旺盛，坚持下来的厂家市场空间大大增加，竞争的对手也大大减少了。

这就是张果喜认为的巨大商机，他总是能在危机中洞悉机遇！

果然不出张果喜所料，2000 年前后，随着东南亚金融危机逐步消退，日本经济快速复苏，日本佛龛市场也逐渐回暖。

在之后的几年之间，日本佛龛市场再度恢复到兴旺情形。

而此时的果喜集团，由于未雨绸缪在佛龛生产的产能和工艺提升上都做了充分的准备，因而在日本佛龛市场再度兴旺起来的情况下，赢来了大好的市场商机！

新世纪初年，果喜集团的佛龛产品在日本佛龛市场的占有率稳居前列，赚了个盆满钵满。

在新型包装材料这一产业发展上，世纪之交东南沿海地区制造业的异军突起，对新型包装材料的需求量迅猛增长。

而聚乙烯发泡包装材料，经过数年的市场推广，也开始得到广泛的市场认可。

此前，由于当初从韩国引进 6 条生产线，果喜集团在进入新型包装材料行业时，被外界认为是"步子一下迈得太大太急"。此时，随着市场对聚乙烯发泡包装材料需求量的不断攀升，果喜集团 6 条先进生产线的产能日益凸显出在产能上的优势。

同时，东莞喜星塑胶泡棉制品有限公司和厦门同安喜星化工制品有限公司，由于技术先进和良好的产品品质，在新世纪的短短几年时间里，就成了包装行业的佼佼者。

"我们国家经济越来越发达，城乡居民生活水平不断提高，那将来买家庭轿车的人就一定会越来越多。"这是张果喜在1995年前后做出的分析判断，也是他决定进入汽车内饰件系列产品开发的投资依据。

新世纪最初几年，我国家庭小汽车爆发式增长的态势，充分印证了张果喜极具前瞻性的分析判断。

全国家庭小汽车市场的爆发式增长，直接带动了汽车内饰件系列产品的快速发展。

到2005年前后，果喜集团汽车内饰件已形成了丰富的系列产品，生产能力达到了年出口创汇超千万美元的产能。

同时，由于十分注重新产品的开发和丰富产品系列，果喜集团的汽车内饰件产品，从生产规模到产品品牌知名度，开始在国内同行业中处于一流水平。

第三节　引领电机行业技术新向标

2003年，在结束了那场旷日持久的所谓的"专利成果侵权案"纷争后，果喜集团终于真正迈出了进军高新技术产业的步伐！

对于进军高新技术产业，从确定将无刷无槽直流电机作为果喜集团的产业项目，到历经波折最终投入研发生产，在长达7年时间里，张果喜对微型电机产业项目已经投入了太多的精力。

张果喜如此锲而不舍，正是因为他认定了这一产业项目未来的巨大发展空间和广阔前景。

"该项目的实施，对我国电机行业的发展将产生深远的影响，具有广阔的发展前景！"在张果喜的理解里，大力推动无刷无槽直流电机这一产业项目率先在我国发展，将引领我国电机行业迈向世界先进水平。

　　而且，在张果喜的情感深处，这不仅是果喜集团实现在高新技术产业领域崛起的重大机遇，也是实现自己产业报国的真情之举！

　　作为一位在改革进程中成长起来的备受社会注目的民营企业家，张果喜深切希望自己的企业在不断壮大发展的过程中，能对某一个行业、对江西民营经济乃至全国民营经济的发展、对国家的进步能起到更多积极的促进作用。

　　因而，当2003年广东南海汇泰公司状告果喜集团、美国杰恩公司一案尘埃落定，张果喜随即就展开了对无刷无槽直流电机项目的推进工作。

　　最初，美国杰恩公司拥有的无刷无槽直流电机技术成果，只是军用领域的一项技术。

　　而实现这一科研成果从实验室技术成果层面走向民用产业化，首先必须要实现两步跨越：一是实现从概念性的技术原理到产品的突破；二是实现从引进技术到形成自主知识产权的技术创新。

　　而且，微型电机综合了电机、微电子、电力电子、计算机、自动控制、精密机械及新材料等多门学科知识，技术专业性很强。

　　张果喜深知，果喜集团要实现在无刷无槽直流电机这一高新技术产业项目的突破与发展，那就必须建立起一支这一领域的技术人才队伍。为此，张果喜不惜重金在国内外延揽人才。

　　从2003年开始，果喜集团在对无刷无槽直流电机产品技术消化吸收的同时，逐步引进建立起了以一大批专业技术人才为骨干的科技研发队伍。

　　与此同时，果喜集团又与国内外科研院所展开了广泛深入的合作，加强技术创新和研发力度。

　　仅仅一年时间，无刷无槽直流电机项目的产业化推进就有了重大进展，该项目成功地实现了从技术理论成果到工业化产品的突破，还建立了具有自主知识产权的核心技术体系。

更为重要的是，在这一过程中，经过不懈努力，果喜集团无刷无槽直流电机项目在产品转化和技术水平提升上取得了重大突破：通过稀土材料的运用，改进研发出了无刷无槽稀土永磁直流电机产品。

无刷无槽稀土永磁直流电机产品的诞生，可谓是无刷直流电动机的又一次重大变革。

这一方面是由于通过稀土材料的运用，让电机的工作效率、过载能力以及功率体积比，提高到了一个令人惊喜的程度。同时，运用稀土材料技术，又使得机电一体化在无刷电机中的烦琐操作大大简化。

我国的稀土资源丰富，稀土矿石和稀土永磁的产量都居世界前列。稀土矿的储藏量为世界其他各国总和的 4 倍左右，是名副其实的"稀土王国"。而江西省，又是我国稀土资源富有的省份之一。

丰富的稀土资源，又成了无刷无槽稀土永磁直流电机产品实现可持续发展的有力保障。

至此，果喜集团在无刷无槽直流电机产品的开发上，逐渐形成了清晰的发展方向：充分利用我国稀土资源丰富的优势，大力开发无刷无槽稀土永磁直流电机系列产品，在原有研究成果的基础上大力推广进入产业化生产，并进一步扩大研究以稀土永磁电机为代表的各种永磁电机，最终形成无刷无槽稀土永磁直流电机产品的核心技术优势。

无刷无槽稀土永磁直流电机，代表了我国电机行业未来发展的方向，也是未来我国电机产品技术在世界同行业领先的突破口。

由此，果喜集团的无刷无槽稀土永磁直流电机产业项目，开始得到了国家机电部、科技部等有关部委的高度重视，江西省科技厅等有关部门也随即将这一产业项目列为重点支持项目。

无刷无槽稀土永磁直流电机项目，随之也被列为国家级火炬计划项目和国家发改委重点支持的工业建设项目。同时，铁道部等多个国家部委还将无刷无槽稀土永磁直流电机列为重点推广使用的新产品。

无刷无槽稀土永磁直流电机产品的诞生，实际上也正改变着我国电机行业的发展格局。这首先就是国家电机行业标准的修订。

2005年，江西喜泰电机有限公司作为第一起草单位，配合参与了国家微电机行业标准的全面修订。这标志着，果喜集团已成为全国微型电机行业领域里的领军企业！

一个企业，将自己一项产业的发展与国家的一个行业发展紧密相连，在张果喜看来这正是实现自己心中产业报国愿望的现实路径。一种强烈的使命感，促使着张果喜对加快无刷无槽稀土永磁直流电机产品投以巨大的激情。

从2005年开始，江西喜泰电机有限公司在加快第一代无刷无槽稀土永磁直流电机产品投入批量生产的同时，不断推进对无刷无槽稀土永磁直流电机系列产品的研发。

在此后的短短几年时间里，江西喜泰电机有限公司无刷无槽稀土永磁直流电机申请专利共有20项。其中，获国家专利授权17项，欧盟专利授权1项。此外，还获得中国民营科技企业创新一百强、江西省科技进步奖、全国专利工作先进单位等殊荣。无刷无槽稀土永磁直流电机系列产品，也被列为国家重点新产品项目，获得第十届中国专利新技术新产品博览会金奖、江西省优秀新产品一等奖等多个奖项。

自2007年，江西喜泰电机有限公司研发的100多个品种的无刷无槽稀土永磁直流电机陆续投入生产。

在江西省科技厅主持召开的"无刷无槽稀土永磁高效节能电机"科技成果鉴定会上，与会专家一致认为，"无刷无槽稀土永磁高效节能电机"产品采用具有自主知识产权的无槽化结构，设计科学合理，具有效率高、运行平稳可靠、噪声低、过载能力强和免维护等特点，可满足高效节能电机终端用户的运行要求，将我国电机工业推进到一个新的水平！

经国家微电机质量监督检验中心检验：江西喜泰电机有限公司无刷无槽稀土永磁直流电机系列产品，各项技术指标符合国家标准，其技术性能达到国际同类产品先进水平，代表了世界电机发展的全新方向。

无刷无槽稀土永磁电机系列产品，逐步在铁道、纺织工业、医疗器械、汽车制造等多行业领域推广应用，其卓越的性能和价格比得到用户的广泛赞誉。

同时，无刷无槽稀土永磁电机系列产品也赢得了国际市场的高度认可，开始销往亚洲、欧洲、美洲、澳洲等好几个国家和地区。

张果喜寄予厚望的电机产业，在新世纪第一个十年中的快速发展，为果喜集团注入了强大发展动力的同时，也将集团产业发展的科技水平提升了一大步。

无刷无槽稀土永磁直流电机项目，为果喜集团实现在新世纪"二次创业"中稳健崛起，注入了强大的发展动力！

第四节　渐增集团产业劲旅

新世纪初期，果喜集团立足于传统工艺雕刻行业，形成了新型包装材料、汽车配件、旅游、电机产业项目同时整体兴起的发展格局，标志着果喜集团"二次创业"真正开始发力。

果喜集团如此厚积薄发的发展格局与气势，令人对张果喜在上世纪90 年代整整十年中的未雨绸缪钦佩不已！

但在张果喜心中，这仅仅是果喜集团"二次创业"发展的欣喜开局。他心底其实早就潜藏着更大的目标，那就是要建立起果喜集团宏大的产业集群，形成企业多元化发展的繁荣格局！

因此，对于果喜集团再进一步进军新的产业项目，又开始纳入了张果喜的思考之中。

2003 年，保健酒这一项目进入了张果喜的视野。

很多年前，张果喜得到了一个养生酒的秘方。据说该秘方来自国民党时期四川大军阀杨森，相传杨森无意中得到一份养生酒秘方，此秘方最大的特点是不伤害人体肝脏，而且保护肝脏，并提高人体生殖能力，延年益寿。杨森本人饮此酒一生，活到 93 岁，一生耕耘不止，生育了多个孩子。

一次偶然的机会，张果喜得到了这个养生酒的秘方。他按此秘方做成养生酒，自己每天必饮，还将酒分送众多人上，据说效果出奇的好。

华夏文明历史悠久，自古以来便有对保健养生的传统意识，并且将这一种意识贯彻实践于日常生活的方方面面。

上世纪 90 年代以来，随着生活水平的提高，人们对健康生活的重视和消费水平日益增长，中国保健品市场迅速发展壮大起来。尤其是在新世纪初期，保健品行业的发展可谓蒸蒸日上，有着良好的市场发展前景，这无疑是保健品产业迅速发展的时期，更是消费者共享品质生活的大好时代。

这其中，作为保健品分支的保健酒开始异军突起。

中国保健酒发展历史悠久，并与中医理论相结合，衍生出了无数保健酒种类，如肾功能保健酒、延年益寿酒、营养保健酒等等。

20 世纪 80 年代，我国的保健酒还处于民间自然发展阶段，保健酒更多的被认为是"药酒"，对伤风止痛、跌打损伤等有一定的疗效。在随后的 10 年，保健酒开始逐渐以药准字号进入市场，并采取广告运作方式，提高了消费者对保健酒功能的普遍认知，但由于过度夸大疗效宣传，这种炒作对市场伤害也较大。进入 21 世纪，保健酒正式进入品牌运作的阶段，以椰岛鹿龟酒、劲酒为代表的保健酒开始进入保健品大市场。这些保健酒企业注重自身品牌营销策划，树立企业良好形象，在打响感情牌、礼品牌、文化牌的同时更讲究差异化、个性化、规模化和精细化运作，从而使得保健酒市场得以迅速拓展。

至此，保健酒作为一个独立的保健品类，开始形成自身的行业市场。

由保健品行业而至保健酒市场发展状况，张果喜敏锐地发现了果喜集团的又一方产业市场——保健酒产业。

更为重要的是，张果喜手里有现成的养生酒秘方，只要进行产品和市场的成功开发，果喜集团就有可能在保健酒行业赢得一席之地。

2003 年，果喜集团成立江西喜盛实业有限公司，正式开发"果喜"牌高档保健酒——"喜盛酒"。

在掌握的那个养生酒秘方原型基础上，通过一系列科学改良配方，以优质白酒为酒基、几十种名贵中药为原料，依照国药酒的食疗及保健强身理论研制，严格按照国家食品药品监督管理局和国家保健食品 GMP 论证标准进行质量控制和生产管理，江西喜盛实业有限公司最终成功研发出了保健酒——"喜盛酒"。

在推向市场后，消费者普遍认为："喜盛酒"对增强人体免疫力、缓解体力疲劳、改善记忆和睡眠、抗衰老等具有很好的功效，对促进身体健康和提高生活质量有较为明显的作用。

因此，在投入市场后，"喜盛酒"很快就赢得了目标消费群体的青睐。而且，在保健酒品牌中，"喜盛酒"也在此后逐渐成为在消费者中间有着很高知名度的高品质保健酒。

加之对市场的成功开拓，"喜盛酒"的市场销量逐年稳步递增。

正如张果喜所分析研判的那样，中国保健酒市场在新世纪的发展令人惊叹。2001 年，中国保健酒行业市场还只有 8 亿元的规模，而到了 2008 年，已一举突破了 100 亿元市场销售大关。

保健酒业，成了果喜集团又一个产业劲旅。

继成功进军保健酒行业后，张果喜的目光又落在了房地产开发上。

从当年与海南省房地产的接触过程中，张果喜对于房地产市场发展的关注由来已久。

1998 年 7 月 3 日，是中国住房制度改革的一个分水岭。这一天，国务院下发了《关于进一步深化城镇住房制度改革加快住房建设的通知》。从这时起，原先的福利分房制度将逐步取消。

这不但是中国两种住房体制的转轨期，也是中国人两种生活方式的分水岭。进入新世纪，全国各地房地产市场发展开始快速兴起。

从"一定时期内可预期的热点行业"这一角度，张果喜决定将房地产开发作为果喜集团新增的产业项目。

但同时他又有自己的独特思考：房地产业只作为果喜集团多元化发展的补充发展产业，不作为重点发展产业。果喜集团产业多元化发展的重点，应该放在从未来长期视角考虑的朝阳产业。

于是，张果喜决定在开发规模适当的前提下进入房地产项目。

2005 年，果喜集团在江西省新余市组建了房地产开发公司，投资兴建商住楼盘——喜盛威尼斯，鼎力打造新余市仙来开发区袁河"一江两岸"。

果喜集团开发建设的喜盛威尼斯楼盘，不仅建筑风格独特，而且体现出现代社区文化与精神生活的丰富内涵。该楼盘开盘后，赢得了新余市民的一致好评，在新余市诸多房地产开发项目中脱颖而出，建立了良好的知名度和美誉度。

果喜集团在房地产开发领域又赢得了成功！

"果喜集团下一个新增产业项目，该选定那个方向？"2005 年，基于果喜集团已初步构建起了"二次创业"中多元化的产业格局，张果喜在选定下一个产业项目的过程中，有了新的思考：

"如果公司选择的都是一些市场大、技术含量高的项目，就得花长时间消化，不符合实际；太小又不利于第二次创业企业的发展，如果全部是短平快的项目，企业就会缺乏发展后劲。而如果全部是长期项目，就会影响企业的正常运转。"张果喜的思路是，在集团产业多元化的格局中，应该将短期、中期、长期项目进行交叉布局，以使得集团产业结构在完善的同时又实现优化。

沿着这样的产业布局思路方向，张果喜最终选定了保险业。

改革开放过程中，中国保险业从无到有，取得了巨大发展成就。与此同时，保险的理念也开始为越来越多的民众所接受。

张果喜认为，中国保险业由于起步较晚，仍然处于行业发展的初级阶段，随着社会经济的发展和人民生活水平的提高，保险业的发展现状远远不能满足多样化的保险需求，必须加快发展，才能完全适应经济发展的迫切需要。这主要表现在与发达国家和部分发展中国家相比，中国保险业在业务规模、保险密度、保险深度、管理水平以及对国民经济的影响程度等方面都有很大差距。同时，国家在住房、养老、医疗、国企改革与发展、科技创新、西部大开发等方面相继出台了一系列优惠政策措施，对促进保险行业的快速发展提出了明确要求。

在深入了解我国保险行业发展的基础上，又对比发达国家保险业的发展状况，张果喜做出判断：进入新世纪，中国保险业正迎来第一轮蓬勃发展的大好时机。

2005年，果喜集团以中国企业联合会、中国企业家协会为坚实平台，果敢投资金融保险业，与国内具有相当实力的十几家大企业共同组建了中国幸福人寿保险股份有限公司。

依托中国企业联合会、中国企业家协会的良好平台，通过发起企业的实力优势互补和资源整合，按照"做快、做大、做强、跨越式发展"的基本战略目标，短短几年，中国幸福人寿保险股份有限公司稳健成长为国内保险行业中的佼佼者和寿险业的知名品牌。

之后，在看准了我国服装机械行业的蓬勃发展状况后，果喜集团又新上了服装机械项目。这一新产业项目，同样又很快得到迅速发展。

在纵横商海的数十年里，张果喜带领着他的团队，不断开拓和相继进入一个又一个的产业领域。而在此过程中，人们惊讶地发现，纵观从余江县工艺雕刻厂到果喜集团稳步实现产业扩张的整个期间，张果喜与他团队的每一次重大决定，在后来企业发展实践中的印证，几乎鲜有决策定位上的失误。

集中资金，集中智慧，集中人力，打造好产业平台并制定好每一个产业的发展规划，新世纪初的数年过程中，果喜集团开始在一个个产业领域强劲发力，整体产业规模和实力迅速壮大。

正是一个个在审慎中沉稳发展的实业项目，奠定了果喜实业集团庞大商业帝国的坚实基础，在稳健而快速的发展中，成就了被外界誉为的"稻田里的商业帝国"。

历经新世纪初第一个十年的整体磅礴崛起，果喜集团终于从一个小作坊式的企业，发展成了横跨工艺美术品、汽车零配件、化工合成材料、酒店旅游、微型电机和服装机械等六大行业且涉足房地产，在国内外拥有21家下属公司的大型企业集团。

与此同时，果喜集团全面步入了管理现代化、经营多元化，具有核心竞争力产业的良性发展轨道。

而让人们惊叹不已的是，这样一家横跨多行业、产业分布于全国各地的大型企业集团，其企业总部始终不外迁，依然傲立于江西余江县。

对此，果喜集团也被人们誉为是"稻田里的商业帝国"！

"如果把第一次创业比作'湖'，湖虽大，但终有边；随着产业的多元化，第二次创业就可以说是'江'，开始走得更远做得更大；而现在，'二次创业'正全面进入成熟期与收获期，这时的'果喜'好比是'海'，可以把事业做得无边无际、无穷无尽。"

当新世纪的第一个十年渐行渐远,遥望已稳健矗立于江西余江县的"稻田里的商业帝国"——果喜集团，人们在为其"二次创业"宏大而惊人的发展气势所折服时，更对张果喜投以无限的钦佩！

而此时的张果喜，业已成为知名企业家，屡次被评为江西省优秀厂长（经理）、省级劳模，先后获得第一届全国百名优秀厂长（经理）、第二届全国优秀企业家、全国劳模、全国"五一劳动奖章"、全国首届十大杰出青年、首届中国经营大师、首届改革风云人物等200多种荣誉。

　　至此，张果喜奋图大业的宏大愿景开始跃然而现。

　　立于余江县果喜集团总部，张果喜在改革开放风云激荡的全国商业版图上精心布局，运筹帷幄，缔造了自己的"稻田里的商业帝国"，书写了不可思议的商界传奇！

第八章

让"果喜"企业大树长青

每一个阶段的事业愿景目标,就犹如是人生成功路上的一座座里程碑。

而在企业的发展历程中,每一个时期的发展蓝图,总是给企业和员工带来责任、激情和希望。清晰的发展目标,也是凝聚企业团队的一面旗帜和引领企业不断前进的灯塔。

在商海大潮的砥砺中一路探索前行,张果喜早已深深懂得,市场经济大潮中企业的发展就犹如逆水行舟,不进则退,且终将在大浪淘沙的市场竞争中走向式微。

"适时而进决定企业发展的命运,是使企业的经营优势不断提升、做大做强的唯一路径,也是企业发展战略中的灵魂。"

如何让果喜集团的企业大树基业长青?张果喜认为,只有在不断变化的市场经济格局中适时调整企业的发展战略,才能紧跟时代步伐,永续果喜集团发展的长青基业。

新世纪的第二个十年伊始，新一轮科技革命和产业变革浪潮席卷而来，新产业、新业态与新模式应运而生，催生出经济发展的新格局。

一个机遇竞相绽放更加广阔的发展空间，正向企业敞开。而转型升级，也已然成为倒逼企业适时调整发展战略、紧跟时代步伐的大势所趋。

由单个产业而渐至集团整体产业，逐步形成"资源、金融、旅游、实业"四大产业格局，在未来一段时期，将以资源和金融为发展重点、房地产项目作为有益补充、实业项目稳定发展的方略，掀起果喜集团第二轮快速发展的新高潮。

2010年前后，果喜集团制定实施的这一全新发展方略，开启了全面转型升级的发展征程。

审时度势，正确把握航向，适时制定和调整企业的发展战略，使得果喜集团在风云变幻的激烈市场竞争中，始终保持着旺盛的发展势头。

继"二次创业"后全面"转型升级"的果喜集团，正日渐成长为全国民营企业界的一棵长青之树。

第一节 铸造"雕刻航母"

在"稳固基地，确保主业，寻找机遇，四面出击，多元经营，全面发展"的主线思路下，果喜集团由新千年之初开始实施的以"调整产业结构，扩大发展规模，提高整体素质，再塑企业形象"为内容的"二业"，逐渐显示出强劲的发展势态。

到 2005 年前后，果喜集团的工艺木雕、无刷无槽稀土永磁直流电机、新型包装材料、汽车内饰配件等产业已分别在生产规模或技术上居国内一流水平，酒店旅游、高档保健酒等项目也处于国内同行业先进水平。

然而，面对果喜集团这样喜人的发展势态，张果喜却始终不敢有过于乐观的轻松心态。因为，他深知市场总在变化之中，果喜集团原有和新起的产业项目势必要根据市场的变化来不断调整发展布局。

多少年来，张果喜在执掌企业发展的过程中总是如此未雨绸缪。

"曾经有人评说我是社会主义市场经济的最先实践者、探索者和成功者。对这么高的评价我自愧难当，但这的确反映了我们企业一些先人一步的做法。在别人没有想钱的时候，我们想了钱；在别人想钱的时候，我们学会了挣钱。我们始终抓住了一个'早'字，在变化着的市场中占据制高点，掌握主动权。"张果喜曾这样说。

是的，纵观张果喜在企业经营发展中的整个历程，他也总是在谋划思路和经营策略上先人一步。或许，张果喜这样的经营理念，与人们在谋事过程中那种"人无近忧，必有远虑"的思维在道理上是相通的。

最主要的是，还在于张果喜是要以永续经营来将果喜集团发展成为百年企业。他宏大的目标就是要以建立"百年老店"，在项目上稳扎稳打、长短结合，在发展战略上始终强调适时而进。

如此，张果喜更加懂得，要引领果喜集团发展成为百年企业，那前提就是要让集团所有产业始终保持旺盛的发展力。

进入上世纪90年代后期，随着国际市场竞争日益激烈，广东、上海、浙江、福建等沿海地区雕刻企业大量兴起，到新世纪初期，余江雕刻受到了巨大冲击，发展速度和规模相比此前而言明显减缓。

"无论是从果喜集团自身的工艺雕刻产业来说，还是从余江县整个雕刻产业来看，现在必须是要寻求再次突破的时候了。"2005年前后，张果喜深刻意识到了这一现实问题。

而且，张果喜认为，作为引领余江雕刻产业在改革开放进程中成为支柱产业的果喜集团，也有这个责任让余江雕刻产业摆脱发展后劲乏力的局面，在新世纪稳立国内国际雕刻行业发展的潮头！

雕刻产业已是余江县的几大支柱产业之一。新世纪初，余江县委、县政府为了进一步加快雕刻产业的发展，制定了"整合资源、调整结构、重点突破、形成优势"的发展战略，希望让余江雕刻这朵"雕坛奇葩"再度绽放、重现辉煌，扩大规模，占领市场。为此，余江加快引导余江在外工艺人才返乡创业，培育雕刻大师，逐步打造个人品牌、产品品牌、企业品牌、区域品牌，引导进入雕刻行业高端市场。余江县政府还成立了雕刻产业建设指挥部，规划打造余江县雕刻创业示范街。

"余江的雕刻产业，由果喜集团当年创办的工艺雕刻厂发端而来，余江雕刻产业在几十年的过程中形成如今春色满园的景象，也正是得益于果喜集团不断的引领和带动。"余江县委、县政府希望，在让余江雕刻这朵"雕坛奇葩"再度绽放、重现辉煌的过程中，果喜集团依然承担起引领和带动这一重要角色。

而对此，张果喜内心更是视为一种沉甸甸的责任与使命。

由此，张果喜又开始了新的思考和探索。

…………

改革开放宏大进程中不断涌现的机遇，总是在张果喜形成自己对企业发展战略调整的宏远深思中，悄然赋予他纵横捭阖的广阔空间。

2000年1月，国务院西部地区开发领导小组召开西部地区开发会议，研究加快西部地区发展的基本思路和战略任务，部署实施西部大开发的重点工作。同年10月，中共十五届五中全会通过的《中共中央关于制定国民经济和社会发展第十个五年计划的建议》，决定把实施西部大开发、促进地区协调发展作为一项战略任务，2001年3月，九届全国人大四次会议通过的《中华人民共和国国民经济和社会发展第十个五年计划纲要》，对实施西部大开发战略再次进行了具体部署。

国家稳步推进和实施"西部大开发"宏伟战略的过程中，江西省委、省政府积极策应这一国家战略，在努力实现江西率先在中部地区崛起的进程中，始终以高瞻远瞩的战略眼光，希冀在江西地方与国家战略之间寻求到一条有效的路径。这其中就包括，鼓励一大批江西本土企业积极参与西部大开发的产业项目。

"对于果喜集团的发展而言，这其中的机遇是不言而喻的，最为关键的是，如何在宏大的机遇空间里准确地找到企业产业项目的契机。"张果喜有作为企业家过人的商业精明，更有沉稳的战略眼光，他又一次意识到了商机。

果然，两年之后，一个对于果喜集团工艺雕刻传统主产业延伸拓展具有重大意义的机遇，在国家西部大开发战略的推进中不期而至。

2008年初，新华社、中央电视台等媒体相继刊播的一则《内蒙古乌拉特前旗发现世界罕见露天玉矿》的新闻报道，引起了国内与国际珠宝界的广泛关注。

据介绍，在内蒙古乌拉特前旗发现的这种玉矿石，形成于18亿至24亿年前，其块度之大、硬度之高及玉石的质地之致密，无不令专家和业内人士惊叹不已。经测定，该玉石矿是近年来世界上发现的罕见露天玉矿。而且，分布于乌拉特前旗的这种玉石矿，已探明的储量高达4.19万立方米，矿脉分布带海拔最高为1800多米，储量之大，十分惊人！

在世界玉矿储量日益萎缩的趋势下，这个裸露部分近3000万立方米、储量极为可观的玉石矿床，可谓给国内外专家带来了强烈震撼。对此，中国石材协会专家林玉华先生评价为是"尚未面世的石材瑰宝"。

这一新发现的矿玉，就是佘太翠玉。

佘太翠玉的发现，填补了中国没有翠玉的历史，为中国8000年玉文化锦上又添奇葩。

2008年1月18日，佘太翠玉鉴定暨开发利用专家论证会在北京召开，包括中国玉界泰斗原国家故宫博物院副院长杨伯达先生、国家珠宝玉石质量监督检验中心副主任李宝军在内的国内10多位玉行业知名专家参加了论证。

论证会上，众专家学者联合声明：佘太翠是新发现的玉种，已经具备与翡翠及和田玉相似的物理性质。这一玉种的发现，对于目前世界玉资源面临枯竭、匮乏的境况是一个令人惊喜的消息，为我国玉行业的发展提供了新的资源。

根据佘太翠的特性以及试制情况来看，其利用渠道广泛，可制成玉雕器皿件、山子、摆件、佛教题材等玉器。而根据佘太翠的成因、物理特性以及目前市场应用情况分析，佘太翠玉属于顶级绿色新型玉料，也是高档建筑装饰、大型雕塑、民用饰品、高档殡葬用品等产品上乘的玉石原料。

事实上，佘太翠开采具有历史依据的最早年代为西汉。公元前201年，汉高祖刘邦废楚王韩信，封少弟刘交为楚王，建都彭城，也就是现在的江苏徐州。刘戊作为楚国第三个诸侯国王，当时文景之治时期，国力强盛，经济繁荣，楚王刘戊大肆修建陵墓，后对景帝不满响应吴王发动"七国之乱"，兵败自杀，匆忙下葬，身穿金缕玉衣。后经考古学家研究确定，楚王刘戊所穿金缕玉衣，有可能就是用佘太翠玉片编织而成。

而且，佘太翠的历史文化源远流长。

说起佘太翠，让人就不由联想起佘太君。佘太君，名赛花，其封号在历史上确有其人。佘太君，原不姓"佘"而姓"折"。杨家将门英烈佘太君的丈夫和几个儿子、女儿杨八姐都战死沙场。佘太君为了儿孙们出征不再夭折，将自己认为不吉利的"折"姓，毅然改为"佘"，意在子孙福禄有余。佘太君和杨业青梅竹马，从小一起长大，共同的战事经历和志向，在感情上打下了坚实的基础。一年秋天，契丹派兵五万侵犯府州。时佘德扆病卧在床，佘太君向父亲请战后，一方面借辽军使者下战书相威胁之际，将计就计，拖延交战时间；一方面急派人前往火山王杨信那里求援，辽兵在佘杨两支抗辽雄军的夹攻下大败。这次战斗大获全胜，佘太君受到父亲佘德扆和杨家父子的赞扬。战毕，杨业与佘太君更是互为尊重，爱慕中两人相约以武相会，跨双骑，持刀枪，在府州城南的野外打将起来，你来我往，枪来刀去，都想胜对方，但又怕伤害了对方。战了无数个回合，杨业想，我身为男子总不能让妻子把我打败，于是卖个破绽，佯装败逃，佘太君紧追不舍，当追至七星庙前，杨业瞅准时机，使出了杨家的看家本领"回马枪"，一枪挑定佘太君的战袍将其挑下马背。佘太君落马也不示弱，抛出了走线铜锤，将杨业缠住拉下马来，两人双双落马，互相担心对方是否受伤，杨业挑起佘太君的战袍查看腰部是否受伤，但见腰中有一块碧绿的玉佩，杨业问此为何物？佘太君说乃是关外玉山所得，府上工匠费时多日雕琢而成，不知其名，杨业为了讨未婚妻的欢喜，随口就说叫"佘太翠"吧。后来成亲时，佘太君将自己佩戴多年的"佘太翠"赠予夫君，以期望夫君忠诚于自己，并护佑夫君征战吉祥。后人在其激战地点发现玉矿，为了纪念佘太君，遂把在此地出土的玉定名为"佘太翠"。自此，佘太翠被赋予坚强、忠贞、热情、美丽、成功、吉祥的象征。

此外，我国古老的医学经典《黄帝内经》《神农本草》《唐本草》《本草纲目》中，均记载了佘太翠有"安魂魄，疏血脉，润心肺"之功效。而经现代科技仪器检测，佘太翠中含有的锌、铁、铜、锰、镁、钴、硒、铬、钛、锂、钙、钾、钠等矿物成分有益于人体健康。

中央电视台10套科教频道《科技之光》栏目播出的大型专题系列片《阴山宝藏》，全面展示了佘太翠玉的历史文化、玉石品质及市场价值。中国地质博物馆还将佘太翠样品作为国家馆藏矿品。

亦如当年从雕花樟木箱的生产与加工中果敢地抓到商机，为余江雕刻厂赚到了至关重要的"第一桶金"，张果喜又一次识得了这可遇不可求的商机，并果断地抓住了这一机遇。

"进军这一玉矿石的开发，对于果喜集团而言，不但将力推集团传统木雕产业的迅速壮大发展，而且将开拓出玉雕产业的新空间。"在得知"内蒙古乌拉特前旗发现世界罕见露天玉矿"这一消息后，张果喜立即意识到，无论是从果喜集团自身雕刻产业发展还是从余江全县雕刻行业地位提升来说，可谓是一个千载难逢的重大机遇。

而在随后对佘太翠玉种和矿藏情况作全面深入了解后，张果喜很快形成了自己清晰的思路：开发玉雕新品种，让果喜集团的雕刻产业由过去单一的木雕品类，融合玉雕又兼具其他品类，将来汇聚成果喜集团蔚为大观的雕刻大产业。

张果喜的思路渐开——利用大资源，实施大投入，培育大品牌，打造大市场，最终打造果喜集团的雕刻产业"大航母"，从而起到引领余江整个雕刻产业的旗舰作用！

当思路已清晰，方向已明确，张果喜就会迈出坚定的实施步伐！

2008年，果喜集团在内蒙古组建了矿产开发与经营公司——内蒙古喜凯矿业有限公司，正式投资内蒙古乌拉特前旗沉睡数亿年、储量丰富的玉矿，致力于中国最古老的佘太翠玉的开发。

出矿后的情况很快证明，这是一个蕴藏着巨大价值的玉矿。

到当年投产的 10 月份，乌拉特前旗矿区的原石销售额就高达 4000 万元。采掘出来的一块 41 吨的大玉石，以 8000 万的价格卖给了一台湾客户。

推进开采玉矿资源、合资开发下游产品，两个层面双拳出击。在佘太翠玉矿顺利投入开采的同时，果喜集团随即展开了对佘太翠玉产品市场的开发。

在产品的开发上，果喜集团重点研发出了佘太翠"心梦"和"禅梦"两大品牌产品。"心梦"是针对普通消费群体倾力打造的国内第一个高端玉饰文化品牌，"禅梦"则是结合佛教文化的高端饰品。

在市场开拓上，国内相继在山东、江西、浙江、江苏、安徽、云南、福建、北京、青海、山东等 10 个省市建立销售渠道网络；同时，整合配置矿产、资金、技术、市场、人才等多种资源，分别与新加坡、美国以及中国香港、温州等国家和地区的客商合资组建公司，生产玉雕摆件、挂件等玉饰品。

从 2008 年到 2010 年前后，果喜集团成功开发的各种佘太翠玉石产品相继上市，深受消费者青睐。

在此基础上，果喜集团又加快推进大江南北两个生产基地的建设，加快资源转化，迅速形成下游产业链，打造品牌优势，用佘太翠开发建筑材料、大型雕塑、民用装饰、宗教文化饰品等系列产品。

果喜集团的创新创业之举，获得了内蒙古自治区和江西省的双重支持。乌拉特前旗政府专门召开旗长办公会讨论果喜集团建设佘太翠玉雕城项目的相关政策，规划占地面积达 1000 亩；江西鹰潭市和余江县更是鼎力扶持，推动在余江建设玉雕城，搭建全民创业的又一个大平台。

张果喜的目标，是要倾力打造中国第一翠玉品牌。

在初步完成产品开发和市场布局的第一个阶段后，从 2010 年起，果喜集团按照"依托大资源，实施大投入，打造大品牌，培育大市场"的发展战略，全面推进佘太翠玉文化发展。

朝着"建材系列产品、宗教文化系列产品、翠玉原料、异型产品系列、大型雕塑系列产品、民用装饰系列产品"六大系列产品方向，果喜集团在玉石产业行业开疆拓土，一步步蓄积起自己扎实的行业基础与实力。

佘太翠玉品牌，也在与日俱增的美誉度和知名度提升中独树一帜，成为中国玉文化大观园中的一朵璀璨奇葩！

2010年6月12日，佘太翠玉雕工艺品被广州亚组委选定为赠送外宾的指定商务礼品之一。

2014年，"佘太翠玉"又被胡润百富作为15周年庆典至尊礼品赠予莅临富豪。

"佘太翠"在市场销售仅3年时间，一些高档的"佘太翠"产品已经进入北京、深圳、上海等市场。

作为玉器品类的一大新品，"佘太翠"以其璀璨夺目、用途各异的丰富款式产品，赢得了广大消费者和收藏者的钟爱与青睐，在品牌培育期实现了稳健的市场崛起！

"佘太翠"产品的成功开发，使得果喜集团的雕刻产品品类迅速扩大，同时也为余江重塑雕刻大产业形象品牌注入了强大的市场活力。

依托果喜集团蓬勃发展的"雕刻王国"，余江县通过规划建设雕刻展览中心、文化旅游市场、雕刻体验中心、雕刻演艺中心、雕刻动漫中心、果喜星宫文化创意室等文化旅游休闲设施，将文化创意及旅游概念进一步植入雕刻产品和产业，推动了"工业＋文化＋旅游"发展，延伸了雕刻产业链条、做响了雕刻品牌、做旺了雕刻市场人气、做强了雕刻文化产业及旅游市场。

自2011年以来，余江雕刻陆续获得"中国根艺之乡""江西省雕刻产业基地""江西省特色商业街""江西省文化创意旅游休闲街区""江西省文化产品业示范基地""国家 AAA 级旅游景区"等多项殊荣。

从"木雕王国"的创业史话到再添"玉雕王国"的绚烂光彩，果喜集团在自身雕刻产业不断壮大过程中，再次作为"龙头企业"带动着余江县雕刻产业形成产业集群效应。

与此同时，铸造"雕刻航母"，表示果喜集团迈出了企业产业转型升级发展成功的第一步！

第二节　八大项目筑牢企业基石

大潮奔涌的时代里，每一波潮汐之间，都有一些昔日的明星企业在大浪淘沙中悄然式微，而又有应运而生的新兴企业朝气蓬勃地崛起。

纵横商界数十年，在改革开放民营经济风起云涌的进程中，张果喜耳闻目睹了太多这样的情景。

正因为如此，张果喜在执掌企业经营发展的过程中更加深知：未雨绸缪、顺势而进，方能让企业始终傲立时代潮头，不断发展壮大。

事实上，从 2008 年全球金融危机爆发开始，面对国内外雕刻工艺品市场日渐产生的深刻变化和竞争日益激烈的趋势，张果喜在谋求铸造"雕刻航母"、稳立果喜集团在国际国内工艺雕刻行业"龙头"地位的过程中，就逐步深刻意识到：从国内到国际整个大市场正在逐渐发生的变化，将在不久的将来促使各个行业的产业发展面临着一场深刻的变革。

在随后两三年中，张果喜惊讶地发现，自己所有的研判都基本准确。

如果要说有不准确的地方，就是张果喜没有意料到，以倒逼之势促使企业不得不去高度重视和积极顺势而为的这场产业转型升级变革，会来得这样快、这样迅猛。

从 2010 到 2012 年，当"企业转型升级"这一名词开始越来越密集地成为包括企业家在内的社会各界关注探讨企业发展所面临的重大问题时，张果喜也逐步完成了自己对时代大潮奔涌而来进程中果喜集团如何实施全面转型升级的渐进式思考：

"我们只有顺应变革，才能在新一轮市场深刻变化和产业竞争中抢占制高点，赢得将来发展的优势和主动。"

"从国内到国际整个大市场正在逐渐发生的变化，和今后一段时期变化将进一步深化的趋势，去重新审视、探索和调整集团各个产业的发展。那么，这等于就是说要根据国内到国际整个大市场的变化，来重新制定和规划果喜集团的发展格局。"

"这样的重新规划布局，必须从集团的产业重新调整与完善展开。"

企业转型升级发展，注定是一个漫长而又复杂的过程，并非一朝一夕可以完成，因为这是一个从量变到质变的过程。

张果喜深知，在国家经济社会发展转型和结构调整背景下，为谋求更优、更高的发展质量和效益，追求基业长青、可持续生存发展的必经之路，这不仅是经济发展客观规律的内在要求，也是企业要融入国家及世界经济大环境、大趋势中做强做优自身的客观需要。

严峻的挑战亦是重大的发展机遇。

转型，就是"摸着石头过河"。对于"先行一步"者来说，没有成功的模式和经验可以借鉴，唯一办法就是在过程中寻找最合适自己的转型方向和路径。

令人庆幸的是，多年来，张果喜和他的团队一以贯之地按照"情报力、想象力、判断力、决策力、实施力"的综合运用一次次成功推进了企业的稳健发展。

为进一步缓解中小企业融资难问题，国家把发展小额贷款公司作为一个方向。2009 年 6 月，中国银监会发布了《小额贷款公司改制设立村镇银行暂行规定》，允许符合条件的小额贷款公司改制成立村镇银行，以银行身份参与金融市场的竞争。

"小额贷款公司既是助推中小企业发展的金融机构，又是集团保险产业的一个有益补充，两者可形成果喜集团'金融保险'产业。"张果喜十分看好小额贷款公司这一项目。

果喜集团决定投资金融领域，再次充实集团金融产业。

2010 年，果喜集团在鹰潭合资组建了恒诚小额贷款股份有限公司，这也是江西鹰潭市月湖区唯一一家获批的小额贷款公司。

恒诚小额贷款股份有限公司按照"小额、分散、灵活"的原则，充分发挥小额贷款具有"数额小、周期短、审批快"的显著特点和优势，以先进的理念和全新的模式高效运作，满足全市广大群众和中小企业的需求，为民间资本涉足金融业开辟了一条新途径，架起了民间资本与"三农"和中小企业间的桥梁。

在原有保险业项目的基础上，果喜集团的金融产业再次增添了强劲的发展内力。

着力打造"雕刻航母"，在稳住果喜集团在国际国内工艺雕刻行业"龙头"地位的过程中，张果喜从来没有停止过对果喜集团在未来工艺雕刻行业中的思考。

工艺雕刻是张果喜起家的第一个产业，他对之有着深厚的行业情结。而从果喜集团这一产业永续经营发展角度出发，张果喜认为，行业担当和行业发展相辅相成。

"承担文化传承，打造余江名片。"在张果喜深入的思考中，经过几十年的发展，果喜集团雕刻产业是在余江这片土地上不断发展壮大并带动全县发展的一个支柱产业，如果再次提升这一产业，最好的项目载体就是能建设一个达到聚合效应的大平台。

2011 年，果喜集团斥巨资在江西鹰潭市开始实施佘太翠玉文化产业项目。

随着建筑规模达 17 万平方米、由风格典雅的艺博馆、循环式商业步行街、纯正欧式住宅共同构筑的一座城市综合体"玺星广场"项目投建，恢宏的规模和超大的商业集群，正日益改变着余江整个县城的城市面貌，而且能通过大型商业的影响力，带动项目周边地区的发展，成为城市未来的一个新中心和新地标。

而作为新中心和新地标的核心之一，面积近 12000 平方米、风格典雅、集大中型会议、艺术品展览、学术研究与交流、商务洽谈等多功能为一体的"艺博馆"，又正形成余江雕刻工艺的一张闪亮名片。这张名片，将为塑造余江城市特色文化，引领雕刻产业发展，提升城市品位起到积极作用。

商品混凝土，又称预拌混凝土，简称为"商砼"。

商品混凝土搅拌站高速发展已成必然趋势，随着城市建造规模不断加大，混凝土使用量不断增长，质量要求也越来越高，现场分散搅拌混凝土的方法已不能满足城市大规模建造的需求，因此，大力推广和运用商品混凝土已成时代发展的必然。商品混凝土是工业发达国家共同的成功经历，代表了混凝土出产的最新最先进水平，具有旺盛的生命力，也是中国混凝土业往后的发展方向。

另外，在工程施工现场搅拌混凝土，水泥、骨料、水等无法精确计量，只能按照操作人员的经验施工，容易出现质量事故。而商品混凝土搅拌站生产是由专业技术人员在独立的试验室严格按照配合比，选用微机操控方法，通过电子计量，精确地生产出符合建筑设计要求的各种强度等级的混凝土。尤其是使用了外加剂和活性掺和料生产的高强度混凝土，不仅大大加快施工进度，并且从根本上消除现场搅拌混凝土形成的质量隐患。

在意识到行业的发展趋势和前景后，张果喜又果断将商品混凝土列为果喜集团转型升级发展的一个新增项目。

2013 年元月 20 日上午，江西喜鹏商品混凝土公司投产试车。

自 2005 年涉足房地产项目以来，果喜集团一直在做大做强这一项目上显得极为慎重。在张果喜看来，房地产开发商必须结合自身优势，进行差异化操作，才能保证项目的顺利进行。

一座城市的凝聚力，除了其文化内涵足够吸引人外，其宜居的生活环境、发达的经济、便利的交通、顺畅的物流、健全的金融等，都是构成其辉煌的要素，城市综合体的出现正是一座城市发展到一定阶段的特定载体。

新世纪的第二个十年伊始，江西鹰潭城市新区的快速崛起，让张果喜看到了房地产新的商机。

2015年，总投资近2亿元的果喜大厦竣工。总建筑面积8万多平方米的果喜大厦，集办公、商业、宾馆于一体，位于江西省鹰潭市信江新区核心区东南部。

作为城市综合体的果喜大厦，契合了鹰潭城市发展新形态的准确定位，因此，一经推出随即引起热销。

继房地产项目向投建城市综合体方向转移以来，果喜集团还与江西民营企业界40多个实力赣商企业一起投资建设江西商会总部大厦项目。

这一城市综合体项目集5A写字楼（企业总部基地）、豪华五星级酒店、国际体验式商业中心、赣商博物馆、文化艺术大道以及高端住宅于一体，旨在打造出"资本运作的典范、抱团发展的样板、民营经济的旗帜"，成为江西"城市地标、文化地标、商业地标、社交地标、总部地标"和世界赣商平台。

从小额贷款和城镇银行到艺博馆、果喜大厦、五星级酒店、江西商会总部大厦、高档保健酒、商品混凝土等这八大项目，果喜集团原有产业项目稳步壮大发展，不断在新行业领域拓展新空间，整个集团在新世纪第一个十年纵横捭阖的发展态势格外令人瞩目。

以产业项目结构全面调整、升级为契机，果喜集团的转型升级发展稳健强劲，企业核心竞争力获得了全面增强。

而站在企业未来发展战略的视野，果喜集团在实施产业转型升级过程中的这八大产业项目的倾力打造，从培育壮大集团产业新发展动能的深远谋局出发，又一次为企业实现新崛起奠定了更为稳固的基石。

第三节　铸就百年企业荣光梦想

适时而进，顺势而进，是企业发展经营优势不断提升、做大做强的现实路径，也是企业发展战略中的核心灵魂。

在四十多载创业与执掌企业的历程中，张果喜深谙这一企业发展之路的重大意义。

为此，从余江工艺雕刻厂到果喜集团，在企业发展前行的每一个阶段，他总是能应势而起，未雨绸缪，深远布局，让集团各个产业实现稳健发展。

果喜集团始于 2010 年前后逐步展开的转型升级，顺应全球金融危机后国际国内产业市场发生深刻变化的重大时间节点，比 2012 年前后企业界普遍提出转型升级的发展战略整整提前了两年时间。

由此可见，果喜集团对企业适时而进、顺势而进的敏锐把握，尤其体现在果敢的执行力上。

面对错综复杂、跌宕起伏的企业发展大趋势，历经数年的转型升级，果喜集团稳健地立足于"以资源、金融、旅游、实业为产业框架，以资源和金融为发展重点，房地产项目作为有益补充，实业项目稳定发展"这一方略，稳中求进，不断拓宽经营思路，调整发展重点。

在张果喜全面运筹帷幄下，果喜集团转型升级发展战略稳步实施推进，企业整体砥砺前行，从单个的产业项目发展规划，到形成四大产业板块整体规划发展格局，在转型升级的发展过程中，果喜集团也悄然再一次完成了新旧产业动能的优化重构与接续转换。

令人欣喜的是，果喜集团各产业项目在行业中的发展优势，再一次逐渐得以整体呈现。

2016 年，果喜集团各大产业齐头并进发展，实现了企业整体实力的全面提升。

到 2017 年，果喜集团又紧紧抓住深化供给侧结构性改革的机遇，迎难而上，稳步推进项目发展，促进企业进一步转型升级。

在这一过程中，果喜集团对原有产业项目从发展规模上进行适时调整，新增个别极具前景的产业项目，同时在商业经营模式融合创新，使得果喜集团各个产业的发展实现了深度的渐变。

如此，果喜集团的整个产业发展更趋平衡稳健，优势产业更为凸显，企业产业板块整体基础实力更为稳固。

审时度势，正确把握航向，适时制定和调整企业的发展战略，使得果喜集团在风云变幻的激烈市场竞争中，始终保持着旺盛的发展势头。

"干事业，不干则已，干则必成，而且要干成第一或一流！"从当年创办作坊式工艺雕刻厂起步，至今天已铸就起庞大的产业集团，40 多年来，张果喜在执掌企业发展的每一个时期，正是靠着这样的信念而引领企业实现了一次次跨越式发展。

如今，沿着已形成的"资源、金融、旅游、实业"四大产业格局，朝着"以资源和金融产业为发展重点、房地产项目作为有益补充、实业项目稳定发展"的战略方向，果喜集团又迈开了全新的发展征程。

在推动自身转型升级实现蜕变之中，果喜集团再次成为业界的领跑者。继"二次创业"后全面"转型升级"的果喜集团，正日渐成长为全国民营企业界的一棵长青之树。

对于志存高远的果喜集团而言，在这一次立足长远的转型升级中已逐步显现的精彩蜕变，无疑正为其未来宏大的企业发展目标打开了广阔的格局天地。

但在张果喜的宏远事业蓝图中，这只是又一个崭新的开端而已。

"人生为一件大事而来，我就是想知道自己这一生能做多大的事！"

深情回望，当年张果喜在"国际小行星命名大会"上确立人生事业大目标的豪情之语犹在耳际回响，如今岁月已走过二十五个春秋。

这一段难以忘怀的年轮时光，是张果喜执掌引领果喜集团实现稳步持续大崛起、屡创企业发展辉煌的激情岁月。同时，也是他一次次绘就和实现果喜集团发展蓝图目标的人生事业历程。

而如今，随着企业规模实力的稳固和未来发展战略格局的初定，张果喜在胸中酝酿长久的人生事业荣光梦想，也随之开始绘就成为果喜集团的宏远发展目标。

这一荣光梦想，就是铸就果喜集团百年企业的长青基业。

"企业的强大产业实力品牌，企业的深厚文化积淀和企业的强烈价值使命，共同构筑而成百年企业成长发展的强大支柱。"由此，张果喜提出了下一阶段果喜集团更为深厚博大的整体发展战略。

按照张果喜的具体部署，在企业品牌铸就方面，放手由集团已历练成熟的高管层来执掌，自己只做方向上的引领把关。而在企业深厚文化积淀的全面总结提炼和企业强烈价值使命的确立上，他将集中时间精力，倾情倾力。

铸就果喜集团百年企业长青基业的号角已然吹响。

张果喜亦深知，引领果喜集团开启的百年企业成长发展之路，将任重道远，需要几代人的努力。

但胸怀"功成不必在我"之情怀的张果喜，对于果喜集团未来实现这一荣光梦想，充满着自信与深情期待！

第九章

达则兼济天下

　　从出身贫寒的普通之士，到拥有卓著影响力的民营企业家，数十年来，人们无不为张果喜书写出的传奇般人生历程而钦佩不已。

　　在许多人的心底，张果喜的人生奋斗历程就是一部催人奋进的励志之书。

　　张果喜在真切地向人们展示一个中国农民传奇般人生巨变的同时，也以其敢为人先的胆略、执着求索的精神以及深具哲思的商道智慧，影响了无数希冀通过勤奋努力来改变人生命运的人们。

　　而在杰出企业家形象背后，张果喜呈现给社会公众的，还有那融情于商的宽广胸襟与广博情怀——达则兼济天下！

　　在江西余江，张果喜和他的果喜集团显然已经成为这里的骄傲。"果子熟了，大家都喜欢！"是他对自己名字的解释。"富不骄，穷不馁"更是成为他的座右铭。

对于财富，张果喜从来豁达。他觉得钱就像是一池塘的水，满满的不外流会发臭，要保持池塘水干净、清澈就要让更多的人常来水塘边走走，路人经过若绕道，只能说明做人的品质有问题。

张果喜从来都坚信，做人不合格做生意也不可能成功。

他认为，一名真正的企业家，不仅要心系企业、心系国家、心系人民，还要有博大的胸怀，勇于承担社会责任。对于企业而言，心系社会公益与慈善事业，绝不仅仅是企业向社会拿出自己的一部分利润，其中包含更多的则是，慈善与社会公益向企业提供的正是一种价值的尺度。

这正是张果喜内心崇尚的人生价值，即"要无愧于时代，要以自己对社会的贡献衡量自己的价值"。

在张果喜身上，深刻体现出了创业者的非凡胆略、学识与见识，他创造的社会财富以及他创造财富的智慧，他对社会公益慈善事业的慷慨之举等等，无不淋漓尽致地展现出了其作为中国优秀民营企业家和当代赣商杰出代表的巨大魅力！

第一节　取舍间尽显从善慷慨

人生是短暂的，要无愧于时代，要以自己对社会的贡献衡量自己的价值。

——张果喜

在很长的时间里，张果喜在社会公众眼里的声名卓著，几乎都全部集中于他胆略非凡的创业历程和他一手缔造的"稻田里的商业帝国"传奇。

对于这些，人们心中对张果喜充满了敬佩。

而在新千年之初，民营企业家对于社会公益慈善事业的投入，开始逐渐成为社会关注的一个方面。随着媒体对张果喜和江西果喜集团长期倾心社会慈善公益事迹的陆续报道，张果喜令人心生感动的公益慈善慷慨情怀，也渐渐为人们所知晓。

社会公众发现，从上世纪 80 年代初开始，与当年的余江工艺雕刻厂发展同步，张果喜就开始对社会公益事业慷慨而为。

对此，人们心中对张果喜更加充满了敬意。

在因为创作而一次次来到余江县的过程中，每一次，那些耳闻目睹的关于张果喜倾情当地社会公益慈善事业的一项项善举，总是让笔者感佩不已：

当年张果喜在赚到第一个 100 万元时，他随后做出一个决定，就是拿出 22 万元捐建余江县中学的科技楼；

在余江县城，如今最繁华、路面宽阔的街道，也是上世纪 80 年代张果喜捐资修建的；

横跨余江县城老城区和中洲新区的大桥，是上世纪 90 年代张果喜捐资修建的；

余江县乡镇的第一座敬老院和社会福利院，同样是张果喜捐资建成的；

…………

在余江县，关于张果喜这样的"第一"，还有很多。

而这些，在余江县之外却鲜为人知。这是因为，在慷慨做这些善举时，张果喜从来都保持着低调，不宣扬更不在新闻媒体上报道。

直到 2003 年，张果喜为社会公益事业做的一项项善举，才逐渐为社会公众知晓。

本世纪初，企业的社会公益情怀逐渐成为社会各界热议的话题，企业家的公益慈善意识也日益增强。2003 年 5 月，一家主流媒体以"中国民营企业家慈善捐赠"为主题，对全国范围内民营企业家捐赠慈善公益事业的情况，展开了一次大型综合调查。

这次综合调查，将时间界限划定为 2001 年至 2002 年两年间。活动方人员专门向中华慈善总会及其各省市分支机构、分会做了解，对在这两年里中国内地富豪（要求不透露捐助信息的除外）的慈善捐赠情况进行了详细统计。

经过历时数月的调查统计，最终评选出了"中国最慷慨的 28 位富人排行榜"。

张果喜的名字醒目地出现在了这份排行榜上。

随后，这份"中国最慷慨的 28 位富人排行榜"纷纷被全国各地的媒体所刊载，引起了广泛而深刻的社会影响。

自上世纪 90 年代至本世纪初，经过改革开放 20 年的财富快速递增，社会公众在对民营企业家创造财富能力的崇尚心理上，也在此时开始出现了一些微妙变化。

这一微妙变化即是，民营企业家的慈善公益情怀，开始越来越受到社会公众的关照。

在某种意义上说，企业家精神的本质中心怀感恩之情。一个被社会尊重的优秀企业家，不仅因为他们具有创造财富的智慧与能力，也在于他们利用财富造福社会。

在张果喜的公益慈善之举逐渐为社会公众所了解的过程中，人们发现，名列"中国最慷慨富人排行榜"，张果喜当之无愧！

在从20世纪80年代初到新千年之初的近20年时间里，张果喜以实实在在的行动，关爱自己企业的员工；积极捐赠善款用于支援政府和社会各类公益事业部门兴办文化教育、医疗卫生、市政交通、社会福利等诸多社会公益事业领域。他以个人及企业名义，已累计在社会公益慈善领域捐款捐物达到2000多万元。

有必要一提的是，在20世纪80年代初到新千年之初的近20年时间里，关于企业家的社会责任，并没有成为一个社会公众关注的话题，企业家的行善济世之举更多的还是个人强烈的认识和行动自觉。

是的，张果喜对公益慈善的倾情而为，就来自于他的强烈认识与行动自觉。而这种认识与行动自觉，又源于他内心深处情真意切的感恩之情。

"我深深知道，没有党的改革开放政策，就不可能有我个人命运的奇迹般的变化。"在张果喜内心深处，随着企业的不断发展，一种源于感恩的炽热情感，也渐而变得越来越强烈。

在这样炽热的真情里，1984年，张果喜在余江工艺雕刻厂赚到第一笔100万元时，就决定拿出一笔钱来回报社会。

"多年来从事生产经营的实践使我清醒地认识到，搞好教育事业有着特殊的意义，教育可以兴邦，可以使人们摆脱愚昧和贫困，同样的道理，教育可以挖掘出企业的全部潜能，促使全体员工以最优良的素质和最理想的劳动生产率，为人类为社会创造更多的物质财富。"张果喜认为，支持教育事业发展是最有意义的善举。

为了余江县出现更多的人才，张果喜陆续出资 22 万元，为余江县中学捐赠了一座科技实验大楼。

一下就捐出工厂所赚利润的五分之一！

张果喜的慷慨之举，犹如一石激起千层浪，在当时的整个余江县乃至江西全省引起了强烈反响。

因为捐资建校助学，张果喜的情感之中从此与教育结下了深厚的不解之缘。在一次次走进学校的过程中，张果喜对莘莘学子，对默默奉献的人民教师更多了一份牵念。

上世纪 90 年代初，经过十多年的快速发展，余江工艺雕刻厂的经济实力已稳步壮大。

"作为一个从事实业的企业界人士来说，不仅要为改革开放推波助澜，而且要为民族的振兴、国家的富强干出一番事业，作出一些实实在在的贡献。"张果喜开始考虑，要站在更宽更高的视野，以实际行动去表示自己对于国家和民族未来发展的支持。

百年大计，教育为本——张果喜想，自己能为江西全省的教育事业做些什么？

"尊师重教，首先就是要尊重人民教师！"

出于对人民教师的由衷敬意，随后，张果喜心里产生了这样一个设想：能不能设立一个专门的奖项，用于奖励那些江西全省教育界那些有突出贡献的教师和教育工作者，这同时也是对全体教师的一种激励。

"随着我们企业的不断壮大，我们希望能为振兴江西的教育事业作出自己微薄的贡献，和全社会一起共同促进江西教育事业有一个大的发展。"张果喜萌生了设立一个教育基金的想法。

1991 年底，张果喜为此主动找到江西省教育部门，表达了他发自内心真情的愿望。

张果喜对教育事业的这份情怀，令江西省教育部门的领导深为感动。

经过商量，张果喜最终决定，出资 100 万元设立一项奖励基金，用于奖励全省的优秀教师，以激励他们以更大热情投身于教书育人事业。

这项奖励基金，就是"果喜教育奖励基金"，这也是江西省级层面设立的首个对全省优秀教师和教育工作者给予奖励的专项基金。

张果喜倾情教育事业的举动，引起了广泛的社会反响。

1992 年 4 月 29 日，"果喜教育奖励基金"设立大会在江西南昌召开，江西省政府主要领导莅临大会，并亲自将写着"尊师重教、振兴江西"的荣誉状颁发给张果喜。

此外，从 1980 年代到 1990 年代，张果喜还倾情资助了一批贫困学子，使得他们中的不少人通过读书改变了人生命运，后来他们中有一部分人成了各个领域的专家和拔尖人才。

1999 年，中华慈善总会发起"烛光工程"，张果喜积极响应，出资为全国 4000 名贫困乡村教师订阅书报杂志。

…………

从善之慷慨，倾情于教育。

纵观张果喜个人及果喜集团数十年来从未间断过的对各方面社会公益事业的善举，支持教育和捐资助学，始终是一个真情不离的主题。

这其中，有一项准确的数据,足以令人感佩不已——据 1993 年的统计，从 1984 年到 1992 年底，张果喜以个人或以果喜集团名义，专门为教育事业捐献的善款已超过了 700 万元。

在张果喜内心深处，这是表达自己对党和国家真切感恩之情的意义最为重大的举动。因为他深知，唯有教育强盛，将来国家、民族才能强大。

企业发展好了，用于对教育事业的支持善款也要不断增加。张果喜的教育慈善之举，逐渐由余江县而至全省再扩大到全国。

取舍之间，尽显从善慷慨。

那是张果喜内心之中博大而深厚的家国情怀，在倾情国家教育事业中的真情展现！

第二节　怀感恩深情报春晖

商之大者，利国益民。

与每一位企业家几乎都不可回避财富的使用支配这一问题一样，1980年代初期，当张果喜拥有的金钱财富让他的生活富足无忧时起，他也随即开始思考如何使用支配财富的问题了。

"自己富了，不可忘记当初和自己一起艰苦打拼的同仁，不能忘记全厂职工为企业发展付出的努力。"张果喜说，一开始他就有这样的想法。

如此，余江工艺雕刻厂刚刚获得发展，张果喜就想到，要尽可能地让厂里的职工们享受到发展的成果，对于家庭有困难的职工，厂里要尽力倾情去帮助。

为此，张果喜出资在余江工艺雕刻厂建了电影院，每周都安排放电影，厂里职工免费观看。厂里还建有理发室、澡堂等业余生活设施，对职工也全都是免费的。此外，张果喜还十分关心职工的业余文化生活，余江工艺雕刻厂建有图书室，不定期举办各类文化娱乐活动，这些费用也都是由厂里出资。

只要厂里职工个人或家庭出现了困难，张果喜总是会及时伸出援助的温暖之手：一位员工患病需要做手术，亲人无法赶到，张果喜向医院交好医疗费并把他送上手术台后，又在手术单上签了自己的名字；一位员工出事故去世后，张果喜把他的6个孩子一一养大成人。

…………

更让人感佩的是,张果喜还为余江工艺雕刻厂职工办理了退休养老金。

众所周知,直到本世纪初,民营企业职工的社会养老金制度才在国家的推动下普遍建立和实施。而在 20 多年前,余江工艺雕刻厂就主动为职工办理了养老金。

对此,难怪有企业研究学者曾这样说道:"很少有人知道,在民营企业对职工养老福利制度的探索中,张果喜无疑是最早积极实践的企业家之一,他在自己企业的探索实践经验,对后来推动我国民营企业职工社会福利保障制度的形成,无疑具有重要的借鉴意义。"

还有人这样说,上世纪 80 年代,从余江工艺雕刻厂职工享受的社会福利来看,甚至连许多国有企业也自愧不如。

"当年,我并非是在自觉地探索和实践民营企业职工的社会保障等福利制度,但有一点,却是我发自内心想做到的。那就是,我把职工们的福利搞好了,让他们没有了后顾之后,那我们也是在为国家和社会解忧尽己之力。因为,如果职工们工作不稳定,生活有困难,我们不管不问,那职工离开企业,走向社会,也会给国家和社会带来负担。"张果喜认为,自己这样做,既是对职工们负责,也是对国家和社会负责。

"如果不是心中有着厚重的情与义,如果不是胸有强烈的责任与情怀,那张果喜是不可能那样去做的。事实上,在当年,没有任何一方要求企业必须这样去做,国家政策对民营企业也没有这方面的要求或规定。"对于张果喜的真情之举,中国企业家协会这样高度评价。

心中的责任情怀,让张果喜对倾情社会公益事业的善举力度日渐加大。

随着企业发展规模实力的不断增强,从 1980 年代中期开始,张果喜将个人和企业之于社会责任的行动自觉,开始逐渐由企业自身而广及社会公益事业的各个领域:

当得知余江县政府因为财政困难,使得兴建县社会福利院的计划一拖再拖，张果喜主动找到县领导，表示由他来出资，尽快建起余江县社会福利院。

最后，一座设施齐全，耗资近百万元的县社会福利院在一年中就兴建完毕并交付使用。

为解决余江全县人民收看电视的问题，张果喜以果喜集团的名义，出资高标准建设了崭新的余江县电视台。

随着社会经济发展，余江县城受地域条件限制已逐渐显现出空间狭窄的弊端，向一河（白塔河）之隔的中洲新区发展已显得势在必行。而要实现这一城区发展构想，首先就必须要在横跨两个区域之间的白塔河上建设一座大桥，可县财政对建桥有困难。

得知这一情况，张果喜随即向余江县委、县政府真情表达了自己的想法：这是一项利于全县人民的发展规划，县委、县政府应尽快实施这一城区拓展发展方案，让余江全县经济社会得以实现腾飞，我个人当全力支持，建桥的资金由我来出资！

不久，由张果喜出资的这座大桥便雄跨于白塔河之上。

为彰显张果喜对全县经济社会发展所作出的突出贡献，余江县委、县政府决定将这座桥命名为"果喜大桥"。

果喜大桥建成后，余江县城受制于地域限制的障碍从此得以突破。县城新区——中洲得以快速发展，整个余江县的城市面貌也得以焕然一新。

如今的余江县中洲地区，在对接大鹰潭城市的发展过程中，已成为一片生机勃勃的发展热土，也成了余江县着力规划和开发的城区，对余江县经济社会发展实现腾飞发挥了积极而重要的作用！

修桥铺路，兴办各类社会公益事业，张果喜把社会责任深融于企业的发展之中，并为之付诸行动。

不得不承认这样一个现实，不少残疾人，因为丧失了部分或全部劳动力，或是无任何劳动技能，因而无形中成了家庭和社会的包袱。

而且，在这些残疾人心里有着挥之不去的自卑感。

20世纪80年代中期，张果喜在创办余江雕刻厂技工学校时，当他看到残疾人生活的现实状况后，于是便想到在技校专门设立"残疾人雕刻培训班"，来实实在在帮助社会上的残疾人。

按照张果喜的想法，符合条件的残疾人进入"残疾人雕刻培训班"后，通过学习雕刻技术，然后到余江工艺雕刻厂工作。这样就解决了这些残疾人自食其力的问题，同时让他们树立自信，走向崭新的人生。

此后，一位位残疾人，走进了余江雕刻厂技工学校的"残疾人雕刻培训班"，通过在这里学习雕刻技艺，走向工作岗位，也走向了崭新的人生。

余江当地农村一位叫陈天文的残疾青年，他3岁时因患小儿麻痹症致双脚残疾，上小学时，遭人白眼，由于家庭经济拮据，年幼时小陈就不得不辍学回家吃"闲饭"。

20世纪80年代初，农村开始实行家庭联产承包责任制。陈天文的父亲因病开了刀，无法下地干活，眼看着自家的良田日渐荒芜下去，他心如刀割，悔恨，愧疚，自卑，甚至绝望的心绪一齐涌上陈天文的内心，这使他产生了轻生的念头。

就是在这样的人生境况中，余江工艺雕刻厂技工学校"残疾人雕刻培训班"向陈天文伸出了温暖的手，而走进雕刻培训班后，陈天文很快又重新燃起了对生命的希望。

在技校培训班，陈天文勤奋刻苦学得了一手好雕刻手艺。

结业之后，陈天文进入了余江工艺雕刻厂工作。因为吃苦耐劳、工作敬业且手艺精湛，他每个月都能拿到厂里最高档次的工资，不但养活了自己还承担起了养家的担子！

在鹰潭市，有位叫程灿的残疾青年，虽然身有残疾，但自强不息。为了自食其力，程灿以坚强的毅力学习了钟表修理等手艺，在鹰潭街头摆摊设点谋生。然而，尽管他为之而努力，却因为钟表修理摊点多而收入微薄，谋生艰难。

25岁那年，当得知余江工艺雕刻厂技工学校专门开办了"残疾人培训班"后，程灿心头为之一热。他毅然决定收起钟表修理摊，前往余江工艺雕刻厂技工学校"残疾人培训班"。

培训班结业之后，程灿以优异的成绩得以留在余江工艺雕刻厂技工学校担任师傅。

特别值得一提的是，后来，程灿又不断在雕刻工艺上刻苦钻研，终于厚积薄发，成了一位技艺精湛的雕刻工艺大师。

"是余江工艺雕刻厂技工学校'残疾人培训班'，改变了我的人生命运！"程灿把自己由衷的感激之情，始终深深刻记在内心深处，一直到现在。

在当年余江工艺雕刻厂的厂报——《余雕》报上，我们有幸看到了程灿当年怀着深深感激之情给张果喜写的一封信。

张厂长：

您好！

厂长，在您百忙之中，给您写信，实在是打扰，但我是怀着感谢和钦佩的心情，给您写这封信的。

当我来到雕刻厂时，就感觉到无论是在生活、工作、学习等方面，那温暖的春风，无时不在吹拂着我，领导、师傅、同事们陌生的脸上带着热情地笑意，伸出的双手带着兄弟般的温暖，这就是雕刻厂的工人，这就是雕刻厂人的精神。来自四面八方的我们，为了同一个目标，向着同一个方向走在一起。

在这里我看见了一个工人，一个真正的社会财富的创造者，当今社会很多人特别是青年人，都把自己放在天平上，右边的砝码是工资，一分钱，一份力，这就是他们的处世哲学。他们未能把自己的命运和企业的命运连接在一起，根本就没有想到，没有企业的兴旺发达，哪来工人的幸福生活。

然而我们厂却不同，"我是雕刻厂的工人"这普普通通的一句话，从雕刻厂工人的嘴里说出来，是那样的响亮，那样的自豪，自觉地把自己积极参加各项劳动，这就是雕刻厂的工人。在这里，到处可听见这样的口号"为了我们雕刻厂"，一个普通工人，处处都把雕刻厂的利益放在心头，无时无刻不为雕刻厂着想……

几十年来，张果喜资助兴办的社会公益之事不胜枚举，帮助过的贫困学子、残疾人、孤寡老人等社会弱势群体无数。这每一件事每一个人，张果喜都是倾情倾力去帮的，这与他做事的风格一样，要做就做成一流，帮助社会弱势群体和兴办社会公益事业，他也是这样，舍得出钱把被帮助对象的困难问题解决好、把资助所办的事办好。

对于金钱，张果喜有这样一个经典的比喻："钱就像一池塘的水，满满的不外流就会发臭，路人经过这个池塘就会绕道走。池塘的水要常进常去，才能保持干净、清澈，人们才会到水塘边来走走。有钱人太抠了，让人惹不起躲得起，这样与你做生意的人就会越来越少。"

显然，在张果喜的理解里，一个经商办企业者对于金钱的使用支配与其人的品格是紧密关联的。他赞赏大手笔赚钱，也欣赏慷慨花钱。这正如他所说的，"赚钱要滴水不漏，花钱要慷慨大方"。

先富起来的张果喜，花起钱来确实很大方。但事实上，他只是在为做慈善、行善举的各类社会公益事业上慷慨大方，这也是为之欣赏的慷慨花钱之举。

而鲜为人知的是，张果喜的生活十分简朴。他对自己个人生活用度上的花钱，不但一点也不慷慨，而且还显得有些小气。

张果喜对吃穿从来不讲究，几十年前他最喜欢吃的菜是萝卜干炒猪油渣，现在依然如此，平日他杯子里泡的茶就是当地的土茶，他平日里自己和公司同仁加餐"下馆子"，喜欢到余江县街边那些有年头、有风味但门头却普通甚至有些简陋的餐馆去，他说喜欢的老味道改不了……

这就是张果喜，如此朴素，让人感到如此亲切。

"没有党和国家的改革开放政策，就没有蓬勃发展的中国民营经济，更没有我张果喜和果喜集团的今天。"几乎在每一次接受媒体记者采访中，谈及自己人生事业成功的感想，张果喜总是如此动情地说。

在对自己人生事业成就由来的诠释中，这是他最想说、最真切的一句肺腑之言。

张果喜的巨额财富人尽皆知，但他却很少遭遇非议和诟病。说起他，社会各界人士不仅对他在改革开放初期的胆识魄力充满敬佩，更有对他胸怀境界的敬重。

的确如此，在某种意义上，张果喜在社会公众心中实际上已超越了人们对其企业家这一身份的认同，还有其他方面的高度肯定。

那是什么肯定？

"他在以不懈努力发展自己企业的同时，从来都把企业的发展与社会的进步结合起来，这是一个具有家国情怀的人。"就是这种肯定，可谓是人们对张果喜在企业经营成就之外的高度肯定。

这种肯定，包含着人们对张果喜胸怀社会责任高尚情怀的敬重之情。

第三节　倾情帮带一方百姓致富

木雕的佛龛，根雕的花鸟虫鱼，玉雕的大至弥勒佛小至饰品、铜雕的雄狮猛虎，具备木雕之细腻、根雕之玲珑、玉雕之逼真，造型优美，形神活脱，令人赞叹不已……漫步在余江县雕刻创业示范街上，徜徉其中，让人仿佛置身于艺术的天堂。

如今的余江县，已成为享誉国内外的雕刻工艺之乡，雕刻产业已成为全县经济发展的一大支柱。

"他带动了全县百姓的一项致富产业，几十年来我们余江雕刻产业越做越大，越来越有名，现在已经成了全县的支柱产业之一！"

"当年一个小小的余江工艺雕刻厂，发展到如今余江大小上千家各类雕刻厂，这是何等的了不起，如果加上余江在外地办雕刻厂、搞雕刻工艺的，那是一支庞大的雕刻产业大军……"

"从余江工艺雕刻厂到果喜集团，始终是余江雕刻产业的发源地，带动了全县雕刻产业几十年来的不断发展壮大。"

…………

在余江县，无论是和机关单位的人还是与街头巷尾的市民百姓，只要一谈到雕刻产业这一话题，人们几乎都会说到张果喜和余江雕刻产业之间的关系，谈到张果喜给余江带来并不断发展壮大的雕刻产业这一话题。

而且，在谈起这一话题的过程中，人们的话语中又几乎都是饱含着真切情感的。

是啊，雕刻产业让余江县地方经济发展受惠，带动当地的就业，增加全县的税收，引领百姓致富，人们怎能不深切感念在心！

一家民营企业，在实现自身发展壮大的过程中，逐渐把自己的产业培育发展成了全县的一项大产业，而且在解决就业、增加税收和百姓致富等方面成效显著，对于这家企业来说，这是何等的荣光自豪！

而对社会公益事业怀有深切情怀的张果喜来说，这又何止是荣光自豪的事情，更是自己人生事业中价值的体现。

当年，也正是这样的深切情怀，促使他朝着这一目标不懈努力。

把企业的一个产业培育发展成为全县的一项产业，这谈何容易，在开始的阶段，需要多少人力、物力、财力及精力的投入。

让我们回到30多年前，从那时开始，在岁月时光中去追寻张果喜为倾情帮带一方百姓致富，一步步把余江工艺雕刻厂的雕刻产业发展成为余江全县一项经济支柱产业的经过。

"一开始，我并没有往把雕刻产业发展成为全县一项产业这方面去想。"张果喜说，一开始，他的想法很简单，就是想通过余江工艺雕刻厂的雕刻工艺，让余江当地更多的百姓也挣到雕刻这方面的钱。

"我们自己靠雕刻赚到钱了，富了，也就想，怎样让余江更多的人也通过雕刻赚到钱。"

就是出于这一想法，张果喜开始了他的思考。

20世纪80年代中期，随着余江工艺雕刻厂的快速发展，厂里需要大量雕刻工艺人才，这些人才大多从外地聘请。

"如果培养余江当地的雕刻技工，那一来可以让大家学到了技术到余江工艺雕刻厂工作，做雕刻师傅挣钱，二来，余江工艺雕刻厂也就在本地解决了雕刻人才的问题。"张果喜认为，这是件一举两得的好事。

那接下来，就是怎样培养余江本地雕刻人才的问题。

关于人才培养的方式，张果喜起初的想法是，通过余江工艺雕刻厂师傅带徒弟的方式来进行，这十分可行。但后来，通过自己的人生经历，他又想到，一个人要有技术还要有文化，这样将来就可以改变命运。

"那最好的方法，就是出资办一所学校，在这所学校里，不但教雕刻工艺技术，而且还教文化知识。"

就这样，张果喜把对知识改变命运和技术改变贫穷的深切情怀深深融为了一体，形成了他报答家乡余江的方式——创办一所雕刻技工学校！

张果喜的这一想法，令余江县委、县政府深为感佩，对他此举高度肯定，大力支持！

由此，余江雕刻厂技工学校应运而生。

学校招生对象，主要面对余江本地农村的学生。同时，结合所确立的文化与技能培养的方向，余江工艺雕刻厂技工学校和当地乡镇初中学校对接，招收初三年级毕业生。

学生进入高一，以文化教育为主，尤其是审美教育与艺术启蒙，每周安排一个固定的时间和某些特定的课程，不在教室，而是在车间进行；进入高二，文化教育和生产实习基本上是一半对一半，学生开始进入具体的学技术阶段；高三基本以实习为主，学生成为工厂的初级技工，工厂实际上已经把他们当成学徒工来对待，并以勤工俭学的名义支付工资。这样的做法，不仅有效保证了这一产业的后继有人，而且有效保证了这些后来人的素质。

为办好这所学校，张果喜在财力上慷慨投入，不仅在办学硬件设施上舍得，而且在师资力量的建设上更舍得。余江工艺雕刻厂技工学校的一部分老师就是余江工艺雕刻厂的资深雕刻工艺师傅，一部分则是从海南、广东、福建、浙江等地请来的专家，为学员们授课。

从上世纪80年代末期开始，余江工艺雕刻厂技工学校仅在县里就招收了7批学员，周边的龙虎山、贵溪、东乡等地的许多农家子弟也纷纷加入进来，学员总数超过8000人。

据统计，余江工艺雕刻厂技工学校培养的雕刻技工人才，共达到近2万人。

这些经过培训的农家子弟迅速成为企业的骨干，后来，他们中的许多人又分散到全国各地，创办了自己的雕刻企业。

2005年，余江县有关部门做过一次统计，余江县在全国各地从事雕刻行业的群体，每年仅从外地寄回余江的汇款就达到一亿多元。而在本地和外地办企业，年销售额在百万元至千万元以上的木雕、家具大户多达百余家。

还特别值得指出的是，在余江工艺雕刻厂技工学校培养出的这些雕刻员工中，后来成为省级、国家级雕刻艺术和工艺美术艺术大师的达数百人，而成为能工巧匠的则更是不胜枚举。

余江县政府2015年公布的资料显示：全县共有各类雕刻企业（个体

经营户）1000多家，县籍从业人员达3万多人，其中国家级根艺技能大师工作室领办人1人、中国根艺美术大师7人、根艺美术师26人、赣鄱英才"555"工程领军人才1人、省委"四个一批"工程人才1人、中国木雕艺术大师1人、省工艺美术大师1人、省工艺美术家2人、工艺美术师236人、高级技师2人、技师（工）130人。

一项产业的发展，人才是关键。

正是在这一层面意义上，余江工艺雕刻厂技工学校成了余江雕刻产业人才来源的源头，为余江雕刻产业在日后的蓬勃发展和不断壮大，起到了最为重要的基础作用！

"国家的政策虽然允许一部分人先富起来，但最终是要达到共同富裕。即使拥有了亿万财富，也应归功于党和国家的好政策。"在张果喜的内心深处，始终有一种强烈的责任感，那就是自己富了有责任去带动一方百姓致富。

在张果喜成功创业的影响下，上世纪90年代，江西余江县和鹰潭市民营木雕企业如雨后春笋般涌现，全市木雕企业达60多家。

为了更好地发挥"余雕"木雕产业龙头企业的资源优势，把余江建成新兴的木雕之县，让一部分人依托木雕龙头企业富起来，上世纪80年代，张果喜斥资100多万元，支援全县14个乡镇办起了木雕厂。

这些乡镇雕刻厂，成了那时余江县乡镇企业的中坚力量。

同时，木雕产业在成为余江全县的富民兴县产业同时，还解决了大批下岗职工、城镇待业青年和农村闲余劳动力的就业问题，对全县经济社会发展作出了突出贡献。

雕刻产业的发展带来了经济效益，增加了百姓收入，提高了余江的知名度，逐渐成为余江的一张文化名片。

进入新世纪以来，在县域经济的发展中，余江县委、县政府深刻认识到，经济发展的核心竞争力来自具有传统文化的地方特色产业，也是赋予地域经济不竭的活跃动力。

为了让余江雕刻这朵"雕坛奇葩"绽放出更为璀璨的辉煌，余江县委、县政府决定，将雕刻产业作为全县的富民产业，列入全县经济发展长远规划予以重点扶持。

2009年，余江县确立了大力发展雕刻产业的方向。

为高位推动余江雕刻产业蓬勃、快速的发展，余江县专门成立了雕刻产业建设指挥部。与此同时，着手实施以艺博馆、雕刻市场、雕刻基地为重点的"一馆一场一基地"的发展规划，并计划用十年的时间，按照"接链条、扩规模、升档次、树品牌"的发展思路，启动实施规划总用地面积约3800亩的雕刻产业园项目建设，努力打造一个集人文、商贸旅游、工艺加工、品牌展示为一体的雕刻产业发展"航母"，逐步树立"中国雕刻之都"的城市名片。同时，余江县在全国范围内开始了马不停蹄的招商。

龙头企业对地方产业发展的强大带动成效显著。

从着力推动全县雕刻产业大发展一开始，余江县委、县政府就希望果喜集团继续发挥产业龙头引领作用，以带动和促进全县雕刻产业的繁荣发展。

对此，张果喜深感使命光荣、责任重大，从调整部署果喜集团企业雕刻产业板块入手，积极策应余江雕刻产业大发展的整体规划。

在余江县规划建设雕刻创业示范街、雕刻创业示范园、雕刻特色小镇，以及着力培育一支技艺超群的雕刻人才领军队伍，促使雕刻产业从"制造"迈向"智造"的过程中，果喜集团一方面积极响应，在余江建设果喜集团艺博馆，一方面大力开发佘太翠玉矿，开拓佘雕产品新领域，为余江雕刻产业大观园又增添了一朵璀璨奇葩。

此外，果喜集团充分发挥企业自身的影响力和感召力，积极引导优秀的创造型雕刻技术人才返乡创业，为余江雕刻产业汇聚力量。而且，还通过资助与协助余江县委、县政府举办根博会、雕刻行业职业技能竞赛，组织雕刻大师参加文博会、产品展销会等，推动余江雕刻大师与国内同行相互交流学习，进一步提升雕刻技艺，扩大余江雕刻的品牌效应。

近两年来，果喜集团又大力推动余江雕刻向更高层次发展，充分整合各方资源，把余江雕刻等传统工艺美术品与龙虎山道教旅游一起"捆绑"销售，将文化、旅游发展融为一体，大力发展文化创意产业，与余江当地雕刻企业一起，积极配合政府合力打造国家级雕刻文化创意产业示范基地。

余江的雕刻产业，现已得到长足发展，雕刻产业集群效应开始显现。

自 2011 年来，余江陆续获得"中国根艺之乡""江西省雕刻产业基地""江西省特色商业街""江西省文化创意旅游休闲街区""江西省文化产品业示范基地""国家 AAA 级旅游景区"等多项殊荣。

2015 年，雕刻产业实现主营业务收入 18 亿元，比 2010 年增长620%；出口创汇 1547 万美元，翻了一番多；实现税收 1515 万元，增长18.9%。

近两年来，余江县木雕、根雕、玉雕、石雕、铜雕等五大系列雕刻产业，正逐步形成"五龙戏珠"的产业格局。

与此同时，余江雕刻整体品牌已形成六大体系——余江雕刻文化体验店、大匠 App、余江雕刻小镇、余江雕刻学院、余江雕刻品牌孵化器和余江国际雕刻艺术节。

2017 年 1 月 12 日，余江雕刻小镇品牌发布会隆重举行。

这是将余江雕刻产业化提升为城市品牌化的重要体现，是政府释放城镇化，区域经济转型，商业模式进化、业态升级的一次有力尝试。

按照规划发展目标，未来余江雕刻小镇将会打造成为由小、精、深的单个品牌组合而成的城市生态品牌系统，通过协调各方领导和本地技师，快速推动当地产业生产力，持续开发、创造、锤炼多类型特色产品，进一步开拓国内和国际市场。

培育一项产业，活一方经济，富一地百姓。

在张果喜的情感深处，这是令他深深感到无比欣慰地回报家乡的一件大事，也是他人生价值中值得永远珍藏的记忆。

第四节　引领商界责任担当新风

始于上世纪 70 年代创业，纵横商界数十年，所创立和执掌的企业始终傲立时代潮头，被誉为企业界的"长青之树"、中国第一位农民亿万富翁……等等这些资历和荣誉，让张果喜成了江西乃至全国具有广泛影响力的企业家。

人们也看到，自改革开放以来，张果喜一直广为社会各界所尊敬，尤其是在企业界，企业家们不但长久以来尊重他，更是为其商道智慧、商业品格和企业家精神所深深感染，研究他商道智慧的更是大有人在。

然而，尽管成就卓越，荣誉等身，但张果喜却从来都是谦诚待人，平易近人，友善待人。

"一个人要始终摆正自己的位置，放下架子，我把自己看得还是和原来的小木匠一样，与人和睦相处。我要做到不但善于雕刻木头，还善于雕刻资源，从而雕刻好我们的人生。"张果喜依然喜欢家乡人和朋友们亲切地称呼他"张博士"（"博士"，余江方言，指木匠），他说，他自己心底里从来都是把自己看成是一位木匠出身的手艺人。

但张果喜越是如此朴实真诚，人们对他的敬重却越是厚重。

也正是因为如此，几十年来，张果喜在社会各界尤其是企业界具有深厚而广泛的影响力。

鉴于其企业发展的卓越成就和广泛的社会影响力，长期以来，张果喜担任了全国人大代表、全国政协委员、全国工商联常委、中国企业联合会副会长、中国企业家协会副会长、中国民营科技促进会副会长、江西省工商联副主席、江西省赣商联合会会长等社会职务。

作为一位具有社会影响力的企业家，张果喜不但是社会公益慈善事业的践行者，也始终是一位对企业家公益慈善情怀的积极倡导者。

谦虚低调的张果喜，向来很少就一些问题发表自己的个人观点，更没有什么"雷人"的言辞。但对于企业家之于财富、社会公益和担当社会责任，他却有深富感染力的观点或阐述。

比如，张果喜的财富观，广为民营企业家们推崇。

"对财富问题，我看得很淡。过去，我不会因为自己是个穷光蛋，就觉得很可怜。现在，我也不会因为自己拥有多少个亿，就觉得很了不起。人生是短暂的，金钱这东西生不带来，死不带走，把它用到最需要的地方去，才是善善之举。"张果喜认为，创造财富是一件荣光的事情，对自己在创造财富过程中的经验和心得，他更愿意毫无保留地与别人交流。如果自己的经验得失对别人具有一些启示作用，那他会感到十分高兴，也由衷地为更多的人创造更多的财富而感到快乐。

又比如，张果喜对企业家社会责任担当的阐述，深受民营企业家们认同。

他认为，一名真正的企业家，不仅要心系企业、心系国家、心系人民，还要有博大的胸怀勇于承担社会责任。对于企业而言，心系社会公益与慈善事业，绝非仅仅是企业向社会拿出自己的一部分利润，其中包涵更多的则是，慈善与社会公益向企业提供的正是一种价值的尺度。

在张果喜内心深处，他最为欣慰的，就是自己以财富而实现济世这一抱负对他人的影响力，尤其是对在改革开放过程中获得人生事业成功的企业家。

从上世纪80年代开始，张果喜就以自己倾情倾力的公益慈善之举和关于企业家心怀感恩之情回报社会的观点，倡导和推动企业界的公益慈善新风。

"我做慈善，不仅要自己身体力行，还要号召所有有心的企业家一起来做，大家一起，才能汇聚成海，为社会增添更多和谐与友善的力量。"

在赣商群体中，张果喜是当之无愧的影响力人物。

张果喜深知，作为备受赣商群体信任、尊敬的一员，自己要不负这种信任与尊敬，既要在引领赣商在改革开放伟大时代创立大业过程中做出表率，也要在树立赣商精神品牌上率先垂范。

"这两大方面，张果喜都做到了，他不愧是改革开放时代卓越赣商的典范！"2017 年 6 月，江西省工商联（总商会）第十一次代表大会圆满完成各项议程在南昌闭幕。因为任届期满和年龄原因，张果喜卸任江西省工商联（总商会）副主席职务。然而，对于张果喜在任期中的贡献，人们纷纷表达了高度的评价。

是的，在引领全体赣商勇创大业的过程中，张果喜积极参与江西省民营企业总部基地——同心谷·赣商之家（商联中心）的筹建；在全省民企转型升级发展战略实施推进过程中，果喜集团成功稳健的转型升级案例为全省民企提供了可借鉴交流的好经验；在江西省工商联为推动全国民企入赣的过程中，张果喜充分发挥自己在全国商界的资源与影响力，积极推介全国有影响力的民营企业家前来江西考察投资……

实际上，自上世纪 90 年代开始，张果喜还通过自己在海内外的广泛影响尤其是在商界的感召力，积极为政府招商引资做好"红娘"，热心组织会务活动，引领江西企业家主动"走出去"寻求发展商机。

在树立赣商精神品牌上率先垂范，张果喜一直把引领商界尤其是赣商的责任担当新风作为自己义不容辞的责任。

2016 年，江西省工商联向全省民营企业家发出参与"千企帮千村"精准扶贫行动的号召后，张果喜和全省 40 多位有影响力的民营企业家们一起发出倡议，倡议全省民营企业家心怀对改革开放伟大时代的感恩深情，富而思源，积极投身到精准扶贫行动中来。

在"千企带千村"精准扶贫行动中，果喜集团结合自身特点和帮扶对象实际，因企制宜、因村制宜、因户施策，通过产业帮扶、公益帮扶和技能帮扶等多种途径，取得了显著成效。张果喜对精准扶贫行动的真情之举，对江西民营企业家们产生了强烈的感召力。

而在时光的深情回望中，人们更是看到，无论是在 2007 年全省新农村建设、2008 年江西民营企业家支援汶川灾区重建中，还是在 2009 年至 2015 年民营企业家支持赣南革命老区建设发展的行动中，张果喜都是积极的倡导和参与者。

在担任江西省赣商联合总会会长期间，他倡导赣商广行公益慈善义举，引领赣商勇担社会责任。

在担任全国工商联常委、中国企业联合会副会长、中国企业家协会副会长期间，他倡议并积极参与全国民营企业家的各类公益慈善活动。

在担任中国光彩事业促进会副会长期间，他以个人名义或以果喜集团企业名义，积极组织或参与光彩事业活动。

…………

"要无愧于时代，要以自己对社会的贡献衡量自己的价值。"这是张果喜内心崇尚的人生价值，他以对社会责任的勇于担当之举，为自己的人生价值信念做了最为精彩深刻的注释！

第十章

深富启示的商道智慧

在时间之岸上，风景永远是人。

张果喜是中国社会主义市场经济和改革开放的弄潮儿，全国与他同批涌现出来的改革家、企业家在企业界已寥寥无几，而在数十年的商业风云中，他创立的企业还是风采依旧，风景独好，企业之树长青。

他演绎了一个从普通贫穷农民到拥有亿万财富、声名卓著企业家的神话，他白手起家的经历，更是鼓舞着无数的逐梦者。

"我们不仅有一个值得回忆的过去，而且还有一个更加值得展望的未来。"对于自己数十年来商业历程的总结和引领企业继续做大做强，张果喜有着许多的感悟哲思。

而这些凝结在岁月里的商业实践的感悟哲思，又实际构成了张果喜的全部商道智慧，给人以深刻的启示。

比如，张果喜从做人的普通道理中引申出从商的信条，他坚信做人不合格，做生意也不可能成功。再比如，张果喜认为，企业若要达到"强者恒强"的目标，就必须不断总结学习并在商业实践中适时而谋变。他还认为，企业家的战略眼光要稳立于现实而又要在商业大势的变化中创新求变，"有百折不回之真心，才有万变不穷之妙用"。然而，他又有几十年始终不变的商业原则和信仰，果喜集团总部始终不变，企业主业始终不变……

智慧由定而升，心能专念不散，方有大智慧。

在所有的成功者的思维里，都有一种基因，就是"利他"，这种神秘的力量，让一个人可以持续的吸引着财富。

…………

在张果喜的成功档案里，那些深具商道智慧的感悟哲思细细解读，如此耐人寻味。

第一节　凝结在岁月里的商道智慧

张果喜的成功，源于一只雕花樟木套箱。

从生产雕花樟木箱起家，经过数十年的艰苦奋斗和顽强拼搏，张果喜将一个作坊式小厂发展成为涉及工艺美术品、化工合成材料、小汽车内饰件、新型电机、酒店旅游等行业领域的综合型企业集团，成为走出江西、走向世界的知名企业。

纵览张果喜的创业历程，人们首先在其企业发展壮大过程中看到的，便是其信念恒定的企业家定力。

主业不变。这么多年，生产佛龛一直作为果喜集团的支柱不动摇，张果喜和他的果喜集团在专业化这条企业发展之路上坚持了几十年。近几年适度多元化，也是在突出主业、做好主业的前提下渐进式实施的，这种谨慎决策与那些一旦做大就盲目多元化的民企是不可相提并论的。

总部基地不变。余江只是个农业县，且偏居内地省份江西一隅，可几十年过去了，果喜集团的总部基地牢牢地扎根在这里，张果喜本人也始终不曾动过变迁的念头。今天，不但神龛等木雕工艺生产线在余江，而且果喜的电机生产也在余江，化工产品最初也在余江。

张果喜这种所谓"农民式保守"背后实际上藏着他作为一位企业家的精明、智慧：余江有着他所熟悉的低成本人力资源、个人品牌资源。这种资源在果喜集团已经形成了良性循环，甚至浑然一体，变更总部基地不但会由于财税利益伤了地方政府多年的"和气",而且企业本身在新地方的不适应也会引发负面的连锁反应。因此,不是万不得已,只要有可能,果喜集团除了将总部基地长期设在余江,其新上生产项目首选地也会是余江。

心态不变。余江县委宣传部一位干事在谈及张果喜时感喟:有些人国外行国内不行,有些人有钱没有名,有些人有名没有钱,有些人有名有钱没有家,有些人家庭好但子女不好,有些人有名有钱但身体不好,有些人身体很好但朋友很少。可是张果喜却什么都有,家庭、事业、朋友、身体、亲情都很好。

不折腾自己、亲朋、职工和客户,这无疑是张果喜这位新中国第一个亿万富翁不倒的最有力的理由之一。只是这种"不折腾"已被"翻译"成"有所不为才有所为"的企业理念或被当作"无为而治"的企业经营管理境界和企业家人生哲学来推介。

在张果喜看来,只要主业不萎缩,多元化方面风险可控,果喜集团还会在相当长的一段时间里红火下去。

创业的时候,张果喜曾遇到过溺水、触电、车祸、火灾,但都化险为夷,后来安然无恙。有人说生意人都是奸商,而张果喜敢说,他从来没想过骗人、害人,而是一向以全心全意待人,因此他得到了好报——无论是生活还是事业,他一直都发展得比较顺,尤其做木雕生意,几乎不需要费什么心思,一年到头订单上亿,30多年来,没有库存,做多少卖多少。

张果喜一直为主流阶层所认同、所看重,他最大的财富不是一手打造的果喜集团而是使他自己成江西的品牌。他在事业上求稳,既不贪大求快,又不盲目多元化,也不跟风上市,企业在依托主业持续盈利的基础上滚雪球式发展;他在做人上求平,保持低调,安守本分,言行举止力求为社会的和谐相容。他的这份"识时务"的良苦用心换来的是:为下所敬,为上所望。

志存高远。张果喜认为"志当存高远",志不立,天下无可成之事。他的大志就是要做一个成功的企业家。张果喜从小就受母亲的教育,要做个有志气、成大器的人，他 21 岁就白手起家创办了中国大陆最早的民营企业之一。他在开始组织生产优质雕花樟木箱产品之时，也在同时设计创建了一种适应市场、适合民营的新型企业。优秀企业家与新型企业的最佳结合，使得余江雕刻厂不仅由一个小小作坊超常地发展成为一个走出江西、走向世界的著名民营企业集团，而且奇迹般产生了"新中国第一个亿万富翁"、"世界第一位命名小行星的中国企业家"、"果喜模式"、"果喜精神"、"果喜经验"……。美国"企业之父"艾柯卡曾通过美国驻中国大使馆表示，他希望能读到中国民营企业创始人张果喜的自传并有幸能引用果喜名言。张果喜能由一个小木匠成为成功的企业家,被誉之为"中国的艾柯卡"，是因为他对做企业矢志不渝，情有独钟，不断地校正自己的人生坐标。江西省曾出过五名改革家，其中大都根据组织安排去从政了，张果喜是其中唯一例外。1985 年，上级也曾安排他去当鹰潭市副市长，他自愿放弃了这个机会。

敢为人先。张果喜认为：干企业最重要的是要敢为人先，抢夺一个早字，走在时代前列，引导市场潮流。早在改革开放前，张果喜就先人一步地提出了打破"铁饭碗、铁工资、铁交椅"，创新了一套多劳多得的计件工资制度和一厂三工（正式工、合同工、临时工）、任人唯贤的人事制度，很快使企业形成了一种高效率、快节奏的运行机制。改革开放以后，人们发现大力倡导的许多举措，在张果喜企业早就实行了。果喜集团，正是凭借这种敢为人先的精神，超前预测，超前决策，超前行动，比别人提前进入社会主义市场经济时代，掘到了社会主义市场经济的"第一桶金"。

超越自我。张果喜认为：在创业过程中，每一步都有一个敌人，这个敌人就是自己。做到一定程度，就要挑战自我，打倒敌人，然后超越自己再往前走。只有这样，才能与时俱进，始终立于不败之地。江西果喜集团成立后，为超越自我，张果喜又开展了"二次创业"。他以独特的战略思维和经营理念，在上百个项目中，反复筛选，按照长期、中期、近期项目发展规划，投资 5 个多亿，分别新上了化工发泡材料、小汽车内饰件、数码电机、酒店旅游、高档保健酒等具有发展前景的项目，分别在深圳、东莞、上海、厦门、海南等地新增了 10 多个生产厂。在实施过程中，张果喜始终做到审时度势，量力而行，坚持有进有退，有所为有所不为，使这些新上项目到目前不仅没有一个失败，而且大部分都提前进入了回报期。其中，数码电机的前景尤为可观，可望像木雕产业一样，在全球占主导地位。果喜集团就是在这不断的自我超越中，实现一次又一次新的飞跃，成为历 30 年而不败的中国企业界的"常青树"和外国人眼中的"东方不败"。

干必成功。张果喜认为："成事在人不在天。"人只要肯下苦功，舍得拼命，就没有克服不了的困难、办不成的事。创业之初，张果喜带上 3 名工友闯入人生地不熟的大上海，斗胆与上海工艺品进出口公司签订了 20 套出口雕花樟木箱合同。回到余江，修造社不肯出钱，也没有钱可出，但合同签了，没有退路，只有白手起家自己干。没有资金，张果喜再三说服老父亲把家里唯一一栋老房子毅然卖掉；没有技术，张果喜就三顾茅庐到浙江东阳请来师傅；没有原材料，张果喜亲自到山区采购。为了节省运费，张果喜不顾寒冬腊月，第一个脱掉棉衣跳到河里放木材。山里老表见了都心疼地说：到山里买树的人见得多，却没有见过像张果喜这样要树不要命的。张果喜把企业看得比命还贵重，比家还重要。没有张果喜，也许就不会有"余江工艺雕刻厂"和"天下雕刻第一家"的辉煌。

张果喜专一念旧，但如果由此认为他有"农民式的保守"，就会忽视他作为一个企业家的智慧与创新精神。

由于专一和念旧，由于不忘余江的养育之恩，张果喜把化工发泡厂这个好项目也放在了余江。但这次他错了，发泡材料主要用于电器包装，而余江离众多电器企业路途太远。发泡材料是体积大、重量轻的产品，运输成本极大，原本可赚的钱都浪费在了路上，结果一年下来，发泡厂亏了数百万元。错了就改，张果喜迅速将 6 条生产线全部撤出余江，分别到深圳、东莞、上海、厦门独立设厂，就近推销，就近运输，发泡厂迅速扭亏为盈。定和变，在张果喜身上有着完美的结合。

"海南开发热"时，张果喜决定投资2亿元在三亚兴建一座大酒店。但酒店建到一半时，却碰上了1996年的"宏观调控"和1997年的亚洲金融危机，"海南热"突然降温。当时别的工程，有的是完全撤资，有的是硬着头皮继续。张果喜却意识到，海南的旅游市场要经过几年的调整期，然后还会大热。如果完全撤资，那就会失掉以后的发展机会；如果按计划继续投资，也会给企业带来高额亏损。因此，最好的办法是"以退为进"，不撤资不继续，静等市场复苏。果然，几年后市场复苏，张果喜重新坐镇海南，抓住机遇，建成了一流的四星级酒店，并在持续不断的旅游热潮中大赚特赚。

1997年亚洲金融危机时，日本经济严重衰退，佛龛市场异常萧条，许多同类生产厂、经销商倒闭。张果喜却异常冷静，经过分析后他认为："只要有日本人存在，就需要佛龛产品，其他企业的退出是我们的机会！"在低迷的市场下，他不但没有缩小生产规模，反而投入4000万元新建了两个佛龛厂。结果，两年后，走出金融危机的日本给了张果喜回报，他从日本人身上大赚了一笔。

在"二次创业"过程中，张果喜对产业项目的取舍有道也令人称道。果喜集团原在上海投资的家具业因市场泛滥，盈利能力下降时，他果断地将在上海的家具厂出让，将出让获得的资金用在新的投资项目上；90年代末期，果喜集团的专利产品断布机（服装机械）随着仿制产品的增加，盈利能力下降，他又及时退出。果断及时的退出机制，使果喜集团的资本得到了有效的利用，促进了企业低成本扩张。

"二次创业"的几大类项目都获得了成功，张果喜被称为商业天才。

通过"二次创业"，果喜集团实现了由劳动密集型产业向技术密集型产业结构的转化。特别是"无刷无槽永磁直流电机"项目，已拥有自主知识产权的核心技术，被纳入了国家高新科技重大建设专项和国家稀土电机生产基地。

张果喜在拥有专一念旧的品质时，更可贵的是他有创新、随时而变的魄力和谋定后动的冷静。

商场总是有着种种难以预料到的情况，而张果喜却总是能很好地把握，与商业伙伴建立起稳固的合作关系。

在日本市场初战告捷后，张果喜就与日商建立稳固的代理关系，全部佛龛产品都由日商代理经销。

但不久，新情况出现，一些日本商人也想通过经营佛龛获利。为降低进货成本，他们绕过代理商，直接从张果喜那里进货。

张果喜十分慎重，从眼前利益看，销售商直接订货，减少了中间环节，厂方确实可以得到实惠。但从长远考虑，接受直接订货，意味着失去以往花费很大力气开辟的销售渠道，会使以往的销售商背离自己，得不偿失。张果喜回绝了那几家要求直接订货的日本零售商。

日本代理商得知此事后，很感动。他们在推销宣传方面加大力度，为张果喜打出"天下木雕第一家"的招牌。

与此同时，张果喜清醒地看到，生产佛龛是一个利润丰厚的产业，除了他的果喜集团公司，韩国与中国台湾地区制作的产品，也非常具有竞争力，单靠原有的销售网络，无法与强大的竞争对手抗衡。

张果喜决定扩大"同盟军"，把一些原先的对立派拉到自己身边。他与智囊团仔细分析日本各地中小企业，经过多方协调，于1991年成立了"日本佛龛经销协会"，专门经销果喜集团的漆器雕刻品，变消极竞争为积极合作。

效果立竿见影，当年，他在日本佛龛市场的份额占到六成，取得了更大的市场主动权。

这就是张果喜的连横合纵，目光长远，摆脱眼前利益和一己之利的束缚，开阔视野，正确处理与商业合作伙伴、竞争对手之间的关系，化被动为主动，变消极为积极，才能变赚小钱为赚大钱。

追溯张果喜从时光深处一路而来的成功商道历程，让笔者逐渐那样深刻地明悟到，这么多年来，外界对于他商界"不倒翁"的评价，关于他商海纵横几十年的几近出神入化的故事，并不神秘。他商道成功的密码，最为核心的就在他商界几十年如一日，以诚待人、以信取人的品格。

这正所谓：所有的成功者的思维里，都有一种基因，就是"利他"，这种神秘的力量，让一个人可以持续的吸引着财富。

从创业之初到现在，张果喜有"常胜将军"的美誉，但其实在第二次创业的过程中，张果喜也经历过失败。

"二次创业"伊始，在引进发泡材料生产线的初期，张果喜把生产线放在了老家余江县。然而，1995 年项目实施的第一年就亏了 400 多万。

第二年他马上调整产业区域布局，分别放到福建、上海和深圳等工业密集和发达地区，一年后就产生了 1000 多万元的经济效益。

这次经验教训让张果喜意识到生产项目的成败与区域条件有密切关联，有了好的项目，还必须放在好的地区发展。

张果喜坦言："我们的企业在中国，就应该了解中国的国情，应该掌握我们国家每阶段的方针、政策和法律法规，只有这样，我们才能把握好企业的方向，所以我常讲，企业家可以不从政，但不能不关心政治。"

张果喜只有初中文化水平，却通过自己超强的商业智谋，打拼出一片天地。

张果喜说："台上靠智慧，台下靠信誉。"这就是他不舍弃日本代理商的信念，也是他最终能够联合各方力量的基础。

张果喜像经营企业一样经营自己的人生，又像经营人生一样用心经营企业。纵观他人生事业各个阶段起承转接的历程，无不令人深切地感受到，他将经营人生与经营事业那样自然地融为了一体。

这在张果喜与《胡润百富》记者的一段对话中有着朴素而深刻的体现：

《胡润百富》：现在的很多年轻人选择创业，对于他们，您有什么建议？

张果喜：现在大家都想发财，但这是不可能的。但这不可能的情况又是可能的，那就要看他们自己的造化。首先，我认为创业者的思维和位置需要摆正，天上不会平白掉下馅饼，其次要具备敬业精神，要能吃苦，善于学习，脑子反应要快，当然最重要的就是学会做人，做人做不好，干什么都不成。

《胡润百富》：您觉得和外国人做生意与在国内做生意有什么区别？

张果喜：本质上并无太大的区别，讲诚信是做生意的基本守则。我和日本人打交道三十多年来，长期保持着友好的生意关系。在这过程里，讲好的价格、谈好的质量、交货时间，都要严格遵守双方的约定，如此，才能把生意做大、做久。

《胡润百富》：您本人信佛吗？

张果喜：果喜集团的传统产业主导产品是佛龛，它是用来祭祖供佛的木雕宫殿，多年来，我们一直畅销日本。但是我本人并不信佛，但我想这几十年来我们的生意经久不衰，在创业初期，我本人也曾遇到过溺水、触电、车祸、火灾，但都化险为夷，后来安然无恙，我认为这些都跟做佛龛有关系。

《胡润百富》：近来有什么计划吗？

张果喜：我计划拿四个亿建造一个艺博馆。目前项目正在实施之中，预计未来两到三年内会竣工，地点就选在家乡江西余江，占地面积约12000多平方米。到时候，计划在馆内展出我们集团生产的诸多产品，当然还包括我个人收藏的一些字画。目前，建筑风格基本采用欧式风格，到时候欢迎朋友们过来参观，多提宝贵意见。

《胡润百富》：您目前的工作状态是怎样的，心态如何？

张果喜：我心情好，心态也很好。我认为，一个人不要贪得无厌，要学会顺其自然地活。对财富的追求，要有个度，但这并不等同于放弃事业上的追求。

《胡润百富》：对于下一代或第三代子女，您有什么希冀？

张果喜：我的第三代现在都可以打酱油了。对于孩子们，我的原则是培养教育，给其基本生活条件，最后就要看他们自己的造化了。不能早早就让他们养成依赖思想，要让他们学会独立自主、坚强果敢地走自己的路。

《胡润百富》：这些年您一直做慈善，对此，您如何看？

张果喜：我们一直在做慈善，这些年来做的实事比较多。1993 年，国际小行星命名委员会将我国南京紫金山天文台新发现的国际编号为 3028 号小行星命名为"张果喜星"，即是对我所做善事的褒奖与肯定。那时南京紫金山天文台通过新闻媒体、有关报道查阅了我很多资料，了解了我的企业在创业发展和改革开放时期为社会作出了积极的贡献，尤其在社会公益事业方面贡献突出，所以才决定推荐用我的名字为一小行星命名。这对我是很大的荣光。我很庆幸自己赶上了一个好时代，沾了改革开放的光。

《胡润百富》：您比较注重哪些公益？

张果喜：教育公益。从上世纪 80 年代的捐建校舍到后来的开办木雕培训学校。我做慈善，不仅要自己身体力行，还要号召所有有心的企业家一起来做，大家一起，才能汇聚成海，为社会增添更多和谐与友善的力量。

《胡润百富》：对于某些企业家的高调做慈善，您有什么看法？

张果喜：做善事，不要喊，心里要想着老百姓，真心实意地去做。当然，在做好事的过程里，每个人的表现方式不一样，不要评价别人，有心就可以了。

《胡润百富》：您有退休计划吗？

张果喜：我是生命不止，战斗不息。虽然年纪不轻，但我还很有激情。人活着要有一种精神，否则，事业也要结束了。

在某种程度上，商道即人道。

会经商更要会做人，做人之道融入经商之道，从张果喜的身上，读到的是他超脱于商业之上的更高智慧，如何在人生历程中去经营事业、经营身心，这个命题值得每个人细细品味。

张果喜用心经营企业、用心诠释人生，无论是普通人还是企业家都能从中受益良多。

有媒体曾这样评价道：张果喜的成功，不仅仅在于他创造了巨大的财富。更重要的是他敢为人先，闯出了一条企业自立自强的发展道路。在别人没有想钱的时候，他想了钱，当别人也在想钱的时候，他学会了赚钱；在别的企业还在热衷于按传统的经济体制和经营模式运作时，他斗胆劈出"三板斧"，彻底打破一成不变的"铁工资、铁饭碗、铁交椅"，创造出一套全新的工资分配、劳动用工和人事制度，形成了适合企业发展的新型经营模式和管理体系；当别的生产厂家只知把眼光死盯在国内市场时，他却早早放眼全球，把中国最古老的传统产品源源不断销往国际市场，赚到了外国人的大把大把钞票……所有这一切，都说明他是社会主义市场经济的最早实践者、探索者和成功者。

全面解读张果喜的商业历程，人们可以发现，他的特别之处，不仅在于他拥有诚实守信、敢为人先、敢闯敢干等商道品格，还在于他审时度势，正确把握航向，适时制定和调整企业的发展战略。

这一切，使张果喜总能在风云变幻和激烈的市场竞争中立于不败之地，成为我国企业界长期保持旺盛发展势头的一棵常青树。

第二节　不同视角的深刻解读

张果喜的成功之道，始终为社会各界所称道。

尤其是张果喜的商道品格、商业智慧和作为"企业长青之树"的果喜集团在数十年发展历程中的实践经验，更是成为许多学者和媒体深入研究、解读的对象。

在改革开放进程中，张果喜始终不曾离开媒体的视野，众多的媒体记者从不同的视角对他进行过深入采访。关于张果喜的媒体报道文章，可谓不计其数，报道角度也不尽相同。这些角度各异、视野不同的媒体报道文章，共同构成了对张果喜不同视角的解读。

"一千个读者就有一千个哈姆雷特。"

对一部书的解读如此，对一个人的解读同样如此。更何况，对于一位成功的企业家而言，其人生事业的历程本身就是一本厚重而耐读的书。

为读者更全面地解读张果喜的商道品格、商业智慧和果喜集团不断发展壮大的成功经验等，笔者经征得媒体报道文章作者的同意，现摘录对张果喜专访报道的三篇文章以飨读者。

附录一　张果喜：不倒富翁的独特品质

1984 年，32 岁的张果喜拥有了个人资产 3000 万美元，成了中国改革开放后的第一个亿万富翁。30 多年来，与他同时代的风云人物已有许多沉寂。而今天的张果喜仍是江西首富，他的事业仍在发展壮大。他有钱、有名、有事业，家庭好、儿女好、友情好、亲情好、口碑好。他为什么会拥有这一切？

拼搏实干：有百折不回之真心，才有万变不穷之妙用

有学者研究张果喜的发家史时，把他归为"无心插柳"型。确实，张果喜创业时为的只是生存，根本没有成为富翁的想法，那时也不敢有这样的想法。

张果喜是江西余江县人。1970 年左右，年仅十几岁、初中还没读完的张果喜，进入余江县邓埠农具修造社木工车间当学徒，具体工作是用大锯锯木材。两三年后，聪明勤奋的张果喜成了一个好木工，并被任命为木工车间的车间主任。

1973年，农具修造社负债累累，已经无法维持，要将张果喜的木工车间强行割离出去，让他们自谋生路。危难时刻，张果喜初显他的过人胆识，他向修造社的职工喊出了"要吃饭的，跟我走！"的豪言壮语。21名职工跟上了张果喜，张果喜任厂长的木器厂成立了，这家企业当时虽然还"戴着红帽子"，但已有了私营的性质。

没有厂房，没有一分钱资金，木器厂的发展资本只有从修造社得到的3平板车木头和几间破工棚，而修造社分给他们的同时有2.4万元的"巨债"。张果喜面对的是一个百废待兴的烂摊子、21名没米下锅的职工和他们的近百名家属。

置之死地而后生的勇气给了张果喜拼搏精神和过人的胆识。他说服父亲卖掉了家中多年的祖屋，得到1400元钱，一部分用于发职工工资，一部分用作发展本钱。

随即，张果喜带上3名伙伴和200元钱，4人每人分50元，缝在内衣里，去闯大上海，目的是为木器厂找业务。在那个特殊的年代，敢从偏僻的江西余江跑到上海联系业务，再次说明了张果喜的非同凡响。

这次上海之行运气不错，张果喜在当时的上海艺术雕刻品一厂的陈列样品室里，看到一种樟木雕花套箱，用于出口，每套竟值200元。张果喜随即决定要把这种工艺带回余江，让自己的木器厂生产这种樟木箱。张果喜等4人分工，每人分学几道工序，用一个星期的时间学会了这种产品的工艺流程和制作技巧。

回到余江，张果喜又马不停蹄到有千年历史的"木雕之乡"浙江省东阳，用诚心说服了老师傅到余江来传授技艺。张果喜这一系列动作，说明当时年仅20岁的他确有过人的见识和魄力。但落后的余江能生产精美的樟木雕刻产品吗？绝大多数人是怀疑的，甚至有人称张果喜是"卖掉祖屋的败家子"，他承受着巨大的压力。

没有退路，只有前行。

产品需要上等的樟木，要到外地采购。一次，大雨如注，运送樟木的拖拉机陷入淤泥，张果喜身先士卒，带着员工冒雨干了一夜，将两吨多重的樟木搬上了拖拉机；为了省运费，外地来的樟木有时可以沿江漂流到余江，寒冬腊月，张果喜也会首先脱掉衣服，跳到刺骨的冰水中捞木头。回忆起创业艰难，张果喜动情地说："女同志来月经，你听过男同志来'月经'吗？我就来过，那时把肾累坏了，拉血尿，很长时间。"

半年艰辛后，张果喜终于生产出了第一只樟木箱。通过上海艺术雕刻品一厂，把这只樟木箱送到了广交会上，被外商订货20个，为厂里带来了1万多元的利润。初步成功了，张果喜有了威信，曾经的木器厂也变成了余江工艺雕刻品厂，随后又更名为果喜木雕厂。

但这也为张果喜带来了麻烦，在那个"不要资本主义的苗"的特殊时期，县里派工作组到厂里，一蹲就是半年。张果喜苦恼过、困惑过，但他坚信办企业没错，为员工谋生路没错。到改革开放前，木雕厂就已经盖起了1.2万平方米的新厂房，工人的工资水平也有了很大提高，"比改革开放更先行"。

1979年秋，张果喜二赴上海，这次奠定了他成为富豪的基础。他发现了一种新产品，雕花佛龛，主要出口日本。佛龛是高档工艺品，是日本家庭必备的"三大件"之一，结构复杂，工艺要求极高，也因此利润极高，是"把木头变成黄金的生意"！张果喜回余江后，经过一段时间的研究，终于把佛龛做了出来。从此果喜木雕厂走上了迅速发展的快车道。

1984年，张果喜对外公布的个人资产就已达到3000万美元，成了改革开放后大陆的第一个亿万富翁。

在此之前，张果喜和他的厂曾遇到过溺水、触电、车祸、火灾……他都坚强地挺了过来。他说，事业的第一个阶段是靠苦力赚钱。是的，正是靠着拼搏实干卖苦力的精神，他获得了最早的成功。

"干事业，不干则已，干则必成。"张果喜用这句话诠释着自己的成功。

专一念旧：智慧由定而升，心能专念不散方有大智慧

张果喜对佛龛工艺的改造使得产品便于大规模生产，而其较高的工艺、技术门槛让后来者难以模仿，由此不但遏止了国内的仿冒者，也阻击了韩国、我国港台的对手，垄断了日本佛龛市场，并进而打入东南亚、北美、西欧等市场。到90年代，张果喜的果喜实业集团已成为世界最大的木雕联合企业，被称为"天下雕刻第一家"。他在余江这个农业县建立起了"稻田上的帝国"。

张果喜获得的荣誉多了起来，担任的社会职务也多了起来。但他始终坚守自己作为一个企业家的本分，专一而又念旧。

张果喜的专一，首先体现在对于事业、主业的专一。如今的果喜集团虽已是涉及多个领域的多元化集团，但他始终将生产佛龛作为集团的主业。在事业上，1985年，他曾有去鹰潭市当副市长的机会，但他拒绝了。他说："我一直是搞企业的，我爱这个企业，所以我坚定不移地留下来。如果我去当市长，可能市长没当好，企业也完蛋了！"

企业做得再大，张果喜也坚持将果喜集团的总部基地设在江西偏僻的农业县余江，而且其后新上的许多项目也放在余江，这是他专一的另一个实例。

造佛龛的张果喜认为，佛不是神，佛是一种智慧，而智慧是由定而升的，只有热爱事业，用心去做一件事，才会得到好的结果。

在果喜集团一个绿树掩映、精致优美的厂区中，矗立着一座汉白玉雕牌楼，上面镌刻着当初跟随张果喜创业的21名员工的名字。这21人有的已经不在人世，有的早已离开张果喜另谋发展，有的由于能力欠缺仍在车

间当保管员，但张果喜仍然深深地记得这些人，亲自设计了这座牌楼。他的念旧让果喜集团的历史充满了温情。

张果喜也始终与发妻相依相伴。他说："我的事业成功，有妻子的一半功劳。我太太在我创业的时候给了我很大帮助。那时资金困难，我拿不出一分钱用于养家，她凭微薄的工资养大了两个女儿，她还从工资里每月省出 10 元钱给我买烟。那时我辛苦，经常凌晨三四点才回家，但不管是冬是夏，我一回到家，我太太就会起来给我烧水喝，搞宵夜吃……所以什么都不要讲，条件好了换太太是很没良心的事，我的财富再多一百倍我也不可能换太太！"他讲的时候动容，更让听的人动容。

审时度势：随时而变，谋定后动

张果喜专一念旧，但如果由此认为他有"农民式的保守"，就会忽视他作为一个企业家的智慧与创新精神。

90 年代初，张果喜投资 5 个多亿，开始了以"调整产业结构，扩大发展规模，提高整体素质，再塑企业形象"为内容的"二次创业"。在上百个项目中，经过反复论证、筛选，按照短期、长中期项目发展规划，张果喜亲自选定了化工发泡材料、轿车零配件、服装机械、酒店旅游、微型电机、酒类等几大类项目。

由于专一和念旧，由于不忘余江的养育之恩，张果喜把化工发泡厂这个好项目也放在了余江。但这次他错了，发泡材料主要用于电器包装，而余江离众多电器企业路途太远。发泡材料是体积大、重量轻的产品，运输成本极大，原本可赚的钱都浪费在了路上，结果一年下来，发泡厂亏了数百万元。错了就改，张果喜迅速将 6 条生产线全部撤出余江，分别到深圳、东莞、上海、厦门独立设厂，就近推销，就近运输。发泡厂迅速扭亏为盈。定和变，在张果喜身上有着完美的结合。

"海南开发热"时，张果喜决定投资 2 亿元在三亚兴建一座大酒店。

但酒店建到一半时，却碰上了1996年的"宏观调控"和1997年的亚洲金融危机，"海南热"突然降温。当时别的工程，有的是完全撤资，有的是硬着头皮继续。张果喜却意识到，海南的旅游市场要经过几年的调整期，然后还会大热。如果完全撤资，那就会失掉以后的发展机会；如果按计划继续投资，也会给企业带来高额亏损。因此，最好的办法是"以退为进"，不撤资不继续，静等市场复苏。果然，几年后市场复苏，张果喜重新坐镇海南，抓住机遇，建成了一流的四星级酒店，并在持续不断的旅游热潮中大赚特赚。

1997年亚洲金融危机时，日本经济严重衰退，佛龛市场异常萧条，许多同类生产厂、经销商倒闭。张果喜却异常冷静，经过分析后他认为"只要有日本人存在，就需要佛龛产品，其他企业的退出是我们的机会！"在低迷的市场下，他不但没有缩小生产规模，反而投入4000万元新建了两个佛龛厂。结果，两年后，走出金融危机的日本给了张果喜回报，他从日本人身上大赚了一笔。

"二次创业"的几大类项目都获得了成功，张果喜被称为商业天才。通过"二次创业"，果喜集团实现了由劳动密集型产业向技术密集型产业结构的转化。特别是"无刷无槽永磁直流电机"项目，已拥有自主知识产权的核心技术，被纳入了国家高新科技重大建设专项和国家稀土电机生产基地。

张果喜在拥有专一念旧的品质时，更可贵的是他有创新、随时而变的魄力和谋定后动的冷静。

心态平和：富贵难得平常心，荣誉越多越本分

张果喜的平常心是远近闻名的。他以平常心来做生意，不折腾自己，不折腾企业，不折腾亲朋好友，不折腾职工和客户。这可能是他成为第一个亿万富翁并持续发展的最根本原因。

"钱就像一池塘的水，满满的不外流就会发臭，路人经过这个池塘就会绕道走。池塘的水要常进常去，才能保持干净、清澈，人们才会到水塘边来走走。有钱人太臭了，人们惹不起但躲得起，这样你的人缘就差了。"这是张果喜对财富的经典比喻。

做大了的张果喜，仍把自己看的和原来的小木匠一样。他穿着随意，吃饭随便，身上不佩戴任何能显示富贵的饰品，除了抽烟外没有别的嗜好。

他过得简单，创业史干净透明，因此他活得踏实，别人活得也踏实。

自1984年以来，张果喜先后获得了200多项国家级、省级荣誉，包括全国劳动模范、全国五一劳动奖章、中国改革风云人物、有突出贡献中青年专家、中国优秀民营科技企业家等。他最看重的荣誉是"张果喜星"的命名。1993年6月，国际编号"3028"号小行星命名为"张果喜星"，此前国际上获得此项荣誉的企业家只有美国著名实业家哈默博士，1996年是李嘉诚，再过了多年后是钱学森。

对荣誉的珍惜和爱护，更让张果喜严格要求自己，刻意避免一些"毛病"。他从来没有害过人，却帮了无数的人。荣誉越多，越低调本分。正因为这样，30多年来，他获得了公众的尊敬、各级各届政府的推崇。

回报社会：感恩方得大义，回报赢来发展

30多年来，张果喜将一个仅有21名工人的小木器厂发展成了涉及木雕产品、化工产品、高科技电机、高档保健酒、酒店旅游、房地产开发、矿产开发、金融保险等领域的综合型企业集团，是江西省出口创汇重点骨干企业。而在这样的发展过程中，关于张果喜本人、果喜集团的质疑声音却从来没有出现过。众口一词地肯定，让张果喜和他的企业显得鹤立鸡群。他如何做到这一点？

当张果喜赚到他的第一个100万的时候，就拿出22万元为学校修建了科学楼，其后他又陆续出资为县里建了"果喜大桥""果喜大道"，并积

极赞助抗洪救灾、烛光工程，修电视塔、福利院，建立"果喜教育奖励基金"。多年来，他向各类社会公益事业的捐助已难以统计。

直接捐助是一方面，"造血生财"是另一方面。张果喜出资创办了全国第一家木雕技工学校和残疾人雕刻技术培训班，培养了2万多名技术人才。现在，这些木雕技工大多已能独当一面，分布于全国各地，他们每年从外地寄回余江县的汇款就有近亿元。张果喜还支援全县14个乡镇办起了木雕厂。张果喜不仅自己富，而且带动了全县的富县、富民产业。

张果喜对社会的回报，也为果喜集团赢来了更好的发展机会。目前他担任着全国政协委员、全国工商联常委、中国企业联合会副会长、中国企业家协会副会长、中国民营科技促进会副会长等职务。

2010年的张果喜，仍然平和而低调，他的果喜集团也在继续着稳步发展的一贯品质。

——摘自齐树峰《张果喜：不倒富翁的独特品质》

附录二　中国企业家摘"星"第一人

在改革开放后第一批企业家们纷纷销声匿迹的时候，他仍然举着改革开放的旗帜一直走到了今天；从1973年变卖家产开始创业，他带领着他的企业与改革开放一同走过了30年的风雨历程；他从一个普通的木匠，成为世界上第一个以他的名字命名小行星的中国企业家。他就是中国改革开放30周年企业改革纪念章获得者、中国企业家摘"星"第一人、中国民营经济的一个标志性人物———果喜实业集团董事长张果喜。

他不仅见证着中国改革开放30年，实践着中国企业改革30年，更是改革开放30年来企业界的成功者和佼佼者。

在获得中国改革开放30周年企业改革纪念章时，记者采访张果喜，他说得最多的一句话就是：作为一名企业家，一定要具有强烈的使命感，要在听到一片赞扬声后，在夜深人静时想一想，我为社会做了什么？

记者：有人统计，世界 500 强平均寿命是 45 岁，中国民企的平均寿命仅 2.5 岁。而你的企业作为民企的代表却持续、健康、快速发展 30 年之久，而这 30 年，正好是中国改革开放的 30 年，你是如何评价中国企业改革的这 30 年？中国企业改革给你最深刻的事是什么？

张果喜：没有改革开放，就没有中国企业的发展壮大，也没有中国经济的蓬勃发展，更没有我张果喜和果喜集团的今天。我和我的企业正是赶上了我国改革开放的好政策。改革开放的 30 年也确实是中国企业成长的 30 年，尤其是中国民营企业经历从无到有、从小到大的质变。30 年的努力，中国民营经济已经成为社会主义中国经济的生力军，成为具有中国特色的民营经济。我体会很深刻，国家不仅给了我们发展的土壤和机会，也给了我们这些民营企业家应有的荣誉和地位。

上世纪 80 年代，在党的十一届三中全会指引下，我们抓住机遇，实现了企业的第一次腾飞。进入 90 年代后，为适应我国市场经济体制发展的要求和世界高新技术发展迅猛的趋势，我们按照"稳固基地，确保主业，寻找机遇，四面出击，多元经营，全面发展"的新思路，实施了以"调整产业结构，扩大发展规模，提高整体素质，再塑企业形象"为内容的"二次创业"。历经"二次创业"，果喜集团不断开拓新的发展空间、新的行业领域，摆脱了单一传统产业的束缚，实现了由劳动密集型产业逐步向技术密集型产业结构的转化，走上了一条现代化管理、多元化经营、集约化发展的现代企业发展之路。目前，我们果喜集团的木雕、无刷无槽直流电机、化工合成材料等产业分别在生产规模或技术上居国内一流水平，酒店旅游、高档保健酒等项目也处于国内同行业先进水平。

中国企业改革开放的 30 年，是中国企业不断发展创新的 30 年，也给中国经济的发展增添了不少活力，特别是民营经济在社会经济队伍中的发展壮大。我们的很多企业和企业家在改革开放的机遇下，做到了在别人没有想钱的时候，想到了钱；在别人想钱的时候，学会了在市场上挣钱，不仅思想和做法在市场上先人一步，始终抓住了一个"早"字，在变化的市场中占据制高点，掌握主动权，而且还积极推动着中国企业的改革，为中国企业改革作出了贡献。所以，中国企业改革这30年能取得今天这样的成就非常不容易。

记者：您觉得在经营一个企业应该遵循怎样的规则？什么样的企业才可能成为百年企业？

张果喜：企业是社会的中坚力量，是社会经济的基础。我们正处于一个快速发展的、富于变化的时代，必须迅速拿出适应变化的举措和行动。今天的核心竞争力也许就是明天应对被淘汰的能力，所以必须站在市场和科技的前沿，拿出世界最为领先的产品，才能保持企业的持续健康发展。而且我们的企业一定是要能经得起时间和历史的考验，负起企业对社会应有的责任。我认为，这是企业经营过程中的一个规则，这样才能无愧于这个伟大的变革时代，否则违背这一规则就会被社会和市场淘汰。

现在国家大力倡导建设和谐社会，注重经济发展的"生态平衡"。其实自然界存在生态平衡，企业界也要"生态平衡"。我们的企业也应该树立企业正确的发展观，我认为：一是国家的政策引导是关键，尤其是在产业发展的具体指导上要到位，要更加贴近产业发展的实际；二是企业的决策者要审时度势，脚踏实地，不盲目攀比跟风；三是舆论宣传要适度，既要宣传某个产业取得成功的典型，也要宣传在某个产业发展失败的案例，让人们引以为戒。我们的企业只有从自身抓起，建设和谐企业、树立企业科学发展观，才能顺应社会发展，同时企业也能获得发展。

创业难，守业更难。企业要做到基业长青，必须生态结构合理、具备自主创新能力、不断回报社会，同时时刻保持积极创新的心理状态，主动适应经济社会快速发展的现实，提高企业家自身的素质，建立一支能打硬仗的职工队伍，在巩固既有品牌和市场的同时，开拓新的产品和市场。同时企业家要遵纪守法、自我约束，同时做好"他律"和"自律"，要富得早还要永不倒，必须保持良好的心态，不骄不躁，永远执着地去追求，这样企业才能健康发展、长盛不衰。

记者：从某种意义上来讲，你可以说是新中国第一个亿万富豪，你是怎么看待个人财富的？在企业的经营过程中，这些财富对你而言意味着什么？

张果喜：我觉得一个人来到世上，要有事业追求，要实现自己的价值，但不能以财富为唯一目标。财富是事业发展的基础，但财富并不是唯一的目标和追求。其实人生的财富也是一个不断积累的过程。我当初就是以1400元开始了木雕生意，开始了自己艰苦的创业之路，当时从没想过能取得今天的成就，更没想过能拥有多少的财富。中国民营企业家属于中国先富起来的一群人，他们的成功主要得益于国家的政策和自身的努力。这部分人的财产来源于诚实劳动、合法经营，与资本主义社会的原始积累有根本区别。

我认为做生意就是一个学习的过程，所以我一直在我的企业中倡导"先做后学"，在实践中不断摸索。我曾经把企业的致富归结成三部曲：一是靠苦力赚钱；二是用钱赚钱；三是凭智慧赚钱。这些都是自身的因素。其实你的个人财富除了自身的因素外，一定程度上也是社会给予的，所以我觉得更为重要的是用自己的财富去回报社会、为国家作贡献。而社会在致力发展现代经济的同时，把那些勤劳致富的企业家作为人们的榜样，从而激励人们去自力更生、努力奋斗。

财富对于企业，只是企业经营过程中的一个筹码。当企业发展到一定程度，绝不能应用家庭企业的管理方法去管理，而要采用现代企业的管理方法去开拓。同时，对子女的教育，要教他们勤奋，要给他们知识和智慧，这就是馈赠给他们最大的财富。

记者：曾有媒体说你是 30 年不倒的企业明星，是中国民营企业的"常青树"，你觉得最主要的经验是什么？

张果喜：我是第一代中国民营企业家，与我同时起来的企业家有的退休，有的沉浮不定，而我这么多年一直都很顺，这说明我运气好（微笑）。我之所以没有大的失败主要还是得益于灵活的经营理念。不唯书、不唯上，注重结合自身的特点调整经营思路。30 年前我没有想过现在会发展到这样的规模。我对事业的追求很执着，一次成功了，并不会就此满足，我会不断追求成功。

其实办企业首先要知己知彼，必须了解社会现状、百姓需求和市场的"生态"。无论什么企业，只要坚持科学发展观，坚持和谐发展的理念，立足于本行业领域的发展，并能在本行业领域中做大做强，都是了不起的。更何况行业与行业之间没有高低贵贱之分，没有必要去攀比和跟风。如果要说基本经验，我觉得有这么几点：

第一，要紧跟党走，企业才能越做越大。企业家可以不从政，但不能不讲政治。中国的"能人"只有一个，那就是中国共产党。只有坚持党的领导，才能保证企业的健康发展，才能经得起时间和历史的检验。

第二，要对事业执着追求，永不满足，努力实现自己的价值。每做一个项目自己要懂，不懂就要学习。我上的许多项目我努力地钻研，这样才能全面把握，正确决策。企业发展无止境，企业家的追求也要无止境，要保持旺盛的精力，矢志追求。

第三，要有良好的自身素质。企业家没有功就是过，业绩平平就是平庸。做一个合格的企业家还要有不服输的精神，没有远虑，必有近忧。要想使自己不被淘汰，就必然要刻苦学习，学习政治、学习专业、学习管理、学习做人的道理。

记者：您觉得现代企业家应该具备哪些素养？

张果喜：我认为作为一名现代企业家，要在市场经济中立于不败之地，首先必须具备五个力：情报力、想象力、判断力、决策力和实施力。情报力就是信息，要从四面八方调查、获取信息，包括与朋友聊天、出国考察、参加商务活动等。听到以后，想象分析这消息是否真实，如果是真的，就要判断这项目能不能搞，可行性有多大？然后就要进行决策，这时候基本上八九不离十，最后就是实施，人力物力财力全部上。

其次，企业家必须懂政治、懂政策、懂得中国国情。只是单纯地为做企业而做企业，是做不好的。在中国就要了解中国的国情。企业家要能把握国家的方针政策，清楚了解每一阶段的法律法规。企业家可以不从政，但是不能不讲政治，讲政治也是生产力。我们是在中国做企业，不是在美国或者日本，想要摆脱政治、摆脱党的领导，把企业做得很大，几乎是不可能的。这是企业基本的立足点。

最后，也是现代企业家最应该具备的一个素养，就是不能以财富为唯一目标，而是在追求财富的同时更应该肩负起社会责任和历史责任，就是要有强烈的使命感。在这点上，我感受越来越深刻。中国经济快速增长的背后是巨大的环境资源代价，因此，除各级政府领导之外，企业家更应该肩负起更多的使命和责任。这也是这个伟大的时代赋予企业家的使命。企业是经济社会的支柱，尤其是民营企业已经作为中国经济一支非常重要的力量，企业要注重科学发展，要时刻意识到企业的社会责任。企业界也要像自然界一样讲究生态平衡，在产业、行业、规模等方面形成合理结构。每个企业都应立足于自身的特点去做大做强，而不是追逐热点盲目发展。一个生态结构合理、具备自主创新能力、不断回报社会的强大经济的形成，才是对国家最大的贡献。

——摘自《中国企业报》，作者徐旭红

附录三 张果喜还能红多久

20世纪80年代初，他的个人资产就已达到3000万美元，成了新中国的第一个亿万富翁。如今，与他同代的富豪要么早已出事退出历史舞台，要么风光不再已经淡出公众的视线——而他依然还是江西首富，还是那么火，那么红，关于他和他的企业质疑的声音却不曾有过。

当不少明星民企沦为流星的这30多年，他所一手打造的企业依然立在时代的潮头，他让他的企业和他一样，成了谜一样的寿星。

他就是张果喜！

2005年11月2日，《商界名家》记者来到了因毛泽东诗作《送瘟神》而闻名的江西余江，走进了果喜集团。

张果喜凭什么历经风雨始终稳步不倒？

张果喜还能红多久？

我们的探寻在张果喜的"稻田上的帝国"有了答案。

一

在解读张果喜的财富路径时，他被学界归为"无心插柳"型。而在余江，《商界名家》记者听到的说法是"佛"在保佑他，因为他在人生最穷困的时候卖掉自己的房子为"释迦牟尼"造屋——生产"佛龛"，后来他办企业一路顺风，越做越大，这都是"佛"给他的回报。

"佛佑"的解释有迷信的嫌疑，《商界名家》记者不以为然。接待记者来访的是果喜集团的党委副书记汤冬莲，依据她的介绍，不难还原张果喜发达的真相。

20世纪70年代，十几岁的张果喜，初中还没读完，就辍学进了余江县邓埠农具修造社木工车间当学徒，每天做的活就是锯木材。虽然锯木材不需要多深的技术，但要把一堆一堆的木材变成木锹、犁耙、独轮木车等，却要消耗很大体力。那时锯木材不是用机器，而是用手拉锯，上进心极强的张果喜没日没夜地拉，结果把肾给累坏了，拉尿带血，几乎是每星期一次。5 年的"血尿"给张果喜换来了一个"好木工"的称号和"车间主任"的职务。可是，车间主任没当几天，农具市场就饱和了。1972 年，张果喜的木工车间因无活可干被厂里割离出来，单独成为木器厂，张果喜被任命为厂长。名为厂长，却一无厂房，二无资金，只有从农具社得到的 3 平板车木头、几间破工棚和 21 名职工及家属近百口要饭吃的人，另外还有"分"到他们头上的 2.4 万元的债务！第一次发工资的日子到了，厂里却连一分钱也没有！张果喜不得不说通父亲卖掉了土地改革时分给他们家的房子，得到 1400 元钱，一部分作为职工的工资，一部分作为厂里创业的本钱。张果喜知道，单靠卖自己家房子的这点钱，是发不了几回工资的，木器厂要生存必须找到能挣钱的活干。然而，在附近农村即使找到了一点活干，又能赚多少钱呢？张果喜大声向厂里的职工宣布："要吃饭的跟我走！"于是，有 21 位兄弟积极响应，跟上了他。可是，饭在哪里？

张果喜想到了上海，他想到上海是因为在邓埠他经常与上海知青聊天，知道上海是一个大世界，在那里或许能找到活做！张果喜带了 200 元钱和三位伙伴闯进了大上海。第一次远离家门，200 元钱放在一个人身上怕扒手偷，于是，张果喜和伙伴躲进厕所，将 200 元钱一人分 50，藏在贴身口袋里。晚上舍不得住旅馆，就蜷缩在上海第一百货公司的屋檐下。第二天，他们很早就来到上海手工业管理局门口。局里的工作人员上班时见到他们后，便问"有什么事？"张果喜先作简单的自我介绍，然后说出想在上海找活的心事。工作人员听说他们是来自毛主席表扬过的地方，便热情地把他们介绍到上海雕刻艺术厂去参观学习。这个厂在四川北路，它的前身叫上海艺术雕刻品一厂。到厂以后，他们在陈列样品室里，看到了一种樟木雕花套箱，由两个或三个大小不一的箱子组合而成，每个箱子都是单独的工艺品，套在一起又天衣无缝；箱子的四沿堆花叠朵，外壁层层相映着龙凤梅竹，十分精美。张果喜问管理员，这套箱价格是多少？回答是200元。张果喜以为自己听错了，便又问了一遍，回答仍然是200元。此时的张果喜又惊又喜，200元啊，他们4个人千里迢迢来上海，全部盘缠也不过200元呀！于是，张果喜决定要把这个手艺带回余江。他们4人分工，一人拜一个师傅，一人学几道工序，就是死记硬背也要把这个产品的工艺流程和制作技巧牢牢地记在脑子里，就这样苦学了7天。临走时，张果喜还从上海艺术雕刻厂的废纸堆里，拣回了几张雕花图样，又顺手牵羊地带走了一只报废的"老虎脚"。回到余江的当天夜里，他就召开全厂职工大会，决定做雕花套箱。第二天，他把全厂的零木碎料全部清理出来，分成三十几堆，全厂职工每人一堆，让大家照着他从上海带回来的样品花鸟去练雕刻。然后，他又把工人带到有"木雕之乡"美称的浙江省东阳县学习，还将个别老师傅请到余江来传授绝活。套箱需要上等的樟木，余江县城连樟树都很难找到，他又带领职工到远离县城的山区去采购。有次遇到大雨，运送樟木的拖拉机陷入泥塘，他和职工冒雨干了一天一夜，硬是靠手推肩扛，将两吨多重的樟木弄上了拖拉机，饿了就吃一个5分钱的发饼，渴了就喝几口山沟里的水……就这样，张果喜经过半年多的时间，生产了第一只樟木箱。那时候，江西没有外贸，出口产品都要通过上海工艺品进出口公司，所以他们把制作的第一只樟木箱送到上海工艺品进出口公司，由上海工艺品进出口公司送给广交会。结果第一次交易会上就订了20套樟木箱。这20套樟木箱让他们赚了一万多块钱，同时还使他们了解到了客户对他们产品的要求。根据客户需求生产雕木箱，一下子产品的销路就打开了。

1979年秋天，张果喜又到上海。如果说张果喜第一次闯上海是为了找碗饭吃，那么第二次闯上海就是他走向中国富豪迈出的第一步。在上海工艺品进出口公司的样品陈列厅里，一尊尊出口日本的雕花佛龛，久久地吸引着张果喜的眼球，再一打听，一个佛龛有70%利润，而他生产的雕花套箱一个只有 25% 的利润。工作人员告诉他,佛龛是日本的高档工艺品,也是日本家庭必备的"三大件"(轿车、别墅、佛龛)之一。佛龛是用来供奉释迦牟尼的木雕宫殿,大小只有几尺见方,结构却非常复杂,成百上千造型各异的部件,只要有一块不合规格或稍有变形,到最后就组装不起来。因为工艺要求太高,许多厂家都不敢问津。

面对佛龛,张果喜是看在眼里,喜在心头——用料不多而价格昂贵,这是把木头变成黄金的生意啊!

"这个活,我们能做!"张果喜毫不犹豫地与上海工艺品进出口公司签了合同。他带着样品回到厂里,一连 20 天泡在车间,和工人们一起揣摩、仿制,终于把佛龛做出来了。

第二年,果喜木雕厂创外汇 100 万日元,其中 65 万日元就是佛龛收入;第三年,果喜木雕厂创外汇 156 万日元,佛龛收入超过 100 万日元!

或许是缘于他只有初中肄业的文化,土木匠、草民这样草根出身的考虑,他的第一桶金,乍一看像是"无心插柳柳成荫",但注意到他推进的每一个关键点不难看出,他实际上是"有心栽花花亦发"。他的崛起应该归于"一招鲜"——生产佛龛的技术门槛让后者一时难以跟进;他对传统雕刻工艺工序的改造使产品便于大规模生产;他对质量的精益求精阻击了韩国、我国港台的对手,几乎垄断了日本整个佛龛市场。由此,夯实了果喜大业的地基。

二

与同时代的富豪一个明显的区别是,作为新中国第一个亿万富豪的张果喜不怎么折腾。《商界名家》在采访、调查中发现,30 多年来,张果喜在以下几个方面始终保持不变——

角色不变。随着张果喜和果喜集团的崛起与社会知名度、影响力的形成,社会应酬与社会活动也免不了多起来。但张果喜坚守一个企业家的本分，专注于将自己的果喜集团做强、做大。

1985 年，当人们对万元户都感到很神秘的时候，张果喜已经成为亿万富翁。组织上要他去当鹰潭市副市长，他却没有去，理由是："每个人的爱好不一样，追求也不一样，我能把一个企业搞好，不等于说我能把一个鹰潭市搞好，因为我原来所从事的，所了解的，所学的都是搞企业管理。从企业来讲，我刚刚描绘一个蓝图，只有一个轮廓，颜色正在一笔一笔地上，企业不能离开我；从我个人来讲，我爱我这个企业，所以我坚定不移地毅然留在企业。"如果当初张果喜当了市长，也许结局是：市长没有当好，自己的果喜集团也丢了。

主业不变。这么多年，生产佛龛一直作为果喜集团的支柱不动摇，张果喜和他的果喜集团在专业化这条企业发展之路上坚持了几十年。近几年适度多元化，也是在突出主业、做好主业的前提下渐进式实施的，这种谨慎决策与那些一旦做大就盲目多元化的民企是不可相提并论的。尤其难能可贵的是张果喜应对市场风云乍起的定力。1997 年的东南亚金融危机，日本经济严重衰退，佛坛市场也随之变得异常萧条，很多佛坛生产、经销厂商关门倒闭。对此，张果喜非常冷静，20 多年在佛坛摸爬滚打的经验给他一种直觉：这种萧条是暂时的，宗教是日本民族文化的显著特征之一，只要有日本人存在，就需要佛坛产品。在市场低迷不前的情况下，张果喜不但没退出佛坛生产领域，而且还投入了 4000 万元，新上了两个完成品厂。两年后，日本经济逐步复苏，张果喜的佛龛生产正好迎合了市场所需，销量大增。

总部基地不变。余江只是个农业县，且偏居内地省份江西一隅，可几十年过去了，果喜集团的总部基地牢牢地扎根在这里，张果喜本人也始终不曾动过变迁的念头。今天，不但神龛等木雕工艺生产线在余江，而且果喜的电机生产也在余江，化工产品最初也在余江。张果喜这种所谓"农民式保守"背后实际上藏着他作为一位企业家的精明、智慧：余江有着他所熟悉的低成本人力资源、个人品牌资源。这种资源在果喜集团已经形成了良性循环，甚至浑然一体，变更总部基地不但会由于财税利益伤了地方政府多年的"和气"，而且企业本身在新地方的不适应也会引发负面的连锁反应。因此，不是万不得已，只要有可能，果喜集团除了将总部基地长期设在余江，其新上生产项目首选地也会是余江。

心态不变。余江县委宣传部一位干事在谈及张果喜时感喟：有些人国外行国内不行，有些人有钱没有名，有些人有名没有钱，有些人有名有钱没有家，有些人家庭好但子女不好，有些人有名有钱什么都有但身体不好，有些人身体很好但朋友很少。可是张果喜却什么都有，家庭、事业、朋友、身体、亲情都很好。张果喜之所以能够拥有这一切，在于他的平常心。做大了的张果喜这样告诫自己："我们还要谨慎摆正自己的位置，放下架子，把自己看得还是和原来的小木匠一样，才能与人和睦相处。做到不但善于雕刻木头，还善于雕刻资源，从而雕刻好我们的人生。"尽管已是亿万富翁，张果喜身上从不佩戴任何金银饰物，穿着随便，吃饭更不讲究，最大的嗜好就是抽点烟。

不折腾企业！不折腾自己、亲朋、职工和客户！这无疑是张果喜这位新中国第一个亿万富翁不倒的最有力的理由之一。只是这种"不折腾"已被"翻译"成"有所不为才有所为"的企业理念或被当做"无为而治"的企业经营管理境界和企业家人生哲学来推介。

三

造佛龛几十年的张果喜并不讳言自己如今"信佛"。而《商界名家》记者惊叹的是这位农民企业家、草根富翁在打造企业文化和个人品牌建设中对佛文化的嫁接和借力智慧。在张果喜看来，佛不是神，大地众生，皆有佛性。佛是一种智慧，智慧是由定而升，若心能专念不散，从事入理，则能产生智慧。也就是说只要你对人以诚相待，用心去做一件事，都会得到"佛"的保佑。所谓"士人有百折不回之真心，才有万变不穷之妙用"，意思是说，只要你真心热爱你的事业，只要你专注你的目标，那么，你就练就了一手得心应手的技艺，生出各种高妙绝伦的办法，来解决你所遇到的一系列困难，成为一个能办事、会办事的人才。记者来到果喜集团生产"佛龛"的地方，如同来到一座艺术家雕凿的园林，干净的地面上看不到一点杂物，车间外看不到一个人影，只有花坛上的树叶在秋风中轻轻地摇动着……当年与张果喜一起创业的21名工人的名字镌刻在工厂高大的牌坊上。走进车间，是一片静谧，职工正在给佛龛轻轻地涂抹金粉，满车间闪耀着祥和之光。

余江民间将张果喜的"不倒之谜"解释为"佛佑"，这一点也同样合了张果喜本人的心意。他说：因为他一直在做佛龛的缘故，这些佛龛保佑了日本一个民族，应该也会保佑他。所以几十年来，他都是大事化小，小事化了。创业的时候，他曾遇到过溺水、触电、车祸、火灾，但都化险为夷，后来安然无恙。有人说生意人都是奸商，而张果喜敢说，他从来没想过骗人、害人，而是一向以全心全意待人，因此他得到了好报——无论是生活还是事业，他一直都发展得比较顺，尤其做木雕生意，几乎不需要费什么心思，一年到头订单上亿，30多年来，没有库存，做多少卖多少。

在余江，"造佛"与"造福"同音，为民造福就会得到佛祖的保佑。"无我"是佛的一种境界。张果喜说，从一开始赚钱他就不是只为自己赚钱，而是为大家赚钱，对钱，他有个经典的比喻："钱就像一池塘的水，满满的不外流就会发臭，路人经过这个池塘就会绕道走。池塘的水要常进常去，才能保持干净、清澈，人们才会到水塘边来走走。有钱人太抠了，让人惹不起躲得起，这样与你做生意的人就会越来越少。"创业初期，他自己都没有饭吃，却喊出"要吃饭的跟我走！"他带领21位职工，在上海找到了一条生路。他赚到第一个100万的时候，就拿出22万为余江县中学兴建科技大楼，以后又陆续出资兴建了"果喜大桥"、"果喜大道"、县电视塔、县福利院，还捐资建立"江西果喜教育奖励基金"等，还积极赞助抗洪救灾、烛光工程等公益事业。为"普度众生"，张果喜利用自己的木雕资源，支援全县 14 个乡镇办起了木雕厂，还创办了全国第一家木雕技工学校和残疾人雕刻技术培训班，共为社会培养技术人才 2 万余名。这些木雕技工现分布于全国各地。据有关部门统计，他们每年仅从外地寄回余江的汇款就有 5000 多万，在本地和外地办企业年销售额在 20 万元至千万元以上的木雕、家具大户近百家，木雕产业已成为余江富县、富民产业。

佛文化的现实力量虽然有助于张果喜和他的果喜集团的"和谐"生存，但张果喜的事业也并非一帆风顺。考虑到企业产品、市场单一的潜在风险，果喜集团在做好主业的前提下，也在近几年试水多元化，果喜集团从韩国引进 6 条生产线，在余江办起了与木雕完全不搭界的化工发泡材料厂，这是一种用于包装产品的化工制品，形似发糕，用途极广，尤其是运输搬动间磕磕碰碰的电器产品就少不了它，而电器产品举国疯上的现实告诉他，上发泡正是好时候。起初，如同办木雕厂一样，他将发泡厂办在余江，以示不忘养育之恩，但是，上好的产品一年下来，却亏损了 400 多万元，究其原因，余江离用户太远，发泡材料是体积大、重量轻的产品，装载运输中一车看似满满、实际上并运不下多少，来来回回，忙忙碌碌，结果是本可进荷包的几个钱丢在了路上。于是，张果喜将 6 条生产线全部撤出余江，分别落户上海、厦门、深圳、东莞，独立成厂。这些地方皆为工业密集区，就近推销，就近运输，这才扭亏为盈。撤出后当年就赚了 600 多万。

1999 年，果喜集团又与美国一家公司合作，引进专利技术，在余江创办了江西喜泰电机有限公司，生产当今世界最先进的高科技电机产品——无刷无槽微型直流电机。这个产品目前在美国只应用于宇航和军工，而在世界民用工业中还未得到应用。国内有关部门也认为这个项目具有很高的技术含量，可以填补国内空白，很多有微型电机需求的部门和企业甚至希望果喜集团尽快批量生产。美国商人黄崇朝把这个"青涩的苹果"带到了中国,并与正在寻找事业突破口的张果喜一拍即合。没料到,黄崇朝"一女二嫁",从而在广东商人关俭文和张果喜间引发了一场旷日持久的官司。

1988 年,十万大军下海南时,张果喜也随着人流越过琼州海峡踏上了这块拓荒者们心中的淘金地,跑遍海口的角角落落,然后选中了风光迷人的三亚,决定投资 2 亿元在这里兴建一座大酒店,当酒店建到一半时,却碰上 1996 年的"宏观调控",海南热突然降温,工程被迫停了下来。

如果真要谈到"佛",那么,企业家的"佛"就是"市场"。只有从市场中来到市场中去,企业家才能获得真实的"佛佑"。张果喜也不例外,他的市场眼光与市场驾驭能力源自他数十年的市场打拼,他积累了丰富的市场经验,从容地根据市场进与退,或积极应对或巧妙化解既有的市场困难和风险。现在中国旅游热出现,海南又逢"春天",张果喜又重新坐镇三亚,临场指挥,停工的大酒店再上马,仅半年时间一个四星级大酒店竣工、装修、开业。那场官司打了四年多,张果喜最终胜诉。随后,张果喜引进技术人才,不断为这个耗资 1 亿多元的"苹果"修枝剪叶、浇水施肥。目前,该产品已在铁道、纺织、医疗、家电等行业推广应用,并拥有全球100 多个客户,形成了年产 20 万台的生产规模。按国家发改委的指令性计划,到 2008 年要达到 102 万台的生产能力,产值 10 多个亿。此项目现已纳入国家高新科技重大建设专项和国家稀土电机生产基地。

显然,这种"转机"也有可能被果喜人的"佛文化"化为"佛佑"。

四

"果子熟了,大家都喜欢"——张果喜这样解释他的名字。

在果喜集团展览大厅,一幅张果喜身佩红色绶带、手举鲜花的照片特别醒目,照片下面有这样一段文字——

1993 年 6 月 5 日,江西南昌,一个别开生面的大会令人瞩目——中国科学院紫金山天文台要将一颗由其发现的编号为 3028 的小行星用一个人的名字命名，国际天文学联合会小行星命名委员会极其慎重，几经推敲，批准了紫金山天文台的决定。这个大会就是命名大会，用作命名的人就是企业家张果喜：自即日起，这颗编号为3028的小行星就叫"张果喜星"了。

小行星命名是一项非常高尚的荣誉，以往命名都是以地名和著名科学家的名字命名的。这一次以张果喜的名字命名，是因为南京紫金山天文台查阅了很多资料，发现张果喜的企业在改革开放之时对社会所作的贡献，特别是给社会公益事业作了较大的贡献，所以才决定推荐用张果喜的名字为一小行星命名。到目前为止，在全球用企业家名字给小行星命名的有两个，一个是美国著名实业家哈默博士，另一个就是张果喜了，而且他是以人名命名星辰中最年轻的一位。

与此相映成趣的是展示厅橱柜中堆放的张果喜的其他系列荣誉：1984年以来，张果喜连续19次被评为江西省优秀厂长（经理）、三度省劳模，先后获得第一届全国百名优秀厂长（经理）、第二届全国优秀企业家、两度全国劳模、全国"五一劳动奖章"、全国首届十大杰出青年、首届中国经营大师、首届改革风云人物等200多种荣誉。

遍览这些国内其他富豪和企业家无法企及的荣誉，不难得出这样的结论：张果喜一直为主流阶层所认同、所看重，他最大的财富不是一手打造的果喜集团而是使他自己成为江西的品牌。而荣誉展览的这种方式足见张果喜本人对荣誉的看重和珍惜。

与不少富豪比，张果喜的发迹干净且透明。木雕工艺品出口创汇，这样的财富典型让人心里踏实。也正因为如此，虽然历时几十年，张果喜这个典型始终能够得到各级各届政府的推崇。

张果喜对荣誉的看重和珍惜也让他在发达后免掉了暴发户式的"毛病"。他在事业上求稳，既不贪大求快，又不盲目多元化，也不跟风上市，企业在依托主业持续盈利的基础上滚雪球式发展；他在做人上求平，保持低调，安守本分，言行举止力求为社会的和谐相容。他的这份"识时务"

的良苦用心换来的是为下所敬，为上所望。

张果喜像经营企业一样经营自己的人生。缘于这种理性经营，他这个草根富豪才能红起来，红这么久。

至于张果喜还能红多久，答案其实已经很简单，既然做人已经没有"问题"，那么他的果喜集团能够火多久他就能红多久。目前看来，只要主业不萎缩，多元化方面风险可控，果喜集团和它的掌门人张果喜还会在相当长的一段时间里红火下去。

——摘自《商界名家》，作者曹康林

图书在版编目（CIP）数据

张果喜 / 刘文利著. -- 南昌：江西人民出版社,2018.6
（当代赣商丛书）

ISBN 978-7-210-10406-3

Ⅰ.①张… Ⅱ.①刘… Ⅲ.①报告文学－中国－当代
Ⅳ.①I25

中国版本图书馆CIP数据核字(2018)第092441号

张果喜

刘文利　著

组稿编辑： 游道勤　陈世象
责任编辑： 李月华　李鉴和
封面设计： 章　雷
出　　版： 江西人民出版社
发　　行： 各地新华书店
地　　址： 江西省南昌市三经路47号附1号
编辑部电话： 0791-86898702
发行部电话： 0791-86898815
邮　　编： 330006
网　　址： www.jxpph.com
E-mail： jxpph@tom.com　web@jxpph.com
2018年6月第1版　2018年6月第1次印刷
开　　本： 787×1092毫米　1/16
印　　张： 19
字　　数： 260千字
ISBN 978-7-210-10406-3
赣版权登字—01—2018—365
定　　价： 58.00元
承印厂： 南昌市红星印刷有限公司